U0096598

二十世紀晚期中國小說倫理

◎司敬雪　著

本書針對二十世紀晚期中國小說的倫理問題做入門性的探窺。

導論

20 世紀是世界不斷走向一體化的時代，同時也是「『世界文學』初步形成的時代」。[1]在這樣一個大碰撞、大融合、大分化的世紀裏，中國作家作為後發民族的一分子，感受過巨大的鼓舞，更品味了落後者無法排遣的屈辱與痛苦。他們也曾消沉過，但更多的時候卻是忍受著巨大的精神焦慮而埋頭創作。他們的不懈努力使 20 世紀中國小說史上出現了幾個創作繁盛期。其中之一就是 20 世紀晚期。

從 1980 年代初開始，20 世紀進入它的晚期階段。在這個逼近世紀末的時段裏，中國小說創作逐漸走出「文革」專制意識形態的陰影，呈現出名家輩出、佳作迭現的爆炸勢頭。1981 年 1 月，趙振開（北島）的中篇小說《波動》在《長江》第 1 期發表，標誌著「烏托邦神話」的敗頹和「個人主體性的回復」[2]，同時也標誌著一個小說創作繁盛期的到來。自此以後，一個又一個優秀作家的名字響貫讀者的耳膜，如鐵凝、莫言、余華、劉震雲、王安憶、嚴歌苓等，一部又一部優秀小說作品叩開讀者的心扉，如《哦，香雪》、《紅高粱》、《現實一種》、《一地雞毛》、《小鮑莊》、《雌性的草地》等。這些優秀的作家和他們的小說共同組成 20 世紀晚期文學創作中的一道靚麗的風景線。

如何來梳理、評價 20 世紀晚期中國作家豐富多彩的創作實踐和他們形態各異的小說作品呢？最先挑動人們批評神經的自然是「文學性」話語。它在 1980 年代前期就被移植到中國的文學批評界。「文學性」英文寫作「Literariness」，最早由俄國形式主義文學批評家雅各遜（Roman Jacobson）創造出來。他在 1919 年提出，「文學研究的對象不是文學，而是文學性——即使一部特定作品成為文學作品的那種東西」。[3]「文學性」一詞體現了雅各遜對文學形式和文學獨創性的熱情關注。這種熱情在隨後崛起於英美的新批評派的詩學體系中得到鄭重地傳承與光大。新批評派在 1920、30 年代迅速發展壯大，1940 年代構築起自己的理論體系，並最終體現在韋勒克和沃倫 1942 年撰寫《文學理論》一書中。他們將文學研究分為關於文學與歷史、宗教、政治、倫理間外在關係的外在部分和關於文學所獨有的情節、隱喻、象徵、意象間內在關係的內在部分，並從這一著名區分出發，將材料考據、思想分析、歷史考察等傳統社會學批評方法擯除於文本研究之外，使批評家更加注重文學作品的藝術特色與審美結構等所謂「文學性」的研究。1984 年中國文學界展開的文藝學方法論的討論，是西方「文學性」話語移入中國的開始。經過一年多的熱烈討論，到 1986 年，「文學性」話語在批評界已明顯佔據優勢地位，「人們普遍把審美特徵作為文學藝術的重要標誌，文本分析成為文學批評中必不可少的手段。而傳統文學批評所強調的政治內容和社會生活現實往往被認為是沒有觸及文學的本質。各種各樣的形式分析方法，審美批評、結構批評、格式塔藝術心理學、佛洛伊德心理分析、敘事學、文體語言批評，一時成為主流。」[4]

首先應該肯定地說，以「文學性」話語為線索來梳理、評價 20 世紀晚期小說創作有一定的合理性。「文學性」作為一個批評話語包含著鮮明的形式主義主張，它在 1980 年代前期移入中國文壇後，確實對小說創作的健康發展起到過舉足輕重的作用。一方面，它促進了作家完善小說敘述形式、提高作品藝術品質的文學意識的自覺。其最醒目的成果就是馬原的「敘述圈套」和先鋒小說的脫穎而出。馬原是 1980 年代最早對「文學性」話語感興趣的作家之一。他的「敘述圈套」、「以引人入勝的方式消解了人們所熟悉的現實主義手法所造成的真實幻覺」[5]，激發了作家們尋求個性化敘述方式的熱情，為小說創作多元化格局的出現準備了條件。而以余華、蘇童等為代表的先鋒作家則將「文學性」話語所宣導的形式探索推向極致。他們早期的代表作品《河邊的錯誤》、《褐色鳥群》等，以其精心構建的敘事迷宮讓讀者充分領略到精緻的敘述形式所帶來的審美愉悅。另一方面，也是更重要的，「文學性」話語還有效地扼制了專制意識形態話語對小說創作的強權宰製，暗中順應了小說創作亟待拓展自我生長空間的歷史需求。「的確，八十年代的主要思想傾向，是要把個人從僵化的政治、思想和經濟體制的束縛中解放出來，這是當時人們對自由的基本理解，因此，整個八十年代的思想的重心，可以說就是強調人的內心世界的重要性：一方面強調人的內心世界，以及那些體現這個內心世界的抽象的精神價值；另一方面貶低政治和經濟因素，覺得它們純粹是束縛性的事物。……而八十年代的那些新的文學思想和表達形式，例如『向內轉』的觀念，對語言的新的認識和運用，都正是在這樣一個大背景下形成的。」[6]作為 1980 年代小說批評的親歷者，王曉明和蔡翔先生的這段話說得非常中肯。從中可以看出「文學性」這個曾經被很多人當作純粹形式主義的話語所隱含的意識形態性。它並不僅包納了 1980 年代作家在經歷了 1970 年代文學的長期荒涼之後對小說形式、藝術品質的渴求之情，更重要的是它還包納了處於話語劣勢的個人向處於話語強勢的專制意識形態追討話語權的策略意圖。在 1980 年代，特別是 1980 年代前期，儘管「文革」專制統治已經告終，但專制意識形態的影響仍十分巨大，專制意識形態話語仍處於強勢地位，個人並沒有獲得充分表達自己價值觀念的權力，個人話語仍處於十分惡劣的弱勢地位。為了向專制意識形態追討話語權，個人不得不採取一些策略性的舉措，而「文學性」話語的張揚就是其中一種。通過「文學性」話語的張揚，那些包含專制意識形態話語而形式粗糙的小說逐漸被逐出讀者的視野，而專制意識形態話語也慢慢喪失其原有的強勢地位，個人話語則在由此所騰出的空間裏一點點發展起來。因此運用「文學性」話語來梳理 20 世紀晚期小說創作，特別是 1980 年代的小說創作，會得出許多有價值的結論。

但是，也不得不承認，「文學性」話語只能部分地涵蓋 20 世紀晚期小說創作所進行的文學探索。如果僅用「文學性」話語作為批評尺度來考量 20 世紀晚期的小說創作，特別是 1990 年代的小說創作，就會遮蔽掉它所取得的很大一部分文學成就和存在的問題。因為「文學性」話語畢竟只是一套關涉敘述形式的分析範式，它無力梳理、甄審 20 世紀晚期小說創作所包含著的政治、經濟、社會、倫理等豐富的思想問題。前面提到「文學性」話語在 1980 年代特定思想環境下起到過抵拒專制意識形態霸權的侵凌，促進個人話語成長的作用，這似乎意味著它在形式之外兼具內容指涉功能。但是，它所具有的指涉小說內容的功能，是 1980 年代前期專制意識形態話語過分強大背景下，個人話語為拓展自己的生長空間不得已而為之的一種策略性借用，是含糊的、錯位的，它在挫敗專制意識形態話語霸權的同時，也暗含著將個人話語拖入爛泥潭的危險性。而這種潛伏的危險性不幸在1990年代初成為現實。曾經十分活躍的批評界忽然患了失語症，面對小說創作，他們不知從何說起。「我們大家都切身體會到，我們所從事的人文學術今天已不止是『不景氣』，而是陷入根本的危機。」[7]批評界的無所適從其實深層折射出的是文學性話語的失效和作家創作思想的混亂。因此，用「文學性」話語為線索來梳理20世紀晚期小說創作，只能是一種局部性的梳理。它在照亮一部分文學真實的同時，也遮蔽掉更大一部分文學真實。

那麼，還有沒有其他可以用來梳理20世紀晚期小說創作的批評話語呢？目前越來越受到國內批評界關注的「文化研究」話語應該是比較有用的一種。與「文學性」話語一樣，「文化研究」話語也是泊來品。它1964年發軔於英國伯明罕大學，「經過幾十年的艱辛耕耘，終於從20世紀80年代中期開始，逐漸確立了自己在當代學術界應該具有的重要位置，與後現代主義一道成為20世紀末期的兩大主潮。」[8]1990年代末，李陀、劉象愚、羅鋼和周憲等翻譯、介紹了一部分文化研究方面的理論著作，「文化研究」話語逐漸引起人們的注意，成為一種重要的批評方法。2003年8月王曉明、蔡翔先生聯手在《當代作家評論》上開設「文化研究和文學批評」專欄，更是明確要將文化研究的方法運用到文學批評中去，以加強文學批評的批判精神，積極回應社會巨變的挑戰。

相較於「文學性」話語，「文化研究」話語的優勢在哪裡呢？在於它擁有鮮明的批判意識和現實針對性。「文化研究的精髓，卻是一種敏銳、開放、具有鮮明的批判意識的學術精神：不受固有的學科界限的束縛，直面當代社會的重大問題，努力去破解各種新的支配和壓抑機制的運行邏輯」。[9]王曉明和蔡翔先生在1980年代本來都是堅定的「文學性」話語的守護者，之所以到 21 世紀初轉變成「文化研究」話語的積極宣導者，正是由於他們於深味了「文學性」話語回應社會現實的無力感後，卻在「文化研究」話語中發現了批判現實的思想活力。「到了 1990 年代，那個在八十年代中期就開始醞釀的巨大的社會變化，直逼人們眼前，或者說開始被人們充分意識到了。這結果就是發現，面對首先是經濟生活、然後是與經濟生活聯繫在一起的政治和文化生活的巨大變化，你再要像 80 年代那樣，繼續把『人』從具體的政治、經濟和文化環境當中拔出來，以此求取自由和解放，是明顯不夠了，甚至可能是走錯了方向。……一定還得有打破學科界限，能真正綜合地來分析、認識今天的社會現實（包括文學現實）的思想和學術活動。對你我這樣出身文學專業的人來說，比較合適的一個做法，就是借助文化研究的思路和方法。」[10]

以前批評界用「文學性」話語來梳理 20 世紀晚期的小說創作已經做得很多了，人們對小說形式的重要性已經有了比較充分的自覺，對 20 世紀晚期小說創作所進行的豐富多樣的形式探索也已經有了比較充分的認識。但是由於批評界過於強調「文學性」話語的理論價值，甚至把它塑造成一個批評神話，無形中忽視了小說內容的重要性，對 20 世紀晚期小說創作中所包含的繁複銳利的現實思考也缺乏應有的認識。而且，由於批評界拋開小說內容而孤立地來分析小說中的形式因素，還會造成對形式因素的價值的錯誤估定。比如王曉明先生就曾經指出：「1987 年以來，小說創作中一直有一種傾向，就是把寫作的重心從『內容』移向『形式』，從故事、主題和意義移向敘述、結構和技巧，產生一大批被稱為『先鋒』或『前衛』的作品。……明明是在後退，卻要貼上一大堆外國的招牌來粉飾、自欺，那就有點可憐了。我覺得這種後退而自欺的現象，把這個時代人文精神的危機表現得再觸目也沒有了。」[11]所以，以目前的批評狀況而言，運用「文化研究」的方法，對 20 世晚期小說創作的內容進行一些切實的政治的、經濟的、倫理的分析，是更加有必要的。

正是基於以上的考慮，我開始了本書的寫作。而由於 20 世紀晚期小說創作所包含的內容太豐富了，對它作一個全面的分析非我目前的學術積累和研究能力所及，因此只選擇其中一個很小的方面——倫理問題，進行一些初步的探討。即使就這個小的方面所進行的探討，也是很不完備的。因此，本書只能算是一個 20 世紀晚期小說倫理的入門性的探窺。

注釋：

1 黃子平、陳平原、錢理群：《論「二十世紀中國文學」》，《文學評論》1985 年第 5 期。

2 陳思和主編：《中國當代文學史教程》第 186 頁，復旦大學出版社 1999 年版。

3 雅各遜：《現代俄國詩歌》，轉見陸貴山主編《中國當代文藝思潮》第 33 頁，中國人民大學出版社 2002 年版。

4 周小儀：《從形式回到歷史》。

5 陳思和主編：《中國當代文學史教程》第 291 頁，復旦大學出版社 1999 年版。

6 王曉明、蔡翔：《美和詩意如何產生——有關一個欄目的設想和對話》，《當代作家評論》2003 年第 4 期。

7 張汝倫語，見張汝倫等《人文精神：是否可能與如何可能》，轉引自《讀書》1994 年第 3 期。

8 蕭俊明：《文化研究的發展軌跡》，《國外社會科學》2002 年第 1 期。

9 王曉明、蔡翔：《美和詩意如何產生——有關一個欄目的設想和對話》，《當代文學評論》2003 年第 4 期。

10 王曉明、蔡翔：《美和詩意如何產生——有關一個欄目的設想和對話》，《當代作家評論》2003 年第 4 期。

11 王曉明語，王曉明等：《曠野上的廢墟——文學和人文精神的危機》，轉引自《上海文學》1993 年第 6 期。

目次

內篇

外篇

內篇

第一章　眾聲喧譁

縱觀 20 世紀晚期中國小說中的倫理訴求格局，完全可以用「眾聲喧譁」來概括。從國家到個人，從男性到女性，從城市到鄉村，從世俗到神界，每一種倫理主體都出現在小說中，都在大聲宣講著自己的權利與要求。「眾聲喧譁」本是一些批評家用來指認 1990 年代中期的文學形勢的，比如陳思和就在他主編的《中國當代文學史教程》中寫道：「經歷了 80-90 年代從共名狀態向無名狀態的轉化，90 年代中期文學創作出現了一種眾聲喧譁的多元格局」。[1] 不過，我認為它也可以借用來指認 20 世紀晚期中國小說中的倫理訴求狀況。有人也許會以為 1980 年代小說中的倫理訴求之聲只有文化精英一家，構不成眾聲喧譁的局面。其實這是一種誤解。如果稍微冷靜一點，耐心翻一翻 1980 年代的小說作品，就會發現其所包含的倫理聲音並不單調，而是相當豐富、駁雜的。只不過這種狀況在進入 1990 年代後愈加明顯罷了。

眾聲喧譁是對文革時期極權統治下「萬馬齊喑」的一個反動。極權政治標榜純而又純的倫理風尚，並對任何含納所謂「倫理雜質」的作品及其作者進行無情批判與打擊。在如此苛厲的文藝倫理管制下，「大多數作家、藝術家在『文革』期間，受到各種迫害。他們中的許多人在不同範圍受到『批鬥』，遭受人身污辱，有的被拘禁、勞改。一些作家因此失去生命。」[2] 而且，極權政治嚴密控制倫理聲音的生產權，不允許任何帶有雜質的倫理聲音進行生產與傳播。這一倫理控制的實施，剝奪了作家發佈個人倫理聲音的權利，也剝奪了文學刊物傳播非極權政治倫理聲音的權利。「『文革』期間，原來的作家的寫作和作品的發表，需要獲得允許，重新取得資格。『文革』開始的最初幾年裏，除極個別作家（郭沫若、浩然，以及一些工農兵出身的作家，如胡萬春、李學鼇、仇學寶等）仍可以發表作品外，作家普遍失去寫作資格。……從 1966 年 7 月開始，全國的文學刊物，除《解放軍文藝》（1968 年 11 月到 1972 年 4 月也曾一度停止出版）外，都被迫停刊，這包括由中國作協和上海作協分會主辦的幾份最有影響的刊物：《文藝報》、《人民文學》、《詩刊》、《收穫》、《上海文學》等。」[3] 文革時期的極權政治「罷黜百家」的倫理管制，造成假、大、空的倫理聲音獨播天下的專制局面。這種畸型的倫理生產與傳播方式，使極權政治倫理獲得了一統萬方的表面勝利，但同時也埋伏了它無以避免的潰敗命運。因為這種生產與傳播方式僅僅封塞了各種階層、各種個體的倫理需求的表達管道，卻不可能從根本上消滅他們作為特定階層、特定個體的內在的倫理需求。

社會各種階層、各種個體內在的倫理需求越被極權政治擠壓，便會越強烈地滋生反叛它的思想。當擠壓達到極限時，反叛的思想就不可避免地轉化為實際的行動。這種對極權政治的反叛表現在文學上，就是文革期間「地下文學」的出現。「它們不同程度具有『異端』因素，寫作和『發表』都處於祕密、半祕密的狀態中。作品常見的存在方式，是以手抄本形式在讀者中流傳。」[4] 比如張揚的長篇小說《第二次握手》就是在文革中完成的，它以手抄本的形式在讀者中廣泛流傳。小說中所傳達的對知識和知識份子所具有的寶貴價值的肯定，對男女間美好愛情的讚頌，是對否定知識和踐踏人性，推行愚民政策的極權政治的有力反叛。而明確宣佈極權政治倫理管制死刑的是趙振開（北島）的中篇小說《波動》:「一種情緒，一種由微小的觸動所引起的無止境的崩潰。這崩潰卻不同於往常，異樣的寧靜，寧靜得有點悲哀，彷佛一座大山由於地下河的流動而慢慢地陷落……」極權政治倫理管制存在的前提是對大眾的有效欺騙。一旦大眾開始從被欺騙中醒悟過來，極權政治倫理管制的末日也便降臨了。趙振開的這篇小說寫於 1974 年，它以個體的覺醒對極權政治所做出的死刑宣判如流感細菌一樣迅速向周圍的人群傳播，同時也越來越多地獲得人們的認可與回應。這直接導致文革極權政治的結束和 1970 年代末 1980 年代初張揚人性解放的文學浪潮的興起。「『文革』期間，由於理論、信仰和現實生活存在的嚴重脫節，由於社會生活存在的『荒謬性』被深刻意識到，許多人都程度不同地經歷過思想的震盪，經歷過確立的權威的崩壞，思考和反省的潮流已經存在。對於思想戒律的懷疑、質詢，和沖決思想禁區的衝動，形成一股巨大的潛流。到了 1970 年代末，在各種條件的推動下，這股潛流沖出地表，而出現了被稱之為『思想解放』的運動。」[5] 在這股文學浪潮中，被壓抑已久的各階層、各個體內在的倫理需求借助小說等形式由弱漸強、由模糊漸清晰地表達出來。

各階層、各個體的倫理需求在 20 世紀晚期的中國小說中得以充分地表達，還受惠於世界一體化這個大環境的影響。冷戰時期，兩極世界的長期對壘嚴重滯礙了中國作家的文化視界，造成中國小說接受外來文化的單調性。在 1950 年代，「國際革命文藝」，尤其是蘇聯文學的翻譯、評介被放在最顯要的位置。周揚 1952 年在一篇文章中明確指出，「擺在中國人民，特別是文藝工作者面前的任務，就是積極地使蘇聯文學、藝術、電影更廣泛地普及到中國人民中去，而文藝工作者則應當更努力地學習蘇聯作家的創作經驗和藝術技巧，特別是深刻地去研究作為他們創作基礎的社會主義現實主義」。[6]而西方發達國家的文化則大多由於意識形態的原因而被拒之門外。這種片面的文化吸收模式，一方面助長了極權政治，另一方面則妨礙了多種倫理需求的表達可能性。到了 1960 年代，特別是文革期間，連這種單調的外來文化吸收也不復存在。中國小說在自我封閉的環境中連其自身的存在都成了嚴重問題，更遑論能夠顧及對多樣性倫理表達的探索呢？這種荒謬局面到文革結束後才具有了改變的可能性，而真正的改變則要到 1980 年代中期才出現。這時，冷戰狀態出現緩和，世界一體化的理念也開始傳入中國並很快成為人們的共識：「我們所面臨的國際環境是一個經濟全球化的進程。儘管對於全球化的認識和估價有許多歧見。有些論者指出，從某種意義上說世界各民族早就已經捲入全球化過程，但是最近幾十年以來生產的國際化，金融的全球化，尤其是全球範圍的電腦網路的建立，都表明儘管世界上反對全球化的浪潮也此起彼伏，全球化過程在深度和廣度兩方面都迅速加強，是一個不爭的事實。」[7] 在全球化背景下，中國高舉全面現代化的旗幟，拋棄一切意識形態背負，以開放的胸懷吸納世界上一切先進文化，用來創造自己民族的現代文化。這種文化立場使小說獲得廓大的創造空間，也使小說中多樣性倫理需求的表達成為可能。正是在這樣有利的內外文化環境下，20 世紀晚期中國小說的倫理表達不斷取得開拓性進展，到 1990 年代終於營造出「眾聲喧譁」的可喜局面。

縱觀 20 世紀晚期中國小說中的倫理表達，可以看出有這樣幾組倫理範型：1、公共倫理與個體倫理；2、鄉村倫理與城市倫理；3、男性倫理與女性倫理；4、現代倫理與後現代倫理；5、世俗倫理與神性倫理；6、其他。

公共倫理與個體倫理是 20 世紀晚期小說敘事倫理中一對十分重要的倫理範型。公共倫理是反映國家倫理需求的一個尺度，集中體現了國家的根本利益，是國家得以存在與延續的根本保證。20 世紀晚期的小說創作中，公共倫理的表達主要集中在一些主流作家的作品裏，比如 1980 年代前期劉心武的《班主任》、蔣子龍的《喬廠長上任記》等，以及 1990 年代張平的《抉擇》、周梅森的《人間正道》、談歌的《大廠》、關仁山的《大雪無鄉》、何申的《年前年後》等。這些作家有的開始創作時並不一定有非常自覺的公共倫理表達意識，他們的小說也不能看作純粹的公共倫理表達的載體。但是相比較而言，這一類作家的小說創作確實較多地傳達了國家的利益要求和倫理立場，無形中擔當了公共倫理在文學中的代言人。在他們的小說中，國家在 20 世紀晚期所推行的清除文革錯誤影響，實施全面現代化工程，打擊腐敗分子，整頓市場秩序的政治意志都得到比較充分的體現。

與此相對照的是個體倫理的表達。國家相對於個體而存在，它與個體之間既相互依存又相互矛盾。個體倫理則體現了相對於國家的個體的特殊利益與欲求。20 世紀晚期小說中個體倫理的表達最早可以從知青作家的作品中找到。這是他們的特殊歷史境遇所決定的。「比起『復出』作家來，通過個人命運以探究歷史運動的『規律』，對歷史事件做出評判的動機要較為淡薄，而對『這一代人』的青春、理想的失落的尋找更為關心。」[8] 他們的個體意識比較強烈，這使得他們的小說中表現出對個體倫理需求的格外關注。比如盧新華的《傷痕》、遇羅錦的《一個冬天的童話》、孔捷生的《在小河那邊》等，揭露與批判了文革時期極權政治嚴重損害個人生活基本權利、無理剝奪個人思想自由的歷史罪惡，表達了對個體權益的申求與堅守。1985 年，劉索拉發表中篇小說《你別無選擇》，之後徐星發表《無主題變奏》。他們的小說通常被當作中國當代小說文體意識自覺的開始。其實，從思想的角度看，它也應看作中國當代小說個體倫理意識自覺的開始。他們小說中的主人公明確意識到個體倫理價值與公共倫理價值之間的矛盾，並堅持以個體的準則去追求藝術與人生。個體倫理意識的進一步加強是在先鋒小說的創作中。作為先鋒小說的先驅人物馬原在《虛構》等小說中，以「我就是那個叫馬原的漢人」這種極具個體性的敘述語式，將個體倫理推進到小說的敘述層次，使他的小說從內容到形式都體現了個體倫理立場對世界的一種觀察與結構。而余華、蘇童、格非等的小說創作可以說是馬原所開闢的新倫理敘事的放大與完善。他們的小說《現實一種》、《紅粉》、《迷舟》等都是以非常個體化的聲音來講述歷史與現實。如果說先鋒小說講述了個體的上半身的倫理需求，那麼，繼之而起的新寫實主義小說則講述了個體的下半身的倫理需求。新寫實主義小說作家包括劉震雲、方方、池莉等，其中劉震雲可以看成其核心人物。而劉震雲的成名作《一地雞毛》中的獨句首段「小林家一斤豆腐變餿了」則具有標誌性意義。它寓示了以劉震雲為代表的新寫實主義作家是以充滿慾望的個體日常生活為世界的起點與中心的。劉震雲等新寫實主義作家小說中的倫理敘事儘管十分強調個體的生物性、物質性，但並沒有把它絕對化、唯一化。而 1990 年代出現的衛慧等晚生代作家則似乎把劉震雲等人的極具生物性、物質性的個體倫理又向前推進了一步，而走向極端的慾望化、物質化。

城市倫理與鄉村倫理。中國是一個農業大國，鄉村在社會生活中佔據很基礎的位置，鄉村倫理也便成了 20 世紀晚期小說所要表達的一個重要主題。同時，中國又是一個走向城市化的發展中國家，城市正在由少漸多地出現在中國的大地上，並因其巨大的知識含量和科技創造力而逐漸超過鄉村的重要性，成為中國社會的前導性組成部分，所以城市倫理是 20 世紀晚期小說所要表達的一個更為重要的主題。城市與鄉村倫理在當代小說中的表達，20 世紀晚期較之以前有一個明顯的變化。共和國成立後的 1950-70 年代，對政治倫理的日趨極端化強調無形中壓制了城市與鄉村倫理的分化與發展的自然需求。表現在小說創作中，比如艾蕪的《百煉成鋼》、周而復的《上海的早晨》等為代表的城市題材的小說，和趙樹理的《三裏灣》、柳青的《創業史》等為代表的農村題材的小說，都以突出政治倫理話語對城市與鄉村生活的整合作用為特徵，而城市與鄉村的自然倫理的聲音則被極力壓縮而近乎為零。當代小說倫理敘事的這種唯政治化傾向到 1980 年代以降開始發生變化。政治倫理被作為倫理之一繼續在小說中得以表達的同時，城市倫理和鄉村倫理在城市小說和鄉村小說中分別得到相當充分的表達。比如王朔的《頑主》、池莉的《煩惱人生》、邱華棟的《手上的星光》等，在對城市居民的日常生活的生動講述中，從內部或外部比較動情地傳達了城市生活所蘊含的基本倫理規範。而張煒的《古船》、賈平凹的《雞窩窪人家》、何申的《窮人》、關仁山的《船祭》等，描述了 20 世紀晚期變動中的鄉村生活，更在緊張的人物關係的交代中再現了歷史悠久的鄉村倫理在現實生活中的延續與危機。

從 20 世紀晚期城鄉小說創作中的倫理敘事來看，城市倫理在城鄉倫理結構中處於主導地位。城市倫理的主導地位是由城市倫理的相對於鄉村倫理的進步性決定的。首先，城市倫理充分尊重人的個體性。人是個體性與社會性的結合物。在城市文明產生以前，受各種條件的制約，人的個體性總是處於被壓抑的境遇。只有城市文明的出現才使這一狀況發生改觀。城市文明是以個體為單位構成的一種文明形式，它鼓勵個體充分施展自我的知識才能，充分展示自我獨具的魅力。其次，城市倫理充分尊重人的慾望需求。歷史上曾經被視為洪水猛獸的慾望在城市文明的框架內獲得合法地位。城市倫理承認人的慾望需求的合理性，允許個體在法律許可的範圍內追求自我慾望的最大可能的滿足。這一重大的倫理變革使人獲得了相當大的身體與思想自由。其三，城市倫理積極鼓勵人的創造性。在城市文明中，人的創造力被確定為考量人的素質高低的一項重要指標。這種新型的人文理念大大激發了人的創造積極性，創造出日益豐富的物質、文化產品，多層次、高品質地滿足了人的物質、文化需求。正是城市倫理的這種進步性使它當然地在城鄉倫理結構中佔據主導地位。表現在 20 世紀晚期小說敘事中，城市倫理相較於鄉村倫理顯示了很強的凝聚力。這一點在邱華棟的城市小說中表現得尤為明顯。邱華棟從西北偏遠之野遷移到大都市北京，兩種倫理背景的反差，使他更清楚地體驗到城市倫理的優越性。這樣的感覺彌漫於他所有的城市小說敘事中。比如他的小說《哭泣的遊戲》開頭寫道：「這座城市已經變得越來越華美了，我想，而且變得越來越闊大了。當我站在長安街邊上的國際飯店頂層的旋轉餐廳凝望的時候，我所能感受到的就是一種驚羨與欣悅。我的視線從東向西，我看到了中糧廣場、長安光華大廈、交通部大廈、中國婦女活動中心，對外經貿部大廈和新恒基中心這些彷彿是一夜之間被擺放在那裏的巨型積木，就加倍地喜歡上了這座城市。」城市文明提供給外省人的不僅是五光十色的華美和自由自在的享受，它還要他們支付相當沉重的代價。但是再沉重的代價似乎也無法減慢外省人撲向城市的腳步，「因為這是一群群攜帶夢想生活的人，哪怕這是一座絞肉機城市他們也從不畏懼。」這一段非常坦白的文字恰恰顯示了城市倫理強勁的凝聚力。

相較於城市倫理對現代人強勁的凝聚力，鄉村倫理則顯得過於破碎、乏力。鄉村倫理的式微，是由其自身的局限所決定的。相較於新興的城市倫理，鄉村倫理表現出相當的落後性。最突出的一點是其濃厚的血緣性。血緣是人的一種天然聯繫，但這並不意味著它是人的唯一聯繫。而鄉村倫理則過於神化、極端化人的血緣聯繫。其結果便是血緣聯繫及以此為基礎建立的家庭網路，成為阻礙人的發展和人的幸福追求的巨大桎梏。其次，鄉村倫理有很大的自閉性。它以保守歷史上形成的某種倫理規範為最大的精神訴求，無形中滯障了倫理隨著社會發展而發展的內在需求。其三，鄉村倫理對人的肉體需求的輕視甚至排斥也是重大缺陷之一。人是靈與肉的結合體。肉體是人的基礎組成部分。倫理的建構必須在充分尊重這一事實的基礎上開始工作才具有合理性。而鄉村倫理恰恰缺乏對人的肉體性的自覺與重視。這使它不利於人的全面發展，不利於人的多樣性需求的充分實現。正是鄉村倫理這些內在的缺陷使它在 20 世紀晚期走向沒落。

1980 年代初，有的作家也曾企圖在自己的小說敘事中著力挖掘鄉村倫理的有效資源，奠定鄉村倫理在現代社會生活中的合法性，但最終歸於失敗。而構成20世紀晚期鄉村小說倫理敘事主調的則是對鄉村倫理破碎性的展現。比如張煒的《古船》中，也有鄉村倫理的代表性人物——隋抱樸，也可以看出作者企圖通過隋抱樸的塑造，來尋求鄉村倫理的現實合法性。但無疑這個努力是失敗的。這種失敗並不關乎作者的寫作才力，而是由歷史決定的，它表明鄉村倫理在城市化過程中必然要退居邊緣的命運。而《古船》的成功則在於它對狸窪鎮的權謀中心趙柄及其隨從的刻畫。在這類人物的刻畫中，則可以看出鄉村倫理失去規範作用後所引起的鄉村人際關係的紊亂與動盪。張煒的《古船》及同時期的其他一些鄉村小說開啟了後來鄉村小說展示鄉村倫理破碎化的先河。它們不同於以後鄉村小說的地方在於它們還不太情願承認鄉村倫理破碎化這一現實。到1990年代，城市化步伐加速，鄉村倫理狀況更趨惡化，一些作家便不得不直面這一現實了。比如，何申在他的小說《窮人》中，通過一筆捐款在鄉村所引發的一系列鬧劇，十分生動地再現了鄉村倫理已失去對鄉村居民的規範作用。鄉民們在無序的倫理環境中任意妄為，無所顧忌。而且在任意妄為中潛伏著血腥暴力的危險。關仁山的小說《船祭》等則更有意識地展現了鄉村倫理失效的混亂現實。其短篇小說《船祭》集中展示了這一點。《船祭》對比講述了兩代船師截然不同的兩種命運，相當準確地展示了鄉村倫理失去權威性與凝聚力，走向衰落的歷史發展趨勢。歷史上的黃大船師堅守重德輕利的鄉村倫理。儘管他作為一個地位卑下的船師，無法抗拒財大勢粗的地方漁霸孟廣財的欺凌，但是他卻以犧牲生命捍衛了自己做人的尊嚴，同時也捍衛了鄉村倫理的神聖。在他自焚的地方甩出一道長長的海脈，如神跡般護佑著周鄉鄰村的漁民。黃大船師這個近乎迷幻的生命結局實際上可以看成歷史上漁民信守德操、情義的心理投射。從中可以看到歷史上鄉村倫理所擁有的權威性和凝聚力。但是到了 20 世紀晚期，這一切已不復存在。黃大船師的兒子黃老爺子企圖固守與播揚乃父的遺風，傳承鄉村倫理精神。而他的義勇卻演化出一場鬧劇。當他像當年的乃父一樣拼死護守漁船時，卻發現四周人並沒有向他投來崇敬的目光，相反，「散在四方，遠遠近近向他射來的那些輕視鄙夷的目光。他怎麼能容得村人像盯怪物一樣盯他呢？他是一代大船師啊！他在村人的嘲笑聲裏天旋地轉了」。最終，他在鬱悶中死去，而「他的死並沒有像父親那樣甩下一道海脈，也沒有贏得村人多少淚水，唯一留下來的是一聲沉沉的無可奈何的歎息」。黃老爺子近乎唐・吉訶德式的喜劇命運清楚地說明他以及他所信守的鄉村倫理的時代已經結束。鄉村倫理已經失去權威性和凝聚力。

男性倫理與女性倫理。從整個世界的範圍講，儘管性別現實自古有之，性別倫理成為一個問題，卻是在 1830 年代女性主義興起之後。在此以前，女性的倫理需求一直處於被壓抑的狀態，男性的倫理需求被當作包括男女在內的所有人的倫理需求來理解與傳播。在這種情況下，性別倫理是無從談起的。但是到 1830 年代之後，女性的性別意識開始萌生並迅速強大起來。1848 年，美國女性主義者柳克麗霞・莫特和伊莉莎白・斯坦頓在塞尼加福爾斯組織召開了第一次全美婦女大會，創立第一個婦女反奴協會。她們在本次大會和其後各地如雨後春筍般舉行的婦女權利大會上鼓吹兩性倫理改革：「婦女有權掌管自己的收入、擁有財產、接受教育、離婚和保護自己的孩子，最後，尤其令人震驚的，婦女有權參加選舉。」[9] 從此拉開了女性主義運動的序幕，也開啟了女性倫理話語的宣講歷程。中國的性別倫理話語應該以五四新文化運動為起點，其中魯迅、胡適、張競生等人都曾鼓吹過婦女解放。而第一代擁有自覺的女性意識的中國女性小說家應該包括陳衡哲、冰心、廬隱、凌叔華、丁玲等人。她們以各自的小說作品表達了她們作為女性的倫理需求。特別是凌叔華、丁玲因其敘述的坦誠與大膽而將女性的倫理聲音放大到足以引起男性注意的程度。由此，中國的性別倫理話語也便誕生了。1930、40 年代，小說中的女性倫理話語得到一定的拓展，這表現在張愛玲、蘇青等人的小說創作中。中華人民共和國誕生後，日益強大的政治倫理不斷擴張，其他倫理不斷被擠壓直至失去敘述的空間，女性倫理也未能倖免於難。到 20 世紀晚期，極權政治結束，思想解放、文學解放不斷推進，各種倫理重新在小說等作品中獲得敘述空間，女性倫理也獲得了又一次展現的機會。鐵凝、王安憶是 1980 年代較早開始小說寫作的兩位優秀女性作家，她們的作品內容十分豐富，涉及社會生活的各個方面，無法用女性角色來涵蓋她們的創作。不過，在她們的一些作品中，比如王安憶的「三戀」系列（包括《小城之戀》、《荒山之戀》、《錦繡穀之戀》）、鐵凝的「三垛」系列（包括《麥秸垛》、《棉花垛》、《青草垛》），確實可以看出她們開掘女性倫理意識的努力和取得的豐碩成果。進入 1990 年代，「個人化寫作」代表性作家林白、陳染、徐小斌等在自己的作品中更加專注於女性倫理的敘述，她們的小說也便常常被一些批評家當作女性主義寫作的個案加以論說。《一個人的戰爭》是林白的代表作，小說講述了一個叫多米的女孩的成長故事，受到陳曉明的稱讚：「《一個人的戰爭》令人驚異之處在於，它如此徹底講述了一個女人的內心生活，那種渴望和欲求，那些絕望和祈禱。」《私人生活》是陳染的代表作，它在演繹主人公倪拗拗的少女生活的過程中，揭示了女性不同於男性的獨特精神需求。徐小斌的代表作《羽蛇》則在清末到1990年代的縱長的歷史跨度中，通過五代女性生活展示，透析了「女性精神生活的隱蔽內涵」。[10]1990年代後期，新生代女性作家衛慧、棉棉等，以十分偏執的方式講述自己作為女性對世界、對兩性生活的理解與體驗。從中可以更清楚地看到女性原生態的倫理需求。但由於其小說敘事過度的慾望化，也招致許多批評。

與女性倫理敘事問題受到普遍關注的情況不同，男性倫理似乎並不存在，至今也並沒有哪個批評家明確地把它作為一個理論問題提出來加以辨析與釐定。但是，在女性主義興起一個多世紀的今天，在已成共識的女性倫理敘事命題的比照下，男性倫理很明顯應該是存在的。之所以遲遲沒有作為一個問題提出來，部分原因是由於在人類社會的性別結構中，男性至今仍處於強勢地位，這導致他們缺乏性別身份的自覺意識。但事實上，隨著女性主義的發展，男性作家其實有必要對自身的性別身份進行一番反省與清理，批評界有必要把男性倫理作為一個研究命題加以分析研究，有必要對男性作家的小說敘事從性別的角度重新加以辨析與闡釋。對男性作家小說敘事重新闡釋的工作可以從對男性作家的身份還原入手。一般而言，男性作家習慣於以一種超性別的身份來從事想像與寫作。他們在沒有得到女性授權的情況下，想當然地以為自己完全有資格代表她們來表達對世界和人生、慾望和愛情等的體驗與理解。歷史上由於女性一直是作為一群沒有聲音的部落存在著，男性的這種越界代言的資格便沒有機會受到質疑。但是到1830年代以降女性主義產生後，男性的這種表達資格其實便充滿了疑點。在中國這個時刻到來得要遲一些，不過，應該說，五四新文化運動以後，男性便不再能夠十分確定地來享有這種超性別表達資格了。但是直到 20 世紀晚期，由於中國女性寫作依然處於薄弱狀態，女性的聲音依然比較纖細，大多男性作家依然自以為是地在濫用超性別身份進行寫作。其實，他們所表達的只能算作自己作為男性的倫理，他們已沒有資格，也沒有能力再充當女性的發言人了。當對男性寫作身份確立了這種認識之後，再重新考慮男性小說敘事文本，就會發現其自封的超性別倫理敘事中比比皆是的男性倫理馬腳。比如陳忠實的長篇小說《白鹿原》，總的來說是一部非常優秀的作品，它以廓大的框架展示了自己對 20 世紀上半葉 50 餘年間關中歷史興衰的一種記憶與想像。但是如果從性別倫理的視角來重新考慮它的話，就會發現它其實只是作者作為男性對歷史的一種記憶與想像。其中的女性人物都是作為被看的角色出現在作品中的，她們自己的聲音在作品中是一片空白，基本沒有得到傳達。這一點最清楚地表現在小說中的人物小娥的塑造上，正如她的死，被作為一種散發著惡臭的結果展示出來，這只對男性窺者才有意義，而對於小娥本人至關重要的死亡過程卻被刪除了，這同樣是男性窺者的一種選擇。類似的問題同樣存在於年輕一代作家的作品中。比如，邱華棟的中篇小說《黑暗河流上的星光》，其中的妓女一直連名字也沒有，直到她死後才獲得一個不知真假的名字。這種敘事方式更明顯是一種男性立場的選擇。而其中一些對女性口語的轉述很明顯是虛假的，是男性的一種自以為是的杜撰。比如，「你是名人，能陪你，我一輩子都忘不了，我已經忘不了了。我要是你老婆，就不會和你離婚，也不會喜歡上任何男人，因為你太優秀了。」如果這還可以理解成妓女與嫖客逢場作戲，那麼在嫖客獨自逃命，而妓女淹死河底後，作者居然還設計她彌留之際對嫖客的大段真情告白：「……我想活著活著就好我再掙一點錢就可以開個小店了我在他家附近開個小店他每天去上班都可以看見我我們心照不宣我在夜裏等他……」這種太過主觀的敘事暴露了作者過於強烈的男性倫理敘事立場。從以上例子可以看出，20世紀晚期男性作家的小說中的男性倫理立場十分明顯，它表明根本不存在超性別倫理敘事立場。

現代倫理與後現代倫理。在19世紀中國歷經以傳統倫理彙聚社會力量以平定內亂、抵禦外侮慘遭失敗後，至1840年代清王朝一些志士仁人已意識到中國實有甄審舊的倫理體系、建設新的倫理體系的必要性了。龔自珍就說過：「一祖之法無不敝，千夫之議無不靡，與其贈來者以勍改革，孰若自改革？易曰窮則變，變則通，通則久」。[11]這種思想後來催生出梁啟超一篇著名的文章《少年中國說》，通過辨析老大中國與少年中國的區別，鮮明地表達了晚清以來中國告別傳統倫理、建設現代倫理的民族追求。其中寫道：「造成今日之老大中國者，則中國老朽之冤業也；制出將來之少年中國者，則中國少年之責任也。彼老朽者何足道，彼與此世界作別之日不遠矣，而我少年乃新來而與世界為緣。」[12]迭經近一個世紀、幾代人的不斷摸索、嘗試，到五四新化運動興起，中國的現代倫理建設才開始起步。魯迅、胡適等新文化運動領袖，借取西方現代倫理資源為參照，從各個方面重新估定傳統倫理的價值，以自由、民主為核心倫理理念設計中國的現代倫理體系，並試圖以此造就全新的中國人和人際關係，進而使古老的民族脫胎換骨、激情煥發，走出亡國滅種的歷史危機。20 世紀的小說全面介入了這一工程。魯迅等中國第一代現代作家用文學的形式解構了傳統倫理的權威性，使之退居歷史一角，並將自由、民主的倫理理念貫注到自己的小說創作中。此後巴金、老舍等發揚光大了魯迅等開創的現代倫理敘事傳統。中華人民共和國成立後，現代倫理敘事出現唯政治化傾向，在政治倫理得到空間強調的同時，其他倫理的探索出現停滯甚至倒退。進入 1980 年代，情勢出現逆轉，唯政治化受到質疑與批判，全面倫理建設被提上工作日程。小說創作同樣出現相應變化。各位作家從各個側面展開對現代倫理敘事的探索，並取得一系列成果。

稍晚於現代倫理的探索與張揚，到 1985 年左右，一些作家受西方後現代小說的影響，又開始了後現代倫理的探索。其創作則可以劉索拉的《你別無選擇》、徐星的《無主題變奏》、殘雪的《山上的小屋》為起點。在他們的創作中，現代倫理不是作為一個無可挑剔的理念預設被使用，而是作為一個可疑的事件被置入他們的小說敘事中，受到嚴厲的拷問。此後，馬原、余華、格非等的小說中也蘊含著同樣的母題。他們在質疑現代倫理的過程中為超越現代倫理打開了一扇大門。在這樣的語境下，王朔的小說像一個怪物，它們其實也可以看作是後現代倫理的大眾通俗版，在一點正經沒有的皮相下，嘲笑了用並不存在的良善偽裝門面的君子，顯露出人生的荒涼本質。

在 20 世紀晚期這個現代與後現代雜糅的時代，作家的創作一般都很難看作純粹的現代倫理敘事或後現代倫理敘事，它們往往是二者並具。比如鐵凝的小說，從語言上看，一直都比較平實、持重，好像更多一些現代倫理敘事的成份。但認真閱讀她的小說，就會發現，一方面她熱情肯定人性，肯定真、善、美等現代價值，但另一方面，她又深入拷問人性中的卑劣，質疑人性等現代理念的真偽。比如她早期的小說《哦，香雪》，表達了作者對現代化的美好想像、熱情期待。充滿詩意的敘事中現代化被賦予無限的魔力，似乎它一到來，一切難題都將迎刃而解；而鐵凝 1990 年代中期創作的另一篇小說《小黃米的故事》則與之形成鮮明的對照，表現出作者在經過對現代化過程的仔細觀察後對現代化的價值產生了深重懷疑甚至否定：現代化並沒有像預期的那樣改變山裏女孩的命運，而且現代化也並沒有祛除人性深處的卑劣與齷齪。在對現代化質疑的敘事中，蘊含了作者超越現代化敘事，探尋後現代性的企圖和努力。

世俗倫理與神性倫理。胡適在其自傳《四十自述》中記載了他幼年時親歷的一件小事：在他十三歲的那一年正月裏，胡適去大姐家拜完年回自己家的路上，「中屯村口有個三門亭，供著幾個神像。我們走進亭子，我指著神像對硯香說：『這裏沒有人看見，我們來把這幾個爛泥菩薩拆下來拋到毛廁裏去，好嗎？』」[13] 儘管此次瀆神行為沒有成功，甚至相反還壯大了神的聲威。但無疑這是一個具有象徵意義的歷史事件，它表明由於西方現代文明的影響和民族危機的刺激，瀆神、弒神成為 20 世紀初中國的一股強勁的思想潮流，其流布之深廣，已波及少不更事的幼童。瀆神之風越旋越廣遠，直至超出人的控制勢力，而釀成 1960-70 年代勢將毀滅整個中國文化根基的「文化大革命」。其惡果連始作俑者如胡適都感到悚懼。到 20 世紀晚期，「文化大革命」的反文化、反理性的一面受到人們普遍的質疑、抵拒，不少人甚至也開始意識到「生命不能承受之輕」，並著意重培中國文化之基，再造中國精神昆侖。但截至 20 世紀末，神性一直處於受嘲弄、遭冷遇的惡劣境地。儘管也有一些人企圖尋覓返回神性殿宇的小路，但他們連自己的迷失都無力驅除，更遑論引領眾人泅出欲海。在這樣一個神性失落的世紀晚期，世俗倫理無疑處於主導人的精神走向的地位，而神性倫理則萎居一角。

在 20 世紀晚期的小說敘事中，世俗倫理高視闊步。莫言與王朔似乎沒有多少可比性。但他們的小說在對世俗倫理的強調上卻存在驚人的一致性。莫言的敘事天馬行空、汪洋恣肆，表現出卓越、超倫的小說家才略。在發表於 1985 年《中國作家》第 2 期、使他響震中國文壇的短篇小說《透明的紅蘿蔔》中，充滿性暗示的「紅蘿蔔」意象被作者塑造得美侖美奐，猶如一幅當代生活的圖騰代替了過去的神祉高懸於人們的頭頂之上，總攬著當代人的幸福與悲哀，從中可以感到其刺透紙背的世俗倫理的話語訴求。王朔的小說被陳曉明指認為「確實沒有什麼深邃的思想和形而上的理趣，它在敘事方法方面也無多少特別之處，它的主題既不明確也不完整，從傳統的觀點來看甚至不突出」[14]，但是他小說中的一句「我是流氓我怕誰」竟然成為 20 世紀晚期一句經典口語，傳遍大江南北，長盛不衰。如果不將「流氓」作狹窄的政治化詮釋，而把它當作一個文化學符碼，就會發現「流氓」恰是失去與神的關聯後當代人身份的最準確概括。當代人因為殺死了規定人類的存在意義、提供人類靈魂居所的神而變成了沒有確定意義、無處安妥靈魂的四處漂流之氓。「我是流氓我怕誰」，則是殺死神之後的當代人因失去神的責罰而一味沉溺於現世享樂過程中的得意忘形的囈語。在這句囈語此起彼伏流布於大地四方的躁鬧世態中，正可看出世俗倫理大行其道的倫理形勢。

與此同時，神性倫理則顯得乖時揹運。20 世紀晚期小說敘事中很少涉及神性倫理的書寫，神以及與神有關的人與事很少出現，即使出現也多以形似委瑣的面目任由世人觀看甚至嘲弄。比如汪曾祺寫的小說《受戒》，本為淨地的佛門被處理得更像一方農家小院，「這個庵裏無所謂清規，連這兩個字也沒人提起」，他們可以娶妻、找情人、談戀愛，還可以殺豬吃肉，唱「妞兒生得漂漂的，兩個奶子翹翹的，有心上去摸一把，心裏有點跳跳的」這樣的酸曲。如今批評界一直稱許其「桃花源」式生活理想追求，但若從宗教的視角來看，它無疑充滿解構與嘲諷之味。但喧天的輕侮裏也不是沒有一點守衛的聲音，這可以張承志與北村為例來略加說明。張承志是 20 世紀晚期小說界的重鎮之一，1984 年以後，「把熱情與理想投諸於草原牧民和北方大自然，尋求與現代化的都市文明趨向相異的價值座標」[15]，笑稱「他們在跳舞，我們在上墳」。[16]後來他便把自己的信仰建置在伊斯蘭宗教的哲合忍耶之上。在他 1995 年完成的長篇小說《心靈史》中，他非常真誠地寫道：「你是撥轉地球的那個支點，自從有了你的支撐，我的內裏便不彎不斷。其實應該有一支完全獻給你的歌，其實應該單獨為你寫成一部別辭。他們看見這愛了麼／我憑什麼——／享受幸福果，享受你如此的獨愛呢／前定啊／……我沒有儀禮，沒有一句贊詞。我只是緊緊地握牢你伸來的手，閉上眼睛，聽著我微弱的心音，在你黑暗般的博大慈愛之中／一步一步地消失／一絲一絲地溶化」。在這飽含激情的詩句中可以看到張承志對哲合忍耶極其虔誠的態度。不過，他對宗教的這種虔誠具有很大的私人性和偶然性，是以他本人的特殊經歷和偶然感悟為基礎的，從根本上排斥理性。這使他的這種虔誠在由自我向沒有類似經歷與感悟的其他人推延時，因沒有理性推理的幫助而面臨無以克服的困難。而張承志似乎並不顧及這種困難而執意進行人為推延，這又使承載他推延信仰的小說及隨筆等充滿專斷的色彩。相比較而言，北村的小說中的宗教倫理敘述則要平易得多。如果說張承志的敘事主要傳達的是由偶然頓悟進入宗教境界，如《心靈史》中的楊三老漢，在神性之光的照耀下心滿意足的精神狀態，並試圖藉以吸引、勸導沉迷世俗慾望中的人產生超越的意識，獲得信仰的幸福；那麼，北村敘事的基點顯然是確定在世俗的此岸。他一遍又一遍講述的是充滿慾望的人在外界的誘惑下放縱自我、迷途不返的墮落故事。這是一種十分平民化的小說敘事，它正切合了 20 世紀晚期從禁慾律條中解放出來的人們的心理軌跡，為他們尋找自我放縱的記憶影像提供了十分方便的機會，同時也由此而深深地吸引住了他們的目光。與一般的慾望化敘事不同的是，北村在引領人們回憶自我放縱的影像時，加入了反思慾望的成份，試圖讓人們看到慾望的限度、放縱自我所帶來的空虛等，以此開啟人們超越此岸局限，進入神性彼岸的通途。比如在他的小說《最後的藝術家》中，北村敘述了某大學音樂系高才生杜林在畸下村一幫人的教唆下走上獵色偷香、逢場作戲的縱慾之路。他一次次得手，一次次感受著興奮、刺激。他欲罷不能，在放縱的道路上越走越遠。在這樣的敘述中，我們感到慾望的巨大魔力和意志的不堪一擊。由於作者對人性弱點的充分諒解而使他的敘事顯得比較平易，容易為人接受。同時，作者以一種朋友的身份而不是得道成聖的聖徒的身份，給因過度放縱自我而身疲心累的人們以善意的提醒與勸告，提醒他們縱慾的危害，勸告他們超越自我，聆聽神性之聲的召喚。當然，由於身處技術時代，神性倫理資源空前匱乏，這使得北村的小說敘事在引領人們走出縱欲的陷阱時顯得有些力不從心。

20 世紀晚期中國小說敘事中，還包括其他許多有價值的倫理探索。比如余華小說中對暴力倫理的追問。余華小說，特別是早期小說具有濃烈的血腥氣，有人以此責怪作者冷酷。其實這是莫須有的罪名。余華的小說確實寫了許多暴力場面和事件，有的甚至寫得令人毛骨悚然、不寒而慄，比如《現實一種》中山崗與山峰這兩個同胞兄弟之間因一起偶然事件而引起的手足相殘，特別是四歲的皮皮在折磨、殺死堂弟過程中所展露出的施虐成癮、嗜血如命的基因沉潛，讀後讓人不由震悚於人類無以擺脫的施暴本能之黑暗至極。但這並不意味著作者認同於暴力。相反，在余華近乎零度敘事的語調裏，恰可以感受到作者對施暴本能的厭惡和對施暴病症的療治。余華是作過牙科醫生的，他似乎深曉厭惡療法的功效，所以也在他的小說敘事中，通過窮形盡像地展露血腥逼人的施暴過程，以引起讀者翻江倒海似的精神嘔吐，從而淨化心靈的汙濁，達到靈魂境界的高度提升。嚴歌苓 1980 年代的小說則比較關注英雄的命運。她的長篇小說《雌性的草地》和《草鞋權貴》，從底層與高層兩個場域的生活，表現了英雄群體的潰敗與英雄倫理的淪喪。《雌性的草地》寫了一群遠在天邊的牧馬女兵，她們胸懷保衛祖國的神聖信念歷盡風霜嚴寒甚至生死考驗，最終卻因騎兵退出戰爭舞臺的歷史蛻變而一潰千里，她們所曾經抱持的英雄倫理也因慾望化時代的到來而由光榮的符碼變成恥辱的標誌。《草鞋權貴》則寫的是一個曾經身居高位的英雄程在光將軍退出歷史舞臺後的淒涼晚景，它以最有可能繼承其英雄事業的小兒子最終淪為向女人討飯吃的窮迫相，說明在和平年代日久，慾望化進程日益加劇的潮流中，英雄日退邊緣直至無人問津的歷史必然性。《雌性的草地》與《草鞋權貴》宛如一對傳遞軍事密碼的虎符，合在一起完整地再現了曾經改寫歷史、再造民族輝煌的歷史英雄和企圖繼承前輩壯志、光大前輩事業的當代英雄無可挽回的衰落，表現了英雄倫理被慾望化潮流驅逐著退出歷史視野的悲劇命運。作者的深刻之處在於，她並沒有以合乎歷史理性來一味歡呼帶有濃烈禁慾色彩甚至反人道意味的英雄倫理的終結，而是在渲染慾望化生活的瑣碎無聊中表達了對英雄缺席的日常生活的不滿足，某種程度上表現了對英雄倫理淪喪的悲悼之情。蘇童的一些小說如《紅粉》，則表達了作者對妓女這個弱勢群體的關注，表達了對妓女生活的倫理思索。無論如何，妓女賣淫都是人類生活不完滿性的一個突出表現。但是怎樣看待妓女賣淫，從不同的倫理立場出發卻會得出迥乎不同的結論。以往最引人注目的觀點，是男權制的，認為妓女賣淫是她們好逸惡勞之下賤本性的選擇，沒有任何值得同情、憐惜的地方。小說《紅粉》中大街上肆意向妓女吐口水的行人和卡車上大聲責罵妓女的共和國士兵，他們內心深處認同的其實都是這種觀點。精英知識份子對待妓女則多抱持人道主義同情態度，不過這種同情總含有一些居高臨下的成份。比如現代小說史上最具同情心的作家老舍，他的長篇小說《駱駝祥子》寫到妓女的形象，而其中篇《月牙兒》則是專門為妓女而寫的。在這兩部小說中，妓女都本是良家女兒，天性淳樸，她們都極力要做一個自食其力的有尊嚴的人。可是，罪惡的社會制度和不公平的社會關係把她們一步步逼上賣淫的道路。不過，也應該看到，老舍在為妓女正名的用意下，也無形中抽空了她們作為人的豐富的內在需求，壓制了她們作為慾望主體追求幸福、追求歡樂的天然權利。而蘇童則有意調低自己作為作家的位置，在一個幾乎與妓女平等的視角來觀察她們。這使他的小說中妓女形象更真實、更豐滿。在《紅粉》中，秋儀並不是被拐賣到妓院的，而是自己一步步走進去的。她無法忍受棚戶區那豬狗一樣的生活和鋪天蓋地的尿臊味，而妓院恰可以使她脫離開那裏。秋儀的形象是卑賤的，卻也是十分真實的。它深刻地反映了一些出身底層、有幾分姿色又沒有其他生活技能的女性孤注一擲來改變自己貧苦命運的生活熱望。蘇童的小說敘事肯定了妓女追求慾望滿足、生活幸福的合理性，演繹了一種新的更能夠體現女性切身利益的小說倫理。這一時期中國小說中還包含其他許多倫理探索，在此就不一一羅列了。

總的來看，20 世紀晚期的小說中提出了很多有價值的倫理話語，並進行了形象生動的演繹。在這種演繹中，可以感受到作家們敏銳地捕捉轉型期各階層、各個體相互糾纏、相互衝突的倫理實踐細節的卓越能力，以及大膽地擇取各種有違傳統卻蘊含歷史合理性的倫理判斷的冒險精神。這是十分令人欣慰的。不過，也勿庸諱言，許多倫理敘事也只是擇舉一端而難以周顧其餘，給人偏執不圓融的印象。在一個理性缺席的時代，這或許是不可避免的吧。

注釋：

[1] 參見該書第 371 頁，復旦大學出版社 1999 年版。

[2] 洪子誠：《中國當代文學史》第 185 頁，北京大學出版社 1999 年版。

[3] 出處同上，第 185-186 頁。

[4] 出處同上，第 210 頁。

[5] 出處同上，第 225-226 頁。

[6] 出處同上，第 18 頁。

[7] 趙修義：《經濟全球化與我國道德教育面臨的新挑戰》。

[8] 洪子誠：《中國當代文學史》第 268 頁，北京大學出版社 1999 年版。

[9] [美]凱特・米利特《性的政治》第 121 頁，社會科學文獻出版社 1999 年版。

[10] 張炯：《新中國文學史》第 685 頁，海峽文藝出版社 1999 年版。

[11] 龔自珍：《定庵文集》卷上《乙丙之際著議第七》。

[12] 《梁啟超文集》第 80 頁，北京燕山出版社 1997 年版。

[13] 胡適：《四十自述》第 448 頁，海南出版社 1997 年版。

[14] 陳曉明主編：《現代性與中國當代文學轉型》第 233 頁，雲南人民出版社 2003 年版。

[15] 參見陳思和主編：《中國當代文學史教程》第 369 頁，復旦大學出版社 1999 年出版。

[16] 張承志：《離別西海固》。

第二章　岩石沉沒

1980 年代前期，剛剛從冰凍中甦醒過來的小說創作有一段短暫的關於現代化前景的浪漫懷想，單純而明麗的現代化敘事讓人想入非非；但很快反思歷史傷痛的敘事就出現了，並取而代之成為小說創作的主調。在這種敘事中，曾經被當作無須質疑的倫理真理命題如革命、英雄、道德等，被還原成一個個充滿疑問的歷史話語，而重新接受作家近乎苛刻的審視。

革命是 20 世紀中國歷史生活的一個十分重要的組成部分，在小說中曾經被敘述成一個十分聖潔的倫理話語，達到不許質疑的地步。但是 1980 年代中期以後，革命在小說中便失去了它曾經獲得的優越地位，它必須和其他倫理話語一樣接受嚴格的資格認定。這是中國歷史重心由社會主義革命向社會主義建設轉移的必然結果。重心的轉移在 1950 年代初就提出來了，但真正落實卻是在 1980 年代。重心的轉移意味著革命倫理話語已完成其歷史使命。在這種歷史轉變中，曾經神聖不可觸動的革命倫理話語便無法繼續保持其優越地位了，一些敏銳的小說作家便開始在自己的創作中重新思索革命倫理的合法性，呈現出後革命倫理的敘事態勢。

西方後革命理論在世界範圍內不斷傳播，對於 20 世紀晚期中國小說中的後革命倫理敘事的興起與發展有一定的推動作用。後革命思潮興起於美國，「後革命」一詞最早由杜克大學中國問題研究專家阿里夫・德里克於 1985 年左右提出來。他認為，革命話語顯然已不適應已經發展變化了的中國等原殖民地、半殖民地國家的形勢，必須超越革命話語來以後革命眼光重新審定新的形勢。後革命理論為中國小說中的後革命倫理敘事提供了一定的思想支持。

從前，革命倫理敘事中，革命話語處於故事的前臺。比如楊沫的《青春之歌》講述了一個革命和愛情的故事。在處理革命與愛情的關係時，作者很明顯地讓革命處於絕對主導的位置。在接觸到革命者之前，林道靜因為悲觀絕望而愛上了救她一命的自由主義者餘永澤。但盧嘉川、江華等革命者一出現，林道靜很快便發現了餘永澤身上的平庸、自私等灰暗的品質，曾經湧起的一絲愛的激情也煙消雲散了。她果敢地斬斷與餘永澤的情緣，投身於抗日救亡運動，並最終成為一位堅定的無產階級革命者。在林道靜的經歷中，可以看出革命倫理話語對一個人的經歷的決定性作用。在整部長篇中，革命倫理話語始終是作為最強大的聲音佔據著敘事舞臺的中央。而後革命倫理敘事卻徹底改變了這種局面，它把革命倫理話語由故事的前臺推到背景的深處。比如格非在其成名作《迷舟》中重新講了一遍抗戰時期的革命故事，但故事卻選擇了一個沉迷於個人情感的蕭作為主人公來展開，更重要的是，作者把決定蕭之死性質的楡關事件處理成一個空缺避而不提。這種敘事表現了作者有意用非革命的倫理話語來修改人們對歷史的記憶的企圖。它表現出曾經被無限放大而獲得超越歷史特權的革命倫理話語在時代推移到 1980 年代中期後即將被還原放回到歷史中去的趨勢。蘇童的小說《罌粟之家》講述的是一個新版的農民翻身鬧革命的故事，不同以往的是，作者將敘述的重心放置在革命對象地主劉老俠身上，而且特意強調革命者陳茂身份的複雜性。重心的轉移意味著革命已不是作者要關心的主要問題了，而對革命者陳茂作為財富匱乏者在財主面前的卑微、作為性權力匱乏者在女性面前的猥瑣、作為得勢者在失敗者面前的張狂，都無形中消解了革命倫理曾經在人們心目中的絕對權威，為人們客觀思考革命倫理的價值提供了一定的思想空間。

英雄是 20 世紀晚期中國小說著重解構的另一中心話語。它曾經在中國謀求民族獨立和現代化過程中被精心構造出來並得到廣泛應用。20 世紀中國小說中獲得這一符碼的人物形象都被塑造得光彩奪目、激動人心。這一英雄倫理敘事傳統最早可以追溯到魯迅，他的小說《藥》中的主人公夏瑜就是一個不惜犧牲自己生命，一心要謀求實現中國民主制度的革命英雄。儘管小說中有很多筆墨涉及民眾的愚昧，及因愚昧而導致的對民主的無知、對英雄的冷漠，質疑了夏瑜作為英雄的價值。但最終反而更突顯了夏瑜於暗夜中孤絕奮戰的英雄氣概。1920、30 年代的左聯小說作家則創造了更多的英雄形象。其中最有代表性的是蔣光赤，他寫了《少年漂泊者》、《短褲黨》、《咆哮了的土地》等小說，塑造了許多革命者的英雄形象。而最成功的是他在代表作《咆哮了的土地》中著力刻畫的張進德和李傑兩個英雄人物，展現了 1920、30 年代革命者的英雄風采。中華人民共和國成立後，小說創作更加重視英雄形象的塑造，而且英雄的形象被刻畫得更加高大完美。比如梁斌的長篇小說《紅旗譜》中主人公朱老忠就被賦予了英雄的各種優秀品質，他疾惡如仇、敢作敢當、品格剛毅，同時又見多識廣、深謀遠慮，具有堅定的理想信念，渾身閃耀著崇高的道德光輝。楊益言、羅廣斌的長篇小說《紅岩》中的共產黨員江竹筠、齊曉軒、許雲峰等，身陷敵人的囹圄、倍遭酷刑拷打，但他們意志堅定、毫不畏懼，表現了革命戰士的英雄本色。

江竹筠等人雖然最後都被敵人殘酷殺害，未能見到革命勝利的曙光，但他們無私無畏的革命精神、對理想信念的忠誠和不屈不撓的鬥爭意志無不給讀者留下深刻的印象。柳青的長篇小說《創業史》反映的是 1950 年代的農業合作化運動。今天對於小說中所指涉的這一歷史事件，似乎很難再像當初柳青那樣給予不加分析地肯定了。但作為一個敘事文本，卻無法否認其充斥字裏行間的英雄主義氣息。梁生寶作為一個熱愛集體事業、不辭辛苦、不畏堅難，一心一意謀求集體興旺發達的農民形象，確確實實具有濃厚的英雄主義色彩。

英雄的話語在整合人的意志，凝聚民族的力量，爭取民族獨立和國家富強的事業中曾經起到過重要作用。19 世紀中葉以來，中國社會陷入痛苦焦慮、憂患不斷的大動盪之中。而經過現代轉型的西方國家的經濟與軍事在東亞的擴張更加劇了中華民族的生存危機。正如龔自珍在一首詩中所寫的那樣，「九州生氣恃風雷，萬馬齊喑究可哀。我願天公重抖擻，不拘一格降人才」，在這樣一個民族危亡的時代裏，扭轉乾坤的英雄是中國最急需的人物，最為人們渴求與崇仰。而且這也是一個英雄輩出，大展抱負的時代，如「我自橫刀向天笑」的譚嗣同，甘為「革命軍馬前卒」的鄒容，蹈海赴死以喚醒民眾的陳天華，「知有主義不知有家」、昂首走向絞首架的李大釗，在敵人的刑場上舉行婚禮的周文雍、陳鐵軍，不戀優渥生活、毅然回國的錢學森，身居仄室筆算不輟、一舉摘取歌德巴赫猜想桂冠的陳景潤，等等。正是這些胸懷民族、寧死不屈、頑強拼搏的英雄將散沙一樣的民眾凝聚成萬眾同心的鋼鐵長城，帶領中華民族一步步從危難走向光明，從弱小走向強大。英雄的業績催生了英雄的話語，

20 世紀又是一個英雄話語佔據重要位置的時代。這就是前面所提及的一系列英雄形象誕生的歷史必然性。但是 1960-70 年代文革文學的英雄塑造過程中的高、大、全，假、大、空的偏執做法嚴重敗壞了英雄話語的純潔性、嚴肅性。比如《虹南作戰史》，從文革時期極左的政治、文學思潮出發，任意編造情節、拔高人物，連極力要炒作它的人也不得不承認其難以掩飾的缺陷，如「以作者的議論，來代替藝術上對人物的塑造」，「全書只有一種語言」等。[1] 這導致人們對英雄形象的懷疑與疏遠。正如北島在《回答》中所寫的那樣，「告訴你吧，世界，／我——不——相——信！／縱使你腳下有一千名挑戰者，／那就把我算做第一千零一名。」這種冒死也要說出的懷疑，宣佈了英雄話語的終結。而 20 世紀晚期人們慾望意識的覺醒更加劇了英雄淡出歷史的步伐。1950 年代以來，特別是 1970 年代，中國推行的是一種禁慾主義意識形態，把人的慾望需求當作資本主義落後的意識，進行一次又一次嚴厲的批判，直到把人們通通改造成口是心非的「無私無欲者」。鐵凝在回憶這段歷史時寫了一個非常微小但卻富有代表性的生活細節，當時她受時風的誘惑主動到農村插隊。農村的生活十分貧苦艱辛，可是她卻要在農民面前表現出十分樂意的樣子，更令人震驚的是她還要讓自己相信自己是真誠的。由此可見當時的政治意識形態對人的精神的巨大的宰制力量。但是這種悖離人性的宰制並不可能把人改造成無私無慾的神，而只能把人逼成一個「口是心非」的分裂者：「一把花生米揣進了口袋，我們在黑暗中走著，一粒粒摸著吃，計算著吃完它應用的時間，力爭在進門前吃完，不留痕跡。當點上那兩扇門橫在眼前時，身上正好是『彈盡糧絕』，財物兩空，才想起原來這要花去半個月的工分呢，然而又覺得這實在值得，因為這裏不光有女人的奢侈，還有冒險的愉快。」而 1980 年代的思想解放運動，使人們獲得了舒展自我的空間，也使人們久遭壓抑、倍受貶斥的慾望恢復了正當的名譽。迅速復甦、膨脹起來的慾望意識使人們對過去極端貶斥物質享受的英雄倫理產生了越來越強烈的反感。這種思潮導致了一批解構英雄倫理話語的小說的出現。以工筆的筆法寫出英雄的終結的是嚴歌苓，她的小說《雌性的草地》和《草鞋權貴》表現出英雄話語失去歷史存在合理性後日漸枯萎直至凋零的末日景象。而以寫意筆法寫出英雄終結的是王小波，他受人矚目的中篇小說《紅拂夜奔》是對有關英雄李靖與美女紅拂愛情傳說的重寫，更是對英雄話語的解構。在小說中，李靖不再擁有歷史英雄的威嚴，他的聰明、機巧的行狀裏被加入大量的庸碌與無聊，而成為一個肉身凡胎，拖遝埋汰的老潑皮形象。而王小波的中篇小說《黃金時代》則講述的是英雄話語最為盛行的文革時代，但英雄的時代裏卻沒有放置英雄的人物形象，而是代之以滿身世俗之氣的凡人形象王小二。王小二一出場就渾身上下「一無所有，……小和尚直翹翹地指向天空，尺寸空前」，以其醒目的肉體性存在嘲諷了英雄時代以英雄話語禁壓人性本真需求的不合理性。整部小說在看似遊戲的敘事中卻輕鬆地解構了主流人士歷經多年苦心建立起來的英雄話語。

英雄話語的失落並不局限於中國，曾經以英雄的國度震驚全世界的蘇聯已經煙消雲散了，見證過這段歷史的諾貝爾文學獎金獲得者索忍尼辛，一位衛國戰爭中的紅軍大尉，在回首自己的英雄往事時竟然明明白白地寫道：「我們這一代人將返回家園——交回了手中的武器，胸前掛著叮噹作響的勳章，向人們講述自己的戰鬥事蹟。

而我們這些弟弟們將僅僅會向我們做個鬼臉說：哎呀，瞧你們這些傻瓜蛋！⋯⋯」過去的英雄經歷給予他的不再是榮耀而是恥笑。英雄話語的這種世界性的失落有著更大的歷史必然性，那就是甚囂塵上的技術主義對英雄主義的毀滅性打擊。至少在今天，技術主義似乎包辦了對人類一切難題的解決，各類英雄都如唐・吉訶德一樣沒有了用武之地，如果執意要堅持扮演英雄角色的話，那只能淪為人們的笑柄。英雄話語的失落是慾望化潮流作用的結果，反過來也加速了慾望化的進程。反英雄的敘事倫理解除了凡人們的精神規制，他們由此可以肆無忌憚地追求自己的慾望滿足，正如朱文小說裏的小丁那樣男人們可以大聲呼喊著「我愛美元」去尋找一切機會來充實自己的腰包，進而用充實的腰包去購買任何的歡樂；女人們可以像衛慧小說裏的倪可那樣高舉著伊芙・泰勒的「壞女孩走四方」的旗幟揮霍青春、及時享樂。儘管失去英雄的世界變得十分乏味與無聊，但人們似乎常常有意使自己忘記這些，而一味沉入短暫而淺薄的感官刺激之中自得其樂。

同樣，道德話語在 20 世紀晚期中國小說中也受到嚴厲質疑。幾千年來的傳統中國一直奉行唯道德主義意識形態，道德話語在人們的思想生活中佔據十分重要的位置。但是，1840 年代以來中國在與西方國家商業交往和軍事衝突中無絲毫招架之力的劣勢處境使中國人對自己國家賴以組構的道德話語產生深度懷疑，並最終導致五四新文化運動中以「打倒孔家店」為旗幟的反道德思潮。不過，當時的反道德思潮並沒有達到徹底否定道德價值的地步，他們只是要清除那些阻礙中國從傳統向現代轉型的道德律條，代之以新的具有現代意義的道德律條。比如當時的魯迅就有明確的「立人」意識，並通過自己的小說、雜文創作來療治國民的精神創傷，以期創造出全新的人。但是歷史的吊詭之處在於，五四一代中國知識份子以滿腔的道德熱情所竭力追求的現代化方案，最終卻是以徹底消解道德價值為結局的。現代化是西方為走出中世紀而制訂的社會方案，在它最初產生的原因裏其實就包含著對道德價值的失望，而且它的最初設計裏也包含了清除道德價值在社會生活中的位置並以慾望實現來填補由此造成的價值空白。五四一代中國知識份子對此了然於胸並企圖在推進中國向現代轉型的道路上能夠規避開這個現代化陷阱。但事實證明，這只能是一廂情願的幻想。中國在經歷了幾十年的道德主義掙紮之後，到 20 世紀晚期最終還是進入了遊戲人生的慾望化時代。人們將道德棄置一旁，在賺取金錢、追逐慾望的忙碌中其樂陶陶。「在 90 年代，錢成為衡量一切的終極尺度，『沒有錢是萬萬不能的』成為當代人生活辭典中的『關鍵字』。先富起來的一部分人在用金錢尋找失去的夢，而盼望隨後也富或富不起來的知識份子也開始紛紛下海，於是，『下海』成為 90 年代中期的一個如雷貫耳的詞語。」[2]時代的這種道德虛無主義症候也鮮明地表現在小說敘事中。如王朔的小說《玩主》，在一群北京胡同的小痞子裏，特意插入了一個大學德育教授趙堯舜。他們之間正好構成道德話語與慾望話語的對舉關係。作為道德話語的體現者，趙堯舜被描繪成一個口是心非的偽君子，他滿嘴理想、信念，內心卻充滿欲念、虛榮。對趙堯舜的冷嘲熱諷，已經超出了對某個偽道德個體的撻伐，而形成對道德價值的否定。這種否定鮮明地體現出在慾望化時代裏道德邊緣化的歷史境況。更進一步證實這一推斷的是小說中痞子們甘居庸俗的自滿自得的精神脈象。他們自稱「流氓」，放棄道德追尋，將人生簡約為動物存滅的問題，並以生存智慧解決所遇到的一切問題。王朔這篇小說所設置的人物關係，清楚地顯示了技術時代裏技術巨大的創造力給人帶來豐富的物質滿足，甚至讓人產生技術可以解決一切問題的幻像，進而產生道德虛無主義的幻像。劉震雲的小說《一地雞毛》則以另一種方式宣染了道德虛無主義的主題。主人公小林剛從大學畢業的時候，也曾企圖以完善道德來確定自己的人生價值，但他很快發現道德完善是毫無意義的，只有切切實實的利益才是切實可靠的。隨後豆腐便取代了道德而佔據了他生活地圖的中心位置，因此豆腐變餿也就成了小林生活中一件類似原子彈爆炸的恐怖事件，引起了作者在小說開篇發出一聲驚呼：「小林家一斤豆腐變餿了」。確實，對於一個不再看重道德價值的個體來說，豆腐便陡然間具有了非同尋常的意義，儘管他常常因人多不得不空手而退，但仍然堅持每天起早排長隊買豆腐。正因為如此，花一個早晨的時間才買到的一斤豆腐會使他欣喜若狂，而不小心造成的豆腐變餿也必然會使他精神上產生巨大的震盪。

無論英雄、革命還是道德，都屬於宏大敘事。宏大敘事本身就包含著兩個相反的功能，一方面，它有著建立精神秩序、凝聚民族力量，促進國家現代化事業發展的積極功能；同時，另一方面，它也有著壓制個人權利、拘限個人聲音，阻礙個人自由發展的消極功能。在革命時代，宏大敘事的積極功能佔據優勢。而隨著革命時代向建設時代轉型的開始，它的消極功能越來越擴張，導致宏大敘事演變成一個缺乏積極意義的範式，逐漸引起人們的不滿。其實早在五四時期，魯迅就對宏大敘事的消極功能有著清醒的警覺。他在《藥》裏塑造了革命英雄形象夏瑜，但他並沒有忘記強調夏瑜作為一個人的自身的權利和價值。正是站在夏瑜個體權利的角度，魯迅批判了愚昧的民眾華老栓夫婦麻木自私的一面，同時也表達了對英雄的鮮血為自己的受助人所吞食這一悲劇命運的悵歎。魯迅對宏大敘事的這種辯證的態度受到後繼者們的冷落，他們轉而大肆強調宏大敘事的積極功能，掩飾它的消極功能，直至到文革時期把宏大敘事變成只有積極功能沒有消極功能的現代神話。這種極端的做法，徹底剝奪了個人的人身權利，嚴重阻礙了個人的健康發展。「一種美好的聖潔的甚至是崇高的精神在被接受的過程中，卻因種種原因，開始膨脹、扭曲、變形，最後其本意則蕩然無存，開始從被接受的客的位置上升到奴役人的靈魂的主的位置，直至上升到靈的位置。在這種似乎無法克服的循環中，人漸漸失去了自己。此時，人所能做的，只能是充滿壓抑感的順從或是進行靈魂的自我折磨。」[3] 這種專制意識形態對人性的嚴重戕害必然最終導致個人的全面反叛。它在 1980 年代初開始爆發出來，20 世紀晚期小說中對革命、英雄、道德等宏大敘事的消解，正是這種反叛的表現。在這場反叛中，革命、英雄、道德等宏大敘事受到重創，失去了往日的威風。

革命、英雄、道德等宏大的倫理敘事的頹敗，使個人在 20 世晚期獲得較大的表達空間，迎來了個人敘事的活躍。「作家們不再依照對社會的共同理解來進行創作，而是以個體的生命直面人生，從每個人都不相同的個人體驗與獨特方式出發，來描述自己眼中的世界。」[4] 王小波是一個堅定的自由主義作家，非常強調個人的天賦權利，「你有種美好的信念，我很尊重，但要硬塞給我，我就不那麼樂意」。[5] 他臨終前都在思考著要做一個特立獨行的人：「我輩現在開始說話，以前說過的一切和我們都無關係——總而言之，是個一刀兩斷的意思。千里之行始於足下，中國要有自由派，就從我輩開始」。[6] 他的小說更是堅執地要抒寫個人的感覺與情懷，表現了對個人倫理權利的堅定捍衛。「掌錘的隊長毫不懷疑這種手術（閹牛——引者注）施之於人類也能得到同等的效力，每回他都對我們吶喊：你們這些生牛蛋子，就欠砸上一錘才能老實！按他的邏輯，我身上這個通紅通紅，直不愣登，長約一尺的東西就是罪惡的化身。當然，我對此有不同意見。在我看來，這東西無比重要，就如我之存在本身。」[7] 這是一種個人倫理十分極致的表達。它表明，個人的需要才是個體存在最重要的價值，它是判定某一事物對錯、罪否的根本尺度。正是從這一理念出發，才判定性器不是什麼罪惡的化身，而是幸福的源泉，因為它可以給人帶來巨大的身體愉悅。進入 1990 年代，執意表達個人倫理的作家，是朱文、韓東等。它們的小說延續了詩歌創作中的反社會文化、傾心於日常倫理的價值訴求。比如韓東的小說《掘地三尺》完全祛除規範的倫理話語，純粹以個人的方式來回憶文革時代的人和事，還原出了不受政治話語規約的日常生活的情景。朱文的小說《尖銳之秋》、《食指》等，則以個性化的敘事策略勾畫出個人世界的獨特的人生圖景，真實地再現出自我的實際精神狀況。[8] 更年輕的一代作家則表現出更強烈的個人倫理表達的意識。比如衛慧就在自己的小說中把女性作為個體的精神乃至生理需求表現得淋漓盡致。她的小說《像衛慧那樣瘋狂》，有意打破虛構與真實的界限，以自己的名字作為小說人物的名字，而且直接把自己的名字與瘋狂焊接起來構成小說的標題，表達了作者追求激情、追求歡愉的精神訴求，具有十分強烈的閱讀衝擊力。在小說裏，衛慧用了一些十分放肆的筆墨和越軌的細節，將逸出社會規約轄制的女性心理和生理現實充分地展現出來。如「我們躲到了博物館的邊門那兒，有一堵厚厚的石牆可以遮人耳目。靠在牆上，我們從容而迅捷地尋找著對方的嘴唇。那東西像片柔軟的蛤蜊，隨著熱烈的海水沖刷而來。……我們在宏偉端莊的博物館的縫隙中澆灌乳汁，摩擦火花，沒有神聖的接頭暗號，只有毫無羞恥的慾望。」[9]她們恣意地放縱自我的情感，毫不以為觸忤了身後裝滿了社會規約的博物館，相反，心中還充溢了以柔情滋養冰冷石頭的豪邁。她的另一篇小說更將女性的性愛體驗描繪得充滿詩情畫意：「他的刺激漸漸地要使她發狂，有點窮途末路的味道。她一伸手關了燈，像只貓一樣靈活地翻了個身，跨坐在他上面。他乍一下似乎有些吃驚和局促，但馬上被更高地激挑起來。在放縱的呻吟和肉體的撞擊中，張貓覺得他們就像一對真正的狗男女那樣體味著無恥而至高的歡樂。歡樂是如此巨大地飛揚起來，一剎那像片羽翼下的陰影籠罩了她，使她恍惚而深刻地懷疑起自己和這個男人之間，是否是最純粹最真實的情欲關係。」[10]在這段描述中，張貓似乎完全擺脫了社會規約的束縛，沉入絕對自我的境界，感受著純粹私人的歡樂。當然，這種沉入還是受到了外界的干擾，她畢竟不能完全確認她與這個男人之間是否是一種最純粹的情欲關係。

當然，個體性倫理也是一種歷史話語，它以抽象的個體存在為理論預設。實際上這在某種程度上也是對歷史真實的遮蔽。問題隨著時間推移逐漸暴露出來，到 1990 年代變得更加醒目。「在八十年代，因為個體與個體之間的利益訴求還存在有某種共同性，從而使個別性獲得了一種普遍的美學意義，問題暴露得還不是很嚴重。但是到了九十年代，個體與個體之間的差異越來越明顯，而知識份子的超越性也漸漸喪失，漸漸退回到你說的『新富人』階層或者『中產階級』的代言人角色中，所以在這種新的個體性／普遍性的敘事中，我們要追問的恰恰是：誰的個體性，誰的普遍性？在文學創作上，我們看到，九十年代越是強調個人化的寫作，越是暴露出自我封閉的簡約化趨向，反而使你聽不到真正豐富、複雜的個人的聲音。」[11] 正如王曉明先生所分析的那樣，個體性倫理敘事，在 20 世紀晚期小說創作中被越來越狹隘化，到 1990 年代更成為某一階層——「新富人」階層——的倫理訴求的表達，而其普適性的表述方式又遮蔽了這種特殊性，成為新意識形態壓迫其他階層，如與「新富人」階層同時產生而生活境況正好相反的弱勢群體的倫理話語。正是由於個體性倫理話語在 1990 年代的這種精神蛻變，使它受到一些堅守知識份子批判立場的批評家的質疑，也逐漸被無法從中找到情感共鳴的廣大讀者所冷落。與此同時，另一種倫理話語——正義倫理，因其密切關涉利益日趨分化的現實巨變而備受人們關注，而小說創作中反映 1990 年代這一倫理現實的正義倫理敘事，如河北的「三駕馬車」等的作品，儘管形式上存在不少可以挑剔的地方，卻十分為讀者所歡迎，形成一股強勁的「現實主義衝擊波」。

在 20 世紀晚期伴隨著個體性倫理話語張揚，利益變得越來越耀眼，而詩意卻受到嚴重的消解。正如蔡翔所悵歎的，「二十多年前，在中國的鄉村，星星點點地散佈著這些歌者，他們背著吉他，衣裳襤褸，從這一個知青群落，到那一個知青群落，一路歌唱。……很多年過去了，這樣的歌者已不再見。我們已無法再在黃泥小屋，在田頭，在麥場，斟滿酒，等候歌者。」[12] 將詩意消失後的生存現實突兀地展示出來的是劉震雲等新寫實作家。在劉震雲的小說《一地雞毛》中，失去詩意的生活變成了「一地雞毛」，「小林家一斤豆腐變餿了」……當然是一件看起來微不足道、再平常不過的日常瑣事，但正是諸如此類的日常瑣事組成了小林的全部生活內容：和老婆吵架、老婆調動工作、孩子入託、排隊搶購大白菜、拉蜂窩煤以及每天的上班下班、吃飯睡覺。這樣的生活自然沒有了刀光劍影的危險，沒有了揪鬥、遊街的恥辱，是離亂中飽受驚嚇的人夢寐以求的太平盛景，但對於真正身處其中的人則會感受到這種生活因過於具體、實在而產生的無以忍受的乏味。在小說的結尾，小林「夢見自己睡覺，上邊蓋著一堆雞毛，下邊鋪著許多人掉下的皮屑，柔軟舒服，度年如日。又夢見黑壓壓的人群一齊向前湧動，又變成一隊隊祈雨的螞蟻。」雞毛和皮屑固然讓人感到「柔軟舒服」，但也讓人感到噁心乏味，「度日如年」。在這個夢境中，喜歡浪漫詩意的自我再也無法像白天那樣任由小林用務實的理智來拘束，真實地表達了自己對猶如祈雨的螞蟻般的物化生活的不滿足。但是，物化的日常生活差不多已經完全宰製了人的精神，詩意似乎也只能存在於夢中，當小林天亮醒來，理智很快便重新君臨他的自我的頭上，他只能「一邊搖頭回憶夢境，一邊又爬起來去排隊買豆腐」。

20世紀末的中國，物化的日常生活的宰製力似乎已無孔不入，人們再也無處找尋詩意的殘留。出生於內蒙古大草原邊陲的河北作家胡學文，以其樸實而真誠的小說創作對世紀末的中國人所遭遇的這種詩意消解的生存困境作了形象而生動的展示。比如在他的成名作《秋風絕唱》中可以清楚地看到，過度慾望化的都市固然早已沒有了詩意，就是偏遠、閉塞的草原上也並不容易找到它的蹤跡。音樂系大學生尹歌厭倦了城市裏空洞的流行歌曲，「我的耳朵裏灌滿了媚俗的毫無意義的聲音。我不認為它是歌聲，歌聲是有內容的，而它們沒有」，隻身跑到壩上草原，企圖在這裏找回迷失的詩意。但是，她發現這裏的自然環境早已失去她想像中的「天蒼蒼，野茫茫，風吹草低見牛羊」的遼闊肥美，而變得日益貧瘠破敗，這裏的人們也沒有了傳說中的豪邁灑脫，而變得越來越勢利、委瑣。尹歌只有在已經退居生活邊緣、即將退出生活場域的瞎子、馬掌等的弦音、歌聲中才能依稀感受到草原上曾經存在而今已經遠去的詩意。在這種對已經消失的草原詩意的追懷中，尹歌找到了自己在都市里根本無法找到的心靈震顫的感覺。但這畢竟是借助回憶得到的心靈震顫，是短暫的，也是破碎的。通過放大這種心靈的震顫，一方面表達了作者留住詩意的渴望，另一方面，則更彰顯了詩意難留，詩意不再的嚴酷現實。

20 世紀晚期，革命、英雄、道德等宏大倫理話語的被解構無疑是一次具有解放意義的歷史事件，它使個人倫理話語獲得一些發展和表達的歷史空間。個人倫理話語也在它們騰出的歷史空間中努力地伸展自己的生長枝蔓，儘管個人倫理話語在成長過程中出現了不小的偏頗，某些階層的個體利益聲音被過分放大，無形中遮蔽了其他階層的個體利益的聲音。不過，通過有意識的反複調試，個人倫理話語的表達或許能夠逐步走到比較完善的境地。

但是，也毋庸諱言，宏大倫理話語的缺席，造成詩意存在根據的喪失，詩意宛如秋末衰風中的花朵枯萎、凋零。20 世紀末的中國人生活在瑣碎乏味的日常生活的宰製中，無聊無奈，承受著生命無法承受之輕。這是歷史留給 21 世紀人們的一道不易破解的倫理難題。

注釋：

[1] 方澤生：《還要努力作戰——評〈虹南作戰史〉中的洪雷生形象》，見《文匯報》1972年3月18日。

[2] 王嶽川：《中國鏡像——90年代文化研究》第48-49頁，中央編譯出版社2001年版。

[3] 曹文軒：《二十世紀中國文學現象研究》第45頁，作家出版社2003年版。

[4] 陳思和主編：《中國當代文學史教程》第338頁，復旦大學出版社1999年版。

[5] 王小波：《知識份子的不幸》，《我的精神家園》第18頁。

[6] 轉自劉曉陽：《地久天長》，《浪漫的騎士》第422頁。

[7] 王小波：《黃金時代》。

[8] 參見陳思和主編：《中國當代文學史教程》第338頁，復旦大學出版社1999年版。

[9] 衛慧：《像衛慧那樣瘋狂》。

[10] 衛慧：《床上的月亮》。

[11] 王曉明、蔡翔：《美和詩意如何產生——有關一個欄目的設想和對話》，見《當代作家評論》2003年第4期。

[12] 蔡翔：《難忘老歌》，《神聖回憶》第54頁，東方出版中心1998年版。

第三章　「頽加蕩」氣

20 世紀晚期的中國小說倫理敘事在不斷向前推移的過程中，個人逐漸取代集體、社會等公共事物而成為敘事的焦點，小說主題在變得日益私人化的同時，也呈現出濃厚的「頽加蕩」氣。「頽加蕩」是從英文「decadence」或法文「décadent」翻譯過來的，「音義兼收，頗為傳神，正如徐志摩所譯的『沁芳南』和『翡冷翠』一樣，取其優美的語音指涉。」[1] 始作俑者可能是 1920-30 年代噪名一時的海派作家章克標，他的長篇小說《銀蛇》（1929 年）多次出現「頽加蕩」一詞，如，「逸人，你現在真是成了『頽加蕩』了。」「頽加蕩」與「頽廢」有相似之處，但又有其獨特的地方。如果說「頽廢」在中國傳統文化古已有之，是沒落者意志消沉、精神委靡，沉緬於感官享樂的思想表徵；那麼，「頽加蕩」則泊自西方，是人類步入現代社會後身體領略物質生活的極大豐富的同時精神卻失去形上依據、為物慾所役使的生存寫照。1930 年代中國上海等大都市已出現「頽加蕩」氣，並表現在當時的海派小說中，正如有的批評家所說的那樣，「頽喪的形象已漸少見。相反，我們更多地看到都市生活裏的頽放者。他們在喧囂的都市裡緊張地追逐、顛簸、命運如夢，反覆無常。」[2] 這些人表面上並不一定萎靡不振，相反還有可能生龍活虎。他們在現代都市裡緊張地追逐著世俗利益，興奮地感受著身體愉悅，但他們的精神深處卻因失卻終極價值的支撐而備感破碎之苦。1950 年代後革命意識形態掌控中國社會，國家現代化成為時代主旋律，而個人的物質慾求受到抑制，「頹加蕩」氣也逐漸稀薄直至被「禁慾主義」之風所替代。個人禁慾最大可能地為新興的中華人民共和國提供了穩固政權、發展經濟的條件，但無疑也嚴重戕害了人們的身體，進而嚴重破壞了人們的生產積極性，並最終導致國民經濟效益大滑坡。1980 年代初，為了調動人們的生產積極性，有效扼制國民經濟的發展頹勢，國家對意識形態作出重大調整，個人物質慾求被重新賦予合法權利。新意識形態對個人物質慾求的尊重，充分調動了個人生產積極性，使國民經濟走出困境，迎來繁榮。但與此同時，曾經沉跡幾十年的「頹加蕩」氣也再次出現在中國大地上，並反映到小說創作中。

20 世紀晚期的小說倫理敘事是以找回失落的身體為起點的。20 世紀中期是中國小說倫理敘事清剿身體的時代。身體在那時被當作一種骯髒的符碼，受到紅衛兵挾神聖的名義而興起的無情批判。當時的一份報紙記載了如下一個極具時代特徵的事件：「當廣州掀起紅衛兵運動之後，紡織廠內也迅即湧起『破舊立新』的『熱潮』，廠裏的男女職工互相檢查有沒有屬於『四舊』的東西。有一名女工因為親友自港帶回一些衣物給她，其中有一條紅色的女三角褲，廠內的紅衛兵和『革命群眾』便將她的紅色三角褲翻了出來，給她扣上了三項罪名：（一）將最神聖的革命色彩——紅色用來穿在最骯髒和不適當的部位。……（二）崇尚西方國家的貨品，具崇洋思想。（三）追求資產階級的生活享受，不穿布褲喜穿絲褲。這名女工結果被拉出去批判，全部洋貨拿出來『展覽』後一概予以燒光。」[3] 其中貫穿的邏輯就是：身體是骯髒的，而生殖器是最骯髒的，將革命的色彩「紅色」緊貼生殖器便是對革命最大的不敬。在這裏可以清楚地看到身體曾經在當時受到怎樣的殘酷排抑。這種極端排抑身體的專制意識形態也殃及小說倫理敘事。「在這樣一個身體被專政的時代裏，作家們都只好爭著做沒有身體的人，他們不敢用自己的眼睛看，不敢用自己的耳朵聽，不敢用自己的大腦思考，不敢用自己跳動的心臟說話，他們主動地將自己的身體所感知到的細節藏匿起來。寫作成了『傳聲筒』『留聲機』，沒有了自我，沒有了真實的身體細節，一切都以圖解政治教條或者統治者意志為使命。」[4]比如曾經被郭沫若稱讚「是毛澤東時代的英雄史詩，是無產階級革命的凱歌」[5]的《歐陽海之歌》中，作者金敬邁為突出歐陽海靈魂的純潔和精神的高尚，安排了一系列明顯「帶有『自虐』色彩」[6]的細節。在這些細節中，身體作為英雄獲得精神純潔的障礙受到一次又一次的虐殺。而浩然的《金光大道》中的英雄高大全則一出場就已經被徹底閹割了身體，他作為沒有任何身體慾求的純粹的革命符號形象地演繹著所謂的「社會主義金光大道」；身體被作為一種恥辱的標記留給了那些反對社會主義改造的時代落伍者，成為他們自甘墮落的活見證。而更極端的小說如由上海縣《虹南作戰史》寫作組集體創作的長篇小說《虹南作戰史》，甚至將敵人的身體也從作品中驅逐出去，敵我雙方的人物作為沒有身體的純粹的意識形態的符號在小說所搭建的虛擬時空中進行你死我活的殊死搏鬥。

身體是人之為人的根本的質素，20 世紀中期專制意識形態對身體的想像性閹割並不能完全轉化為現實。不過，它確實已經深深地傷害了當時的中國人。這種傷害一方面表現為無數善良者的盲目「自虐」，另一方面表現為大量既得利益者的蓄意「偽善」。善良者盲目「自虐」現象在張賢亮的小說《綠化樹》、《男人的一半是女人》中有十分生動地再現。小說主人公章永麟被專制意識形態推到一種非人的狀態，腸胃和性雙重的饑餓把他折磨得生不如死。讓人不由地升起對那個時代的憎恨。但小說更震撼人心的是，章永麟出於善良與軟弱本性的盲目「自虐」：他努力將專制意識形態幻化成自己的思想，真誠地認定自己是個有罪的人，自覺自願地接受所謂的「思想改造」，把一場非人的折磨想像成自己脫胎換骨的人生考驗，以虛幻出來的價值意義來安慰備受摧殘的身體。章永麟盲目「自虐」的長期實施並沒有促成思想境界的提升，而是導致腸胃的虛虧和性功能的喪失，成為一個「活死人」。章永麟的悲慘遭遇從受害者的角度宣告了專制意識形態的不合法性。而既得利益者的蓄意「偽善」現象在古華的《芙蓉鎮》裏有很精彩的一筆展現。從文學的角度講，其中的李國香可能塑造得不太成功，有些類型化。但是從歷史的角度看，李國香卻是專制意識形態所製造的一個典型的蓄意「偽善」者。在公共場所，她總是一臉清純地宣講著革命的宏偉理想，把自己包裝成為一個沒有身體的純粹革命者。其最終目的是為了保住自己在政治投機活動中的既得政治和物質利益。而回到自己的私人空間裏，她就完全摘掉了自己臉上的面具，盡情放鬆自己的身體，聽所謂的「靡靡之音」，跳所謂的「黃舞」，而且喝得酩酊大醉，還和王秋赦發生了所謂的「男女關係」。李國香的私人身份對公共身份的徹底背棄，則從既得利益者的角度宣告了專制意識形態話語的偽善性、不合法性。正是專制意識形態內含的這種不合法性最終導致了它在 20 世紀晚期的覆滅。而埋葬它的則是曾經受其荼毒至烈的章永麟們。在為專制意識形態掘墓、送葬的過程中，章永麟們雪掉了自己當年的恥辱，重新找回丟失多年的身體。他們還把自己的這種經歷訴諸小說，開啟了 20 世紀晚期身體倫理敘事。

1980 年代初期出現在小說中的身體大都是殘損的，都存在著明顯的腸胃或性的饑餓症候。除前面提到的張賢亮的《綠化樹》、《男人的一半是女人》、古華的《芙蓉鎮》外，還有從維熙的《大牆下的紅玉蘭》、張一弓的《犯人李銅鍾的故事》、路遙的《平凡的世界》等。這類作品以生動的筆墨描寫了身體的各種各樣的困頓與悽楚，作為見證控訴了 20 世紀中期專制意識形態對個人生存權利的殘酷剝奪。不過，專制的剃刀剮害最嚴重的還不是這些已經成年的人，而是當時那些年幼的兒童，他們沒有絲毫防護力的心靈在血色恐怖中留下了終生不愈的精神障礙。這些時時作痛的精神瘡疤催生了 1960 年代作家如余華的冷氣逼人的「暴力」倫理敘事，對 20 世紀中期專制意識形態所造成的身體殘損進行了更入骨髓的展示。其中最有代表性的作品是他的小說《一九八六年》[7]。它以文革結束 10 年後發生在某小鎮街頭一段血淋淋的自殘事件的敘述，昭示了專制意識形態摧殘身體的深重罪惡。自殘的主人公曾經是「一個循規蹈矩的中學歷史教師」，20 世紀中期的一個陰森森的晚上被紅衛兵從家中帶走，隨後銷聲匿跡了。1986 年，在他的妻子早已忘記了他的存在而另嫁他人，他的女兒也改從別姓的時候，這位歷史教師卻又突然回到小鎮上。他早已瘋得不成人樣，除了他前妻沒有人認得出來他。而他的前妻也假裝路人並沒有帶他回家。在小鎮的街道上，瘋癲的歷史教師彷彿分裂成兩個人，一個宛若專制意識形態的行刑者，對著另一個的身體大加砍斫。「他慢吞吞地脫下褲子。……接著他鼓足勁大喊一聲：『宮！』就猛烈地將石頭向自己砸去，隨即他瘋狂地咆哮了一聲。」「他把菜刀放下，用手指在刀刃上試試。隨後將菜刀高高舉起，對準自己的大腿，嘴裏大喊一聲『凌遲！』菜刀便砍在了腿上。他疼的嗷嗷直叫。叫了一會低頭看去，看到鮮血正在慢慢溢出來，他用指甲去撥弄傷口，發現傷口很淺。於是……將腿上的血沾到刀上去，在水泥地上狠狠地磨著，一直磨到火星四散，刀背燙得無法碰的時候，他……又用手指去試試刀刃。他仍不滿意，於是再拼命地磨了一陣，直磨得他大汗淋漓精疲力竭為止。……他重新將菜刀舉過頭頂，嘴裏大喊一聲後朝另一側大腿砍去。」余華以近乎魔幻的形式卻準確地傳達了殘酷的歷史真實，即20世紀中期中國專制意識形態無端戕害人的身體的野蠻本質。

1980年代前期對專制意識形態戕害身體的暴行的控訴，喚醒了人們內心深處的身體意識，人們開始注意傾聽來自身體的聲音。較早傳達這一歷史潮汛的有陸文夫的《美食家》[8]和鐵凝的《沒有紐扣的紅襯衫》[9]等。前者淋漓盡致地敘寫了蘇州飲食美味，令人饞涎欲滴，極大刺激了人們久經貶抑而近乎枯萎的味覺神經，使之沉入重生般的驚喜之中。而後者則寫了色彩鮮豔、款式新穎的紅襯衫使女孩安然更顯青春靚麗、活潑可愛，為枯燥的生活增添了幾分活力。兩者一寫吃，一寫穿，把1980年代思想解放運動中開始復蘇的人的身體需求十分生動地傳達了出來。而馮驥才的《三寸金蓮》[10]、王安憶的小說《荒山之戀》[11]等則把筆觸指向人的性需求。《三寸金蓮》借著歷史的外衣講述了現實中的男人們的性想像和性感受。而《荒山之戀》則透露出的是女性不同於男性的性心理和性體驗。在他們的敘事中，很明顯的可以感受到人們曾經被專制意識形態嚴酷禁壓幾近枯死的身體復活了。但是，與後來的新寫實、晚生代的身體倫理敘事比較起來，陸文夫等人的敘事還是保持了身體與靈魂的內在統一。陸文夫的《美食家》在充分展示蘇州飲食美味的同時，還十分注意揭示飲食中所包含的豐富的文化意蘊、主人公朱自冶坎坷曲折的人生命運。鐵凝的《沒有紐扣的紅襯衫》則通過紅襯衫揭示了安然喜歡獨立、張揚個性的性格特徵，並通過紅襯衫所引起的校園風波進一步顯示了擁有獨立個性的女孩安然衝破因循守舊的環境阻障的勇敢與「豪俠」。馮驥才的《三寸金蓮》也沒有停留在對性的形下展現上，而是在解讀「三寸金蓮」產生的特定歷史語境的過程中批判了男權制殘傷女性肢體、宰製女性性想像空間的性別霸權。王安憶的《荒山之戀》在大膽描寫女性對男性的性誘引、性征服、性愉悅的過程中，也闡釋了社會習俗對性交往的規約及對違約者的懲戒。

1980 年代後期，隨著思想解放運動的不斷向前推進，人們的身體意識變得日益敏銳。他們越來越關注自己身體的各種感覺，越來越在乎自己身體獲得滿足的程度。最初人們把身體獲得滿足的程度當作精神獲得解放的標誌。但隨著時間的推移，人們對身體的關注與對心靈的關注之間出現了日漸嚴重的齷齪。最終到 1980、90 年代之交，身體再也無法與心靈攜手並進，便撇下它顧自繼續前行了。身體獲得更大自由的同時，心靈卻日見憔悴，發出痛苦的哀鳴。生活開始表現出一層世俗氣。在小說倫理敘事的發展過程中，最早打破身體與心靈的平衡，使敘事的重心大幅度向身體欲求傾斜的是劉震雲的中篇小說《單位》[12]、《一地雞毛》[13]。在小說《單位》中節假日代替了工作日成為單位人們關注的焦點，節日福利的多寡優劣成為單位人地位、價值的具體體現。剛畢業分配來的大學生小林很快發現了現實的這種變化，並無奈地放棄自己的清高而開始對世俗利益的追求。小說《一地雞毛》將人日趨世俗化、慾望化的現實揭示得更加令人驚諤。小林每天像完成一件重大的政治任務一樣起早去排隊買豆腐。儘管常常因故空手而歸，但小林卻並沒有因此而產生絲毫鬆懈。一天，小林好不容易買回一斤豆腐，卻由於著急上班而忘記放入冰箱。晚上回家時，豆腐已經變餿了。這簡直成了現行反革命事件，為此夫妻反目，差一點由文鬥演變成武鬥。在這種貌似荒唐的細節中，恰可以看出日常生活已經完全佔據了人的心靈空間，決定著人的一顰一笑了。

進一步凸顯這種傾斜並因大量涉筆性描寫而使小說敘事染上頹放氣的是賈平凹的長篇小說《廢都》，它充分強調了現實生活的日益慾望化。其開場處信手拈來一個囚首垢面的老頭，他出口成章說出一段後來傳遍全城的謠兒，「一類人是公僕，高高在上享清福。二類人作『官倒』，投機倒把有人保。三類人搞承包，吃喝嫖賭全報銷。四類人來租賃，坐在家裏拿利潤。五類人大蓋帽，吃了原告吃被告。六類人手術刀，腰裏揣滿紅紙包。七類人當演員，扭扭屁股就賺錢。八類人搞宣傳，隔三岔五解個饞。九類人為教員，山珍海味認不全。十類人主人翁，老老實實學雷鋒。」這首謠兒十分形象地對社會各類人的政治身份做了一次物質性、消費性的重新排序。它真實地反映了 1980、90 年代之交發生在中國的身份話語的巨大變動。曾經炫赫一時的唯政治的意識形態話語遭到徹底的顛覆，代之而起的是一種新的消費性意識形態話語。在這種新的話語構架中，由消費指數構成的身體身份成為人的社會存在的主要標誌，而政治身份則必須換算成消費指數才能在新的話語構架中確定自己的意義。在這種慾望化症候作用下，現實中的人們紛紛趨步並沉迷於慾望的捕獵與享用裏。小說《廢都》通過莊之蝶的私生活如實展示了這一點。「莊之蝶說：『作家應該是什麼樣兒？』婦人說：『應該文文雅雅吧。』莊之蝶說：『那好嘛。』就把婦人雙腿舉起，去看那一處穴位，羞得婦人忙說：『不，不的。』卻再無力說話，早有一股東西湧出。隨後就拉了被子墊在頭下，只在鏡裏看著。直到婦人口裏喊叫起來，莊之蝶忙上來用舌頭堵住，兩人都只有吭吭喘氣。□□□□□□（作者刪去五百字）」類似的文字在小說中比比皆是。它表明作家莊之蝶進入慾望化時代後，再也不滿足於用文字的優美和風度的優雅去征服女性，他一定要亮出自己的「話兒」與女性對接，在女性湧動如潮的性分泌中體驗雄性的強勁和做人的成功。女人也不再停留於遠處欣賞作家的書生意氣，她們更欣喜於他作為男性的肉體衝撞。「今日晚上看電視，你在電視裏出現，多少人看了，准在說：瞧，那就是我崇拜的偶像莊之蝶！我卻要想，我可知道他那褲子裏的東西是特號的哩！」女性唐宛因為與名人莊之蝶發生了性關係並擁有了他的肉體私密而自覺高眾人一等並為此而沾沾自喜。由此顯示的莊之蝶與唐宛的人性觀與幸福觀透露出一層濃重的世俗肉慾色彩。

但是，《廢都》裏所描寫的「肉慾」還不同於後來晚生代作家如衛慧、棉棉等人的小說中所描寫的「肉慾」。因為《廢都》中的慾望化現實更多地呈現出中國傳統鄉村文化的特徵。賈平凹是在西安「城裏住罷了二十年」之後幾經躊躕寫出《廢都》這部「關於城的小說」，但它並沒有多少現代都市的氣息，相反，充斥其字裏行間的是一股傳統田園氣。正如某青年作家所說：「因為他從來就沒有融入城市的主流性格，所以無論怎麼寫，都會給人一種『泥腿子進城』的感覺」。[14] 儘管小說中也不時提到「汽車」、「電話」等極具現代氣息的交通、通訊工具，但它所傳達的現代都市性是浮附在生活表層的，根本無法遮掩其內在的傳統士大夫趣味。裏面的人物如莊之蝶、唐宛、牛月清、柳月等，他們的名字和數百年前中國某鄉村大院裏的員外郎及其妻妾、丫環等沒有什麼不同，他們的生活習性與趣味更容易讓人聯想起回盪著「小樓昨夜又東風，故國不堪月明中」之哀婉詞令的陳後主的後宮。《廢都》其實是一種時間和身份雙重錯位的表達。一方面，誤把現實當成了歷史。如書中開章第一句所云，莊之蝶生活於 1980 年代，是一個現代人。可是，《廢都》卻把他當成了明末或更早的歷史人物，帶著古人的笑容，說著古人的語言，燃著古人的慾念，表著古人的情愛。另一方面，誤把莊之蝶當成了西門慶。即使退回到產生《金瓶梅》、《歡喜冤家》等世情小說的明末，莊之蝶也僅是一個虛負盛名而囊中羞澀的文人，根本不是商業初興時代的英雄，也不會有什麼女人投懷送抱的豔遇。而商鋪林立、通天貫地的商賈西門慶才是時代的驕子，他才會使熱愛物質生活的女人渾身酥軟、高潮迭起，才會有一個接一個欲避不能的溫柔陷阱。《廢都》這種錯位的表達可能與作者當時糟糕的處境及心境有關。「這些年裏，災難接踵而來，……該走的未走，不該走的都走了，幾十年奮鬥營造的一切稀哩嘩啦都打碎了，只剩下了肉體上精神上都有著毒病的我和我的三個字的姓名，而名字又常常被別人叫著寫著用著罵著。這個時候開始寫這本書了。要在這本書裏寫這個城了，這個城裏卻已沒有了供我寫這本書的一張桌子。」[15] 痛苦的心境使他心造出莊之蝶這樣一個穿著現代服裝的古代文人，在夢中當了一回雄性無限、令靚女美婦競折腰的西門慶。

對 1990 年代慾望化現實有著更深入體察、更準確書寫的是晚生代作家，如衛慧、棉棉等。她們深刻地揭示了其不同於傳統社會士大夫的縱慾生活的鮮明的現代特徵。首先，它具有突出的商業性。1990 年代由計劃經濟向市場經濟的轉型使中國進入商業時代。在一切物品都成為商品的同時，人本身也失去了封閉的主體性，而變成了開放的主體間性，個我必須在與其他人的交往中才能確定自己的價值，因而也具有了一種商品屬性。成為一種特殊商品的人其有用性在交往中具有十分重要的意義，而向善性則退居其次。人與人之間的關係是靠明顯的利益關係而建立與維持。利益關係越密切，關係維持得越好、越長久。但人與人之間再也難以達成永久的關係，相反，即使看起來十分密切的關係如夫妻、情人關係實質上也是極其脆弱的，只要一遭遇利益衝突便隨時都有可能破裂，相互轉為路人甚至敵人。衛慧的小說《床上的月亮》中，張貓在反思自己與情人馬兒的關係時就看到其背後利益趨動力：「碰到馬兒的時候，正逢落魄潦倒。馬兒的英俊固然有吸引力，但他出手大方卻也很打動人。他們迅速上了床，之後馬兒又迅速作了些承諾。當她對這種神速的發展略感狐疑時，目光落在鏡子裏的一個年輕而美的胴體上，方覺釋然。那身體宛若印戳一般，給他們的愛情篇章烙上些許權威的保證。」一個有大把的貨幣，一個有大把的青春，兩者同時喜愛上對方所擁有的東西，因此一拍即合，成就了一段美好的現代性愛故事。但火熱的性愛背後卻沒有什麼更多的承諾，而是一片黑暗。正因為這樣，張貓一開始就略感缺憾。而一旦張貓可能懷孕遭遇苦難時，更使她痛苦地直面到自己與馬兒的性愛交往的冰冷本相：只有利益的交割而沒有心靈的撫慰。張貓的表妹小米來自鄉村，她還不懂得什麼叫性利益交換。小米把身體交付給馬兒的同時也付出了自己的愛情。她不知道自己已經違背了現代性交換遊戲規則，而是傻傻地等待馬兒回報給自己以愛情。小米當然沒有成功的可能，巨大的挫敗感最終使她精神崩潰而墜樓自殺。張貓與小米的性愛故事清楚地揭示了商業時代兩性交往的利益交換的倫理本質。其次，它具有明顯的身體性。在靈魂與肉體這一傳統的二元對立中，1990 年代的中國人推崇的是後者。「正如西美爾對現代感性、畏觸感、心靈孤僻感所揭示的那樣，現代人失去了人與自然、人與自我的傳統式的內在和諧，而進入一種自我本質的重新定位，所具有的那種形而上的本質已經開始解體，人不再是上帝的創造物，人具有自己的『肉身性』。」[16] 這種觀念源自西方 19 世紀末的唯美主義，其中代表性人物王爾德在其重要劇作《莎樂美》就表現了對身體的鄭重禮拜：莎樂美以全部的激情以至自己的生命換來對約翰的一吻，但這一吻並非是精神性的的愛情的象徵，相反，它只代表對身體的禮讚，因為她明確地說：「約翰，我愛的是你的身體！」西方唯美主義看重身體的觀念影響了 1930 年代的中國人，使那時上海的一些小說家的作品透露出明顯的身體性。如葉靈鳳的小說《流行性感冒》（1933）中，將女性與當時最時髦的流線型汽車相提並論：「她，像一輛一九三三型的新車，在五月橙色的空氣裏，瀝青的街道上，鰻一樣的在人叢中滑動著。迎著風，雕出了一九三三型的健美姿態：V 型水箱，半球型的兩隻車燈，愛莎多娜・鄧肯式的向後飛揚的短髮。」它深刻地寓示出中國上海 1930 年代進入現代商業社會時所出現的身體脫離精神獨自飛翔的文化症候。1950 年代後，獲得主導地位的革命意識形態出於穩定國家政權、發展國民經濟的目的，曾經試圖通過貶抑身體欲求的合理性，在一個較低層次上完成身體與精神的重新焊接。但最終並未奏效。到 1990 年代中國人重新認同於商品經濟，而身體也再次失去與精神的關聯，獨自漫遊於世間了。衛慧的長篇小說《上海寶貝》中，女孩倪可在男友天天那裏找到了無性的愛，在情人馬克那裏找到了無愛的性。表面上看這僅僅是一個平常的三角故事，但從深層次上講它實際上是一個現代中國人生存的寓言，即人註定要一生面對精神與身體的分離，在身體創造的某種新奇但短暫的喜悅中打發冗長的時間，「脫離了頭腦，肉體還有它自身的記憶存在，它用一套精密的生理體系保存著每一個與異性接觸的記憶，即使歲月飛逝，一切成為過去，但這種性愛記憶仍會以經久不衰的奇異光輝朝內裏發展，在夢中，在深思冥想中，在街上行走時，在讀一本書時，在與陌生人交談時，在同另一個男人做愛時，這時記憶會突然之間跳出來，我能數出今生中曾有過的男人……」[17]第三，它使人產生嚴重的破碎感。1990年代中國的慾望化現實是技術主義催生出的一朵「惡之花」，「棉花餐館位於淮海路復興路口，這個地段相當於紐約的第五大道或者巴黎的香榭麗舍大街。遠遠望去那幢法式的兩層建築散發著不張揚的優越感，進進出出的都是長著下流眼珠兒的老外和單薄而閃光的亞裔美女。那藍熒熒的燈光招牌活像亨利・米勒筆下所形容的『楊梅大瘡』。」[18]一方面，技術主義給人們帶來巨大的生活方便和身體的滿足，「我們不能否認科技在人類生產與生活方面的力量，大到向茫茫宇宙尋求宇宙人的聲音，小到衣食住行、日常娛樂，科技帶來的方便有目共睹。」[19]大都市上海繁華的街景正是科技創造力量的典型證明：「這時華燈初上，商店的霓虹燈像碎金一樣閃爍。我走在堅硬而寬闊的馬路上，與身邊穿梭的成千上萬的人群車流相互融合，恍若人間爆炸的星河。」[20]正因為這樣，出生在農村的小米才不惜一切要進入現代大都市上海，「當初死心塌地來上海我就想，最壞不過一個娼字，笑貧不笑娼，何況現在自己只是作了個吧女。」[21] 另一方面技術主義嚴重地侵淩了人的精神，使人陷入價值虛無的不幸境地，產生推不開的嚴重的心靈破碎感。「80 年代那種把文化置於所有問題之上的終極目標，甚至將宗教作為一種終極性追求，在 90 年代的世俗化生活中已經日益淡化而飄逝遠矣。人們越來越重視自我肉身存在狀態，重視運氣和自我在世界中的位置，自己的生命、性和在現實經濟中所佔有的比重，孜孜以求現實身份尺度的『達標』，注重自己生命遷謝中在世人前炫目的若干儀式，即傑姆遜所說的『每個人都要熱五秒鐘』。婚喪嫁娶上大操大辦，日常請客會友時鋪張擺闊，甚至為了嘩眾取寵而大設黃金宴，無疑都是在操作某種『生命的儀式』，表明在他者存在中自我存在的合法性和不可抹殺性。但在這種虛仲的儀式中，可以見到今人已處於無聊和無奈之中。」[22]1990 年代中國人價值虛無的症候同樣表現在晚生代作家的作品中。如棉棉長篇小說《糖》中的「我」在生活中看不到任何有價值的東西，她靠著與賽寧的愛而存活。但是賽寧突然失蹤了，曾經信以為真的「愛」也成了問題，這使她精神陷於無法承受的輕。為了擺脫價值虛無的巨大壓力，「我幾乎毫不猶豫地選擇了海洛因，我通過它和賽寧約會，我對自己說你去死吧你完了。」衛慧在其長篇小說《上海寶貝》中也不約而同地寫到價值虛無導致的吸毒。純情男孩天天，在母親的障護下可以享受優渥的物質生活，「我媽媽每年都給我寄來很多錢，我一直靠這些錢生活。」但這並不能使他獲得心靈的幸福，爸爸莫名其妙地死在西班牙，而媽媽很快和一個當地的男子過起了同居生活。爸爸的死亡與家庭的破碎所導致的無主、無聊感時時沉重地壓迫著他，使他不堪其苦而不得不遁入毒品所營造的虛假的完滿世界裏以求價值焦渴症的片刻緩解。棉棉和衛慧小說人物同時患上對毒品的貪戀症，凸顯了 1990 年代的青年人價值迷失、心靈破碎的精神症候。他們企圖通過吸毒來驅除沉重的心靈破碎感，解救精神困厄中的自我的想法顯然是行不通的，毒品每次給他們片刻虛假的焦渴緩解後，很快又把他們推入更大的焦渴痛苦之中。《糖》中的「我」身體越來越弱，「我見不得光亮，不能聽到聲音，不想和任何人說話，多疑，懶惰，閉經，顛三倒四，厭食，每天在電視裏看午夜場粵語長片但關掉聲音。有一天我突然發現我的嗓子壞了，我不能再隨心所欲的唱歌了，我對自己說你毀掉自己的時刻到了。」而《上海寶貝》中的天天則不久就離開了人間，「當我在翌日清晨，在第一束陽光照進來的時候，睜開眼睛，我轉身去親吻身邊的天天，熱熱的吻印在他冷冷的泛著白光的身上，我使勁推他，喚他，吻他，……他沒有一絲反應。他死了」。「我」的衰弱和天天的夭折，讓人清楚地看到，1990 年代慾望化現實給人們帶來豐富的消費物品和充裕的休閒時間的同時更把人們拋入價值焦渴的無聊境地，讓人痛對心靈破碎的苦難甚至年輕生命隨風飄逝的災厄。

晚生代作家在準確揭示 1990 年代慾望化現實的時代特徵的過程中，使他們的小說染上一層濃重的「頽加蕩」氣。它使人眩暈，更使人窒息。眩暈來自其夾雜的一個又一個瘋狂性愛場景的衝擊。如「當他吻我，我找到了我要的全部安全。他的汗水飄落在我的臉上、背上、胸上，我迷死了這飄落的過程。耳邊的每一種聲音都來自最遠的地方，賽寧把我放在他身體之上，……我丟失了呼吸」[23]；「當他從我身上跌下來，搖搖晃晃地抱起我，走進浴室，當他用粘著浴露的手伸進我的兩腿間，細細地洗著他殘留下來的精液和從陰道分泌出來的愛液，當他再次衝動著勃起，一把拎起我，放在他的小腹上，當我們在浴露的潤滑下再次做愛，當我看到他在我分開的大腿下喘息，叫我的名字，當所有的汗所有的水所有的高潮同時向我們的身體襲來時，……」[24] 這一個又一個肉體狂歡的場景，讓人領略到曾經備受桎梏的身體已經獲得了相當的享受歡愉的自由。感受著這來之不易的自由，人們自然會進入眩暈狀態。但是這份身體自由裏又分明潛含著不祥，因為在其無拘無束的外表下是一望無底的空洞，讓人感到徹骨的寒冷和致命的窒息：「跳吧跳吧，今夜我是你們的 DJ。沒有愛情，沒有親情，沒有審美的眼睛和哲學的心靈，沒有天長地久的幸福，沒有隨地吐痰像狗一樣大小便的自由，沒有別出心裁的疾病沒有創新出奇的痛苦，沒有，沒有！有的只是幾個臭錢，幾個臭窟窿眼兒，只是神經衰弱、賣身求榮、酒精、欺騙、謀殺、電影、速食、時裝、機器的奴隸、不忠不潔不仁不義。跳吧，我是你們今夜的 DJ，所有的小公牛和發情的章魚們。我愛你們就像愛整個腐爛的宇宙。」[25] 人們逃出了專制主義有形的精神牢獄，卻陷入了技術主義無形的靈魂囹所：「火封住了所有的門窗和樓道，於是他們只能做一件事，在大火的中心瘋狂的做愛。……惟有這種入骨入髓的方式可以抵禦住幾秒之後就要降臨的死亡的極度恐懼」。[26] 大火越燃越烈，而出口早已被封死，處身其中的人一點逃生的可能都沒有。晚生代作家在他們看似散漫的敘事中揭示了慾望化現實中人們所遭遇的可怕的生存境況。

20 世紀晚期是中國人爭取身體解放的時代。文革時期專制意識形態剝奪身體的一切權利，「你穿什麼衣服，你唱什麼歌，你和誰結婚，你說什麼夢話，這些純粹是私人化的身體事件，都被政治化了，不容你自己作任何選擇」。[27]20 世紀晚期人們要做的就是把被專制意識形態剝奪的身體權利再重新奪回來。經過無數次的努力，人們取得了巨大勝利，身體獲得了前所未有的解放。表現在小說敘事中，「身體」如一架裝備精良的戰鬥機在文字鋪成的跑道上不斷加速，直至騰空而起翱翔於無邊的天宇。但是在人們品嚐身體解放的喜悅時，又諦聽到靈魂哽咽的哭泣。如衛慧在大都市繁華的燈影裏看出了死寂：「站在頂樓看黃浦江兩岸的燈火樓影，特別是有亞洲第一塔之稱的東方明珠塔，長長的鋼柱像陰莖直刺雲霄，是這城市生殖崇拜的一個明證。輪船、水波、黑駿駿的草地、刺眼的霓虹、驚人的建築，這種植根於物質文明基礎上的繁華只是城市用以自我陶醉的催情劑。與作為個體生活在其中的我們無關。一場車禍或一場疾病可以要了我們的生命，但城市繁盛而不可抗拒的影子卻像星球一樣永不停止地轉動，生生不息。」[28] 而棉棉在最迷人的話語「我愛你」中讀出了最駭人的冷酷：「男人總是會在最興奮的那一刻對我說我愛你。我不知道別的女人碰到的情況是怎麼樣的，總之除了奇異果，除了賽甯第一次向我表達愛意的那個夜晚之外，我聽到男人說『我愛你』都是在射精的時候。我因此覺著自己挺不幸的。有時心裏會有一種冷冷的感覺。」[29] 這是進入技術時代人們必然要面對的精神困苦。如何驅除這一精神魔障？人們還缺乏有效的手段。這使得 20 世紀末人們的生活顯出幾分灰頽，也使得 20 世紀末的小說流露幾分無奈，「無論我怎麼努力，我都不可能變成那把酸性的吉他；無論我怎麼努力更正錯誤，天空都不會還我能把我帶上天空的嗓音，我失敗了」。[30] 但是人們並非毫無作為，他們至少想到寫作，在寫作中清理自己雜亂的生活和思想，以求找到走出囚室的出口，「有時候我們必須相信奇跡，寫作的聲音就像一隻午夜的瓶子破碎時在四周的迴響，無數次聽著從朋友那裏偷來的 DADIO HEAD，這個唯一清白的早晨，這顆糖在二十九歲的時候，就到了 W 這裏」。[31] 這是一種十分脆弱的信念，但有它在，人們或許能走過思想的黑夜，到達精神的黎明。

注釋：

[1] 李歐梵：《漫談中國現代文學中的「頹廢」》，見《現代性的追求》第 141 頁，三聯書店 2000 年版。

[2] 轉自周小儀：《比爾茲利、海派頹廢文學與 1930 年代的商品文化》。

[3] 引自蔡翔：《神聖回憶》，見同名散文集第 1-2 頁，東方出版中心 1998 年版。

[4] 謝有順：《文學身體學》，見《花城》2001 年第 6 期。

[5] 郭沫若：《毛澤東時代的英雄史詩——就〈歐陽海之歌〉答〈文藝報〉編者問》，見《文藝報》1966 年第 4 期。

[6] 洪子誠：《中國當代文學史》第 200 頁，北京大學出版社 1999 年版。

[7] 載《收穫》1987 年第 6 期。

[8] 載《收穫》1983 年第 1 期。

[9] 載《十月》1983 年第 2 期。

[10] 載《人民文學》1986 年第 3 期。

[11] 載《十月》1986 年第 4 期。

[12] 載《北京文學》1989 年第 2 期）。

[13] 《小說家》1991 年第 1 期。

[14] 孤雲：《頹廢中自醒——70 年代寫作者與城市小說》。

[15] 賈平凹：《〈廢都〉後記》。

[16] 王嶽川：《中國鏡像——90 年代文化研究》第 46 頁，中央編譯出版社 2001 年版。

[17] 衛慧：《上海寶貝》。

[18] 衛慧：《上海寶貝》。

[19] 王嶽川：《中國鏡像——90 年代文化研究》第 43 頁，中央編譯出版社 2001 年版。

[20] 衛慧：《上海寶貝》。

---

[21] 衛慧：《床上的月亮》。

[22] 王嶽川《中國鏡像——90 年代文化研究》第 47-48 頁，中央編譯出版社 2001 年版。

[23] 棉棉：《糖》。

[24] 衛慧：《上海寶貝》。

[25] 衛慧：《神彩飛揚》。

[26] 衛慧：《上海寶貝》。

[27] 謝有順：《文學身體學》，見《花城》2001 年第 6 期。

[28] 衛慧：《上海寶貝》。

[29] 棉棉：《糖》。

[30] 棉棉：《糖》。

[31] 棉棉：《糖》。

外篇

第四章　悠揚的笛聲——鐵凝

鐵凝有一篇小說題目叫《笛聲悠揚》，借用到這裏，正可以形象地指陳她的小說創作從《哦，香雪》到《小黃米的故事》所包含的現代化主題一個完整的變化流程：從青春嘹亮的現代化動員到成熟沉鬱的現代化反思。現代化是一個很男性化的問題，從直覺講，似乎研究鐵凝應該避而分析其他話題。但是，縱觀 80 年代以來的小說創作，涉筆現代化的作品不可謂少，可能夠像鐵凝《哦，香雪》、《小黃米的故事》那樣曲抵現代化本相者並不太多，即以噪名一時的蔣子龍的《喬廠長上任記》、柯雲路的《新星》等而論，其敘述的表淺、虛假已是不爭的事實。所以選取現代化敘事為切入點來探討鐵凝的小說創作，儘管未必是最好的視角，但也不至於太壞。

鐵凝祖籍河北趙縣，1957 年 9 月生於北京，在保姆家度過自己的童年生活。1962 年隨父母到保定市，1964 年考入河北小學。1966 年父母因知識份子身份到「五七幹校」接受集體勞動改造，鐵凝及其妹被送到北京外婆家寄住。早年兩次北京寄居生活使她養成獨立的性格、寬博的胸襟和敏感的觀察力。1969 年鐵凝的父親因病從五・七幹校返回保定，便把她接到自己身邊繼續讀書。1970 年鐵凝入保定 11 中讀初中。這時文革進入後期，保定到處是武鬥者的槍炮聲，學校自然無法正常開課。但鐵凝卻在家中把父親的文學類藏書翻出來閱讀，「在文學最沉寂的時刻愛上了文學」。[1]1973 年，鐵凝讀高一的時候，寫了一篇作文《會飛的鐮刀》，受到老作家徐光耀的褒揚，後被北京出版社編輯莊之明收入一本兒童文學集出版，鐵凝的作家之路由此開始。1975 年鐵凝於保定高中畢業後到河北博野縣張嶽村插隊。4 年的農村生活，或許讓鐵凝倍嚐貧苦生活的艱辛，但無疑更使她拓寬了人生視野，儲備了豐饒的文學素養。1979 年鐵凝回到保定，在地區文聯《花山》編輯部任小說編輯。1982 年發表短篇小說《哦，香雪》[2]，獲 1983 年全國優秀短篇小說獎。1984 年調入河北省文聯任專業作家。曾任河北省作家協會主席，現為中國作家協會主席。自 1975 年開始發表作品，至今已發表文學作品約 400 餘萬字。代表作有中短篇小說《哦，香雪》、《沒有紐扣的紅襯衫》[3]、《六月的話題》[4]、《麥秸垛》[5]、《對面》[6]、《永遠有多遠》[7]，長篇小說《玫瑰門》[8]、《無雨之城》、《大浴女》，散文集《女人的白夜》[9]。在鐵凝眾多的文學作品中，《哦，香雪》、《小黃米的故事》也許算不上最上乘的佳構，但它們在探索現代化的價值方面卻獨具意義。

《哦，香雪》的發表至今已近 30 年了，但重讀它依然可以感受到撲面而來的暖意。這暖意得自鐵凝的精心營造，是她一貫的文學主張的生動體現。鐵凝曾經說過：「我認為文學還是要給世界帶來一些溫暖——要有體貼人生的成分在裏面。」[10] 她把這種體貼投注到香雪等山鄉女孩身上，使整篇作品溢滿溫馨。同時，這篇不到 1 萬字的近乎微雕式的小說還給人一種不可思議的歷史厚重感。因為它既像《喬廠長上任記》等小說一樣忠實地記錄了當時人們高漲的現代化熱情，卻又不局限於此，而是含納了其他小說所不具備的關於現代化的豐富的深層思考。宋炳輝曾經敏銳地發現了這一點，他指出：《哦，香雪》的「情感基調是清新、婉麗、優美、純淨的，但並不意味著纖弱、單薄和淺顯，相反它寄予了作者對時代的嚴峻思考」。[11] 這些思考經過時間的淘洗愈加顯示出理性的光芒。

首先，它詩意地再現了現代化無比巨大的人文魅力。「現代」是個舶來詞，最早可追溯到西方中世紀的經院神學，其拉丁詞的形式是「modernus」。據德國解釋學家姚斯在《美學標準及對古代與現代之爭的歷史反思》的權威考證，「現代」一詞於西元 10 世紀末期首次被使用，意指古羅馬帝國向基督教世界過度時期，目的在於把古代與現代區別。不過今天普遍公認的「現代」是指 18 世紀啟蒙主義運動興起以後的歷史時期。關於「現代」含義的解釋，哈貝馬斯的說法最具代表性，他指出：「人的現代觀隨著信念的不同而發生了變化。此信念由科學促成，它相信知識無限進步、社會和改良無限發展。」[12] 最早使用「現代化」一詞是在 1951 年 6 月。在美國社會科學研究會經濟增長委員會主辦的學術刊物《文化變遷》雜誌編輯部舉辦的一次學術討論會上，與會學者討論了貧困、經濟發展不平衡等問題，第一次使用「現代化」一詞來描述從農業社會向工業社會的轉變特徵。這種描述到今天仍不失其意義。中國現代化研究先鋒、原北京大學現代化研究中心主任羅榮渠，就沿用這一說法來描述他心目中的「現代化」。他指出：「從歷史的角度來透視，廣義而言，現代化作為一個世界性的歷史過程，是指人類社會從工業革命以來所經歷的一場急劇變革，這一變革以工業化為推動力，導致傳統的農業社會向現代工業社會的全球性大轉變過程，它使工業主義滲透到經濟、政治、文化、思想各個領域，引起深刻的變化。」現代化具有無比巨大的經濟、政治能量，今天的經濟發展、社會進步、生活便捷無一不是現代化帶來的結果。從而，現代化也就成了人類歷史行程中一道充滿誘惑力的迷人風景。在鐵凝的小說《哦，香雪》中非常生動地傳達了現代化難以抵拒的魅力。一方面，作者選取現代化標誌性景觀之一——列車鐵軌再現它汪洋恣肆的創造力。「兩根纖細、閃亮的鐵軌延伸過來了。它勇敢地盤旋在山腰，又悄悄地試探著前進，彎彎曲曲，終於繞到臺兒溝腳下，然後鑽進幽暗的隧道，衝向又一道山梁，朝著神祕的遠方奔去。」在人們曾經視為畏途的山峰間，鐵軌宛若舞蹈一般自由地穿梭行進，毫無阻礙。鐵軌攻無不克、所向披靡的飄逸讓人感受到一種巨大的隱形力量，使人相信它可以戰勝一切，將人類帶到幸福的天地。鐵凝的敘述不動聲色，但由於視點巧妙，使現代化的優越性得以充分的傳達。另一方面，作者通過山鄉女孩們面對列車的癡迷，虛寫現代化勾魂攝魄的誘惑力。「如今，臺兒溝的姑娘們剛把飯碗端上桌就慌了神，她們心不在焉地胡亂吃幾口，扔下碗就開始梳妝打扮。她們洗淨蒙受了一天的黃土、風塵，露出粗糙、紅潤的面色，把頭髮梳得烏亮，然後就比賽著穿出最好的衣裳。有人換上過年時才穿的新鞋，有人還悄悄往臉上塗點胭脂。儘管火車到站時已經天黑，她們還是按照自己的心思，刻意斟酌著服飾和容貌。然後，她們就朝村口，朝火車經過的地方跑去。」為了享受每日與火車一分鐘的相逢，女孩認真洗淨蒙塵，如同朝拜神聖，刻意修飾容顏，正似踐赴密約。她們的喜不自禁，她們的神魂顛倒，恰烘托出火車以及它所象徵的現代化無比巨大的人文魅力。

其次，它形象地隱喻了中國現代化歷程無法避免的艱難曲折性。中國的現代化至今已走過近乎兩個世紀的奮鬥歷程。近代史上最具現實意識的詩人龔自珍，在 19 世紀初葉朝野上下還盲目沉浸在大國之夢時，就已經敏銳地認識到中國危如累卵的局勢，進而不懼朝臣猜忌大呼改革圖存：「奮之！奮之！將敝則豫師來姓，又將敝則豫師來姓。《易》曰：『窮則變，變則通，通則久』。」[13] 這可以說是宣導中國現代化的最早聲音，卻被朝廷無情地壓制下去。直到鴉片戰爭中自以為是的滿清朝廷慘遭失敗，人們才又一次想起龔自珍的現代化主張，並漸漸認識到其必要性。一些有識之士便開始著手為現代化做知識的準備，如魏源編纂介紹世界各國地理、經濟、政治情況的圖書《海國圖志》，嚴復翻譯英國哲學家赫胥黎著述的西方現代化重要理論《天演論》，而康有為、譚嗣同、梁啟超等人則在爭取到朝廷授權後積極組織進行社會改革。這是中國人作出的第一次現代化努力。雖然它以戊戌六君子喋血、變法失敗而告終，但在為現代化進行知識準備、思想動員方面其作用是十分巨大的。此後，又耗時近一個世紀，歷經孫中山領導的辛亥革命、國民政府領導的舊民主主義革命和建設、中國共產黨領導的新民主主義革命和社會主義建設，中國才初步完成國家現代化、工業現代化，而從城市到鄉村，從經濟到文化，從生產到消費，全面現代化建設才剛剛開始。中國的現代化歷程可謂步履蹣跚。不僅如此，由於它還伴隨著西方國家軍事入侵和不平等條約的訂立而起步，伴隨著中華民族驅逐外敵重建獨立主權而前行，這使得中國的現代化無論在社會動員、技術發展還是心理承受方面的任務都顯得異常艱巨，這註定了中國的現代化之路必然是一個曲折、漫長的歷史過程。正因為這樣，當時間進入 1980 年代，西方國家已經跨入資訊時代，電腦、手機如同瓜子、糖果一樣司空見慣的時候，鐵凝卻在《哦，香雪》中忠實地記錄下中國山村近乎原始的一幕生活態相：「如果不是有人發明了火車，如果不是有人把鐵軌鋪進深山，你怎麼也不會發現臺兒溝這個小村。它和它的十幾戶鄉親，一心一意掩藏在大山那深深的皺褶裏，從春到夏，從秋到冬，默默地接受著大山任意給予的溫存和粗暴。」這些大山的子民們，好像置身歷史之外，時間在他們中間凝固不動，現代化絲毫沒有惠及他們，他們仍如幾千年前的祖先們一樣匍匐在大自然腳下，賴蔭於自然的恩賜，更受制於自然的淫威。他們的閉塞愚昧，讓人痛感從山村的現實到現代化的圖景之間距離的遙遠，讓人深悟中國實現現代化的任務之沉重、艱巨。在小說中，火車的出現預示著中國的現代化已經不可逆轉地鋪開了，但鐵軌在山間迂迴、盤繞也隱喻著中國的現代化必定充滿挫折、艱險。

第三，揭示了現代化的人性動力源泉，凸顯出中國現代化不可限遏的強勁勢頭。中國的現代化包括國家的現代化和個人的現代化。從本質上講，個人的現代化更具本位意義。個人對物質、經濟、文化、政治發展的欲求是現代化得以展開和大步前進的最根本動力。只有找準這個動力本源，動員、鼓勵個人對自我慾望的追求與實現，中國的現代化才會踏入正軌，順利前行。這個看似簡單的問題，中國探討、摸索了近兩個世紀，耗費了幾代人的生命，到 1980 年代才找到正確的答案。中國改革開放的總設計師鄧小平關於「發展才是硬道理」「讓一部分人先富起來」的論斷，以中國特色的政治智慧和中國人獨有的語言形式，形象地表達了中國人對現代化動力結構的最新的，也是最具思想活力的理解。鐵凝的小說《哦，香雪》則是中國 1980 年代小說中最生動傳達這一時代精神的作品之一。在這篇小說中，山村中的宗族關係、政治網路被作者有意推到幕後，空出的顯著位置由香雪等一個個獨立的山村姑娘佔據，她們作為在封閉的小山村長大的女孩貪婪地打量著只停一分鐘的火車，競相大聲通報各自在火車車廂裏的發現：「『香雪，過來呀，看！』鳳嬌拉過香雪向一個婦女頭上指，她指的是那個婦女頭上別著的那一排金圈圈」;「『……看，還有手錶哪，比指甲蓋還小哩！』鳳嬌又有了新發現」;「香雪……也很快就發現了別的。『皮書包！』」。她們還發出好奇的追問：「『喂，你們老待在車上不頭暈？』」;「『房頂子上那個大刀片似的，那是幹什麼用的？』」;「『開到沒路的地方怎麼辦？』」;「『你們城市裏一天吃幾頓飯？』香雪也緊跟在姑娘後邊小聲問了一句」。她們情不自禁表達著對火車所代表的現代化生活由衷的豔羨：「『誰知道別在頭上的金圈圈是幾個？』『八個。』『九個。』」「『她呀，還在想『北京話』哪！』有人開起了鳳嬌的玩笑。」女孩們表面上在開著鳳嬌善意的玩笑，實際上也在表達著她們自己對擁有現代生活經驗的都市異性的好感。經過一段目光盯視、口頭品評之後，她們便義無反顧地開始從行動上追求城市人的現代生活：「就在這一分鐘裏，她們開始挎上裝滿核桃、雞蛋、大棗的長方形條籃子，站在車窗下，抓緊時間跟旅客和和氣氣地做買賣。她們踮著腳尖，雙臂伸得直直的，把整筐的雞蛋、紅棗舉上窗口，換回臺兒溝少見的掛麵、火柴，以及屬於姑娘們自己的髮卡、香皂。有時還會冒著回家挨罵的風險，換回花色繁多的紗巾和能鬆能緊的尼龍襪。」小說在飽含詩意的敘述中充分展現出香雪等山村姑娘渴望現代生活的內心慾求。正是這種本真的日常生活慾求使性格靦腆的香雪以驚人的勇氣踏上神奇的火車並得到自己夢寐以求的鉛筆盒，而且還意外地完成了她第一次離家遠行。這是一個象徵，它意味著曾經靜止封閉、游離世界之外的小山村——臺兒溝躁動沸騰起來，並通過蜿蜒而行的鐵軌與世界連為一體，開始和世界一道踏入現代化之旅。小說以個人內在慾望結構而非民族、國家理念作為現代化展開的根本動力的敘述立場，表明了作者對現代化動力結構、運轉機制的深刻洞察。我們的國家 1950-1970 年代由於宰制、扼殺了個人的幸福生活的慾求，企圖建立一種與個人生活沒有任何關係的國家現代化，最終導致 70 年代末國家經濟生活大崩盤，政治陷入混亂無序的狀態。1980 年代以來，我們的國家在鄧小平的主持下全面改革經濟、政治體制，將個人生活的慾求納入中國現代化的動力框架內，調動了個人參與現代化的政治熱情，中國的現代化才步入正軌，出現一系列可喜的變化。《哦，香雪》可以說是中國這段歷史變遷的詩意再現。

《哦，香雪》主體旋律清新、明快，洋溢著飽滿的現代化政治熱情，是一篇富有誘惑力和煽動力的現代化歡樂頌。它體現了 30 年前的鐵凝渴盼國家強大、人民富足的美好情懷，也深深打動和鼓舞了曾經讀過這篇小說的人，使他們由此燃起追求現代化的激情烈火。不過，仔細諦聽，也會感到澎湃的激情漩流的底部，分明低回著些微的猶疑之音。這猶疑來自作者對臺兒溝古樸純真的民風不可避免要消失的愁悵和對現代化的未來壓抑人性一面的擔憂。「從前，臺兒溝人歷來是吃過晚飯就鑽被窩。他們彷彿是在同一時刻聽到了大山無聲的命令。於是臺兒溝那一小片石頭房子在同一時刻忽然完全靜止了，靜得那樣深沉，真切，好像在默默地向大山訴說著自己的虔誠。」「香雪……做起買賣卻是姑娘中最順利的一個。旅客們愛買她的貨，因為她是那麼信任地瞧著你，那潔如水晶的眼睛告訴你，站在車窗下的這個女孩還不知道什麼叫受騙。」在指出臺兒溝生活所包含的靜滯、閉塞之外，我們也不得不承認它所保留的由上古傳承下來的古樸、淡遠的情感取向是一種值得留戀的品質。鐵凝在小說中對這種純淨、透明的山民情懷明確地表達了自己不盡的好感。同時作者又十分清醒地意識到這種情感取向明顯與現代化進程相悖逆，也必定會在現代化不斷展開的過程中被擠壓直至消失殆盡。由此所產生的遺憾使作者熱情歡快的文字平添幾許悵惘的情緒。另一方面，讓山鄉女孩魂不守舍象徵著現代文明的火車來自北京，換句話說北京人的生活就是臺兒溝女孩的夢想。而北京是鐵凝從小寄居過的地方。她曾經的寄居身份使她充分領略現代大都市快捷、方便的優越生活的同時，也早早窺破了它人情涼薄、心靈壓抑的祕密：「我於是不得不來到外婆家，作為寄居者在外婆的四合院裏生活了幾年。當年我那漂亮的外婆此刻的境遇也十分地狼狽，我和她之間似乎有一種天然生成的彆扭。……那院子本是一部微縮的人生景觀，該看的與不該看的趁我不備都攤在我的眼前。」[14] 在這段文字裏我們可以明顯感受到作者對幼年寄居北京生活的好壞交織的複雜情感。如果認真閱讀鐵凝以北京四合院為背景的長篇小說《玫瑰門》會更清楚地品味出這一點。這種好壞參半的感受是由現代都市文明的二重性造成的。正因為這樣，當鐵凝在《哦，香雪》中以臺兒溝貧苦的生活來熱情呼求現代化到來的時候，也難以完全遮掩掉自己內心對現代文明的不安。小說最後一句「哦，香雪！香雪！」作為臺兒溝的女孩們迎接乘火車「遠行」勝利歸來的香雪的歡呼，一方面，它表達了女孩們因同伴香雪品嘗了現代化生活而從心底發出的羨慕之情。另一方面，這又是對現代化生活和貧窮封閉的山村都非常熟悉的作者感情複雜的吁歎：她既痛感山村死寂的生活對香雪們青春生命的無情扼殺，因而為香雪能夠參與現代化而感到由衷的高興；同時，作者又十分清楚城市生活所潛伏的香雪們非常陌生的弔詭與兇險，因而為單純無知的香雪踏入現代化生活後的前途命運感到擔憂。

隨著中國現代化逐漸鋪開，現代文明固有的弊端也逐漸彰顯出來。「我們今天生活於其中的世界是一個可怕的世界。這足以使我們去做更多的事情，而不是麻木不仁更不是一定要去證明這樣一種假設：現代性將會導向一種更幸福更安全的社會秩序。……我們要做的事比斷定『歷史無前景』更複雜。我們不得不對現代性的雙重性作出制度的分析」。[15] 憤激地一口否定現代化是最容易，但也是最無濟於事的。有益的做法應該是具體地分析與現代化的優越性相伴而來的敗壞性。鐵凝顯然對此了然於心，且對現代化的負面作用進行了認真而負責的思考。其思考結果便凝結成她的另一篇以山鄉女孩為主人公的短篇小說《小黃米的故事》（1995 年）。在這篇小說中，山村失去現代化初起時的夢幻色彩，露出它殘破的現實本相。「早晨，太陽很好，幾隻爬在窗上的蒼蠅被陽光照得晶瑩剔透。」陽光把蒼蠅打扮得晶瑩剔透，但再晶瑩剔透也無法改變它作為一隻蒼蠅的本質。小說開頭一句渲染了一種青春夢想破滅的氣氛。這是香雪們由火車點燃起的現代化熱情冷卻後重新打量世界時的一種心理感覺。她們發現曾經為之迷醉的景象原來並不屬於自己，而自己再也無法回復與世隔絕的前現代生活，於是只能在現代生活裏扮演弱者角色，品嘗無盡的失望和悲傷。通過敘述山中女孩在中國現代化廣泛展開的 1990 年代的糟糕的生活境況，鐵凝表達了自己對現代化不良後果的深刻反思。

首先，現代化沒有像《哦，香雪》中所呼喚的那樣讓山中女孩實現自己的青春夢想，相反，卻使有些女孩走向破碎的生活。在《小黃米的故事》中，主人公小黃米真名叫秀琴。她的名字從外形上與「香雪」很相似，年齡差不多，出身也都是小山村，自然很容易讓人把她們聯繫在一起。但是秀琴的身份不是像香雪那樣的中學生，而是暗娼。中學生是一個充滿希望的身份，它預示著成功的各種可能性，閃耀著幸福的光環；而暗娼的身份則令人沮喪失望，意味著潦倒與末途，散發著一種黴腐變質的氣息。鐵凝小說中的主人公從香雪到秀琴的位移，完成了作者對於現代化從呼喚動員到反思批判的轉變。鐵凝的現代化反思從山鄉女孩秀琴工作、生活的狀況切入。秀琴以賣淫為生，這是一份不體面、失尊嚴的工作。一方面，它使秀琴見識了老家沒有的醬油，喝上了小時候沒聽說過的啤酒、飲料，同時它也奪去了秀琴曾經擁有的心靈的完整與純淨，內心被揮之不去的空虛所侵佔。小說開頭寫秀琴早晨醒來半天但懶得一動，盯著陽光中的蒼蠅「一盯它們半天」。秀琴像欣賞美麗的天使一樣欣賞醜陋的蒼蠅，正顯示出她內心的虛無與茫然。因為暗娼的生活切斷了秀琴與個人歷史、家鄉親人的精神聯繫，使她陷入孤零淒苦的境地。而金錢與酒水刺激出的眩暈卻越來越失效，她獨自一人時便自然會常常感到無聊與乏味。無聊與乏味的感覺，促使她要在醜陋如蒼蠅中看出明亮與美麗。結果越是要在醜陋中尋找發現美麗，她卻越會在美麗中發現醜陋。鐵凝在這樣一個富有象徵意義的細節中非常傳神地表現了秀琴生活境況的惡化，並以此為個案打破了現代化可以使人人過上幸福生活的神話。現代化的弊端難以消除甚或愈演愈烈，在今天已是一個不爭的事實。羅榮渠曾一針見血地指出：「現代化絕非人類進程的最高階段，而是一個大飛躍的階段，但這個階段終將被超越。如果以為只要按現行的即使不很高的增長率穩定增長，再過幾個世紀全人類就將進入極樂世界或至福千年，那就是被西方流行過的想入非非的現代化理論自我催眠了。自由派理論忽視或掩飾了現代發展帶來的各種負效應，因此是非歷史的設想。事實上，從歷史的趨勢來看，這些負效應不是隨著現代化的全球擴散而減弱，相反，而是日益增長。這是不論哪種類型的現代化都還不能解決的新問題。」[16] 現代化神話的破產曾經使很多中國人感到痛苦難當，王曉明先生就在其文化批評著作《半張臉的神話》中剖白說：「即如我自己，在 1970 年代末，就曾經一頭紮進過這樣樂觀的情緒。可是，經過 20 年曲折多變的改革的沖盪，中國人過去曾非常熟悉的那一種對普遍的社會腐爛的強烈感受，那種被互相矛盾的生活現象攪得越來越嚴重的困惑情緒，那種難以把握國家和個人命運的茫然的神態，甚至那種不遠處正有巨大的動盪向我們逼來的不祥的預感，竟然都再度彌漫開來。」[17] 鐵凝可以說是比較早地在小說創作中表現了對現代化弊端的警覺，對在現代化進程中受到擦傷的弱勢群體表達了由衷的關愛。

其次，現代化造成自由的變質。在前現代社會，人們期許現代化的重要目標就是自由。何為自由？柏林說：「自由就是自主，就是實行自我意志的障礙之消除；而不論這些障礙是什麼——自然的對抗、自己的不能駕馭的感情、不合理的制度、他人與我相反的意志和行為。」[18] 自由曾經被前現代社會的人們視如比生命還要可貴的價值。「生命誠可貴，愛情價更高。若為自由故，二者皆可拋。」為了自由，他們不惜犧牲生命、愛情。但是當現代化不斷推進，現代社會來到眼前時，人們卻發現現實並非他們所夢想的那樣豐裕，自由也非他們所期盼的那樣美好。《小黃米的故事》傳達了彌漫於人們中間對變質自由的失望。秀琴與老闆娘是娼妓與老鴇的關係，但是她們之間一點也沒有古代那種控制與被控制、凌辱與被凌辱的人身依附關係；相反，「小黃米很敬重她的老闆娘，老闆娘在她的眼裏有時像個寬厚的大姐大嫂，有時像她年幼上小學時那位溫良的校長，有時又像位濟世行醫、很懂人的臟器特性的女醫生。她覺得她唯獨不像人們常稱呼的老闆娘、女老闆。她從不逼迫小黃米做事，小黃米做事一切都自願。」敘述中充分顯示了進入現代社會後娼妓與老鴇之間關係的蛻變：她們已由依附關係轉變為自由關係。秀琴出賣肉體沒有受到老鴇的強迫與要脅，是她自己完全自主自願的，充分體現了現代社會保證人身自由的現代制度理念。但是秀琴所獲享的賣笑自由實在算不上什麼令人振奮的事件，更不是純真可愛的香雪們曾經懷抱的對未來的夢想。這是一種變質的自由。不過秀琴卻對這可憐復可憐的變質自由心存感激，因為她找不到除此之外其他更好的出路。她或許可以退回到沒見過醬油的老家結婚生子，像一代又一代的山村女人一樣過那種沒有夢想、沒有刺激的生活，但在秀琴看來那無疑是一種還不如娼妓的生活。由此或許可以推想，站在高處冷言責備秀琴的墮落是容易的卻是沒有力量的。更應該受到拷問的或許不是秀琴而是無法讓秀琴過上一種更富足、更體面生活的現代化方案。應該拷問：我們今天的現代化方案究竟還有哪些不盡完善的地方，才導致善良的秀琴們過著這樣一種貧困、有損尊嚴的不體面生活？在對秀琴有些醃臢的日常生活場景的敘述中，很明顯可以感受到作者對秀琴追求幸福生活願望的尊重與理解，同時，也可以感受到作者對秀琴因追求幸福生活而付出如此沉重代價的不忍與疼惜。正因為作者內心深處對貧困山村女孩的充分關愛的情懷，使小說將對秀琴生活不如人意的原因追究更多的落在對現代化方案的反思上，進而對現代化導致自由變質的弊端提出了質詢：為什麼會如此？可不可以避免或減少這種悲劇？

其三，現代化使美淪喪。美在 1980 年代初曾經是人們反抗生命壓抑，追求思想解放的一面旗幟。王嶽川回憶說：「美學實際上成為當代新生命意識存在的浪漫詩意化的表達——對人自身感性存在意義的空前珍視和浪漫化想像。」[19]但是到了 1990 年代，慾望作為一面新的旗幟升起在現代都市的廣場中央，迎風翻捲高高飄揚，使人們引頸翹望心嚮往之；而美學卻被不斷邊緣化，直至視如敝履，無人問津。正是在這樣的情景下，小說中的畫家老白遭遇了一系列藝術上的尷尬。為了捕捉到如同古希臘「擲鐵餅者」一樣的運動美，老白精心構思了自己的「炕頭系列」。他要通過描繪農村少女在炕頭上的一系列裸體動作來展現她們的美。「於是老白便在畫室擺上職業模特兒畫起來。可是，從她們身上他只是感到了虛假和矯揉。」職業模特的失敗與其說是由於技術欠缺，不如說是由於內在美感的迷失造成的。慾望化的淘洗使她們只有無可挑剔的標準三圍，而缺乏起碼的美學素養。正當老白為在都市找不到自己滿意的模特和創作的靈感而痛苦的時候，好心的同事將秀琴待的地方和她們操的職業告訴給他，並勸他「何不到此走走，看似獵奇，也沒準兒會有全新的收穫」。老白覺得作為最遠離都市的山村，或許真的會遺存著他心目中的美。帶著這樣的希望，他來到秀琴面前。但是讓他大失所望的是，秀琴也早已不知道美為何物了。她最關心的是自己的生意，她最在意的是自己的身體。儘管老白一再聲明自己的畫家身份，卻絲毫沒有喚起秀琴對藝術對美的敬畏。她一如沒有聽到老白任何解釋似的，像接待別的嫖客一樣來接待他。秀琴對美的漠然，表明沉重甚至冷酷的生存現實已經割掉了她對美的感覺細胞，使她無法感知生活和藝術中的美。如果說都市模特是由於追求慾望的更大滿足而喪失了美的感知力，秀琴則是為了改善生存狀況而無力品享藝術美。更令人咋舌的是老白，身為一個最應該懂得美敬畏美的畫家，卻在見到小黃米時也不禁三番五次冒出「幹一回風流韻事吧」的念頭。儘管老白自始至終都保持了形式上的君子風度，可是他的內心早已零落不堪。「老白說著這個半是生疏、半是熟悉的詞，這個足以讓人心跳的詞，打開了那扇明星之門。往外走時，他無意中看見了那歌星的眼光，那分明是一種對他的蔑視。」老白內心的猶疑，顯示出他對美的動搖和對慾望的失控。都市模特和秀琴的美感迷失，特別是畫家老白不良欲念的升騰，表明由現代化催生的慾望追逐大潮已大面積地侵蝕了美的領地，使之不斷邊緣化，終至日益枯萎，成為一件與人們日常生活無關的准化石。美的淪喪，使當今的生存現實變得枯燥乏味。現代化的這個代價太沉重了。鐵凝的小說凸顯了它的嚴重性，引人思考：美的淪喪是現代化的本質症候還是策略弊端？如果是策略問題，又該如何改進現代化方案使美重新回到生活中來？

其四，現代化使人們的生活時尚化，降解了人的精神深度，使人們淪為單向度精神狀態。秀琴在潦倒的現實生活中也有自己的精神寄託，但不是來自曾經溫暖過香雪象徵知識和深度的鉛筆盒，而是來自象徵時尚潮流的流行歌星。「小黃米很是愛惜這歌星，覺著自己的臉很像她，裸露著的雙腿、兩條胳膊以及凹陷在小腹上的貝殼般的肚臍，都像她。她把歌星貼在帶玻璃的門上，進進出出的都能看見。」進入 1990 年代，市場經濟全面鋪開後，「經濟利益實際已超出其他利益占支配地位，在原有生存現實關係上建立的想像關係不可避免要解體」[20]，與之相適應的各種精神價值遭到人們的遺棄，取而代之的時尚潮流，沒有任何思想深度，卻成為當今人們檢測生活品質的標高。「這是一個只有外表而沒有內在性的時代，一個美妙的『時裝化』的時代，一個徹底表像化的時代。」[21] 正因為這樣，秀琴才會如此迷戀歌星的招貼畫，片刻不能容忍蒼蠅染指招貼畫上的歌星，不惜弄髒自己的背心也要馬上把它們趕走。在作者精心結構的這個意象繁複的畫面中，一方面佔據中心位置的歌星將 1990 年代時尚化生活的徵候鮮明地凸顯出來，另一方面，歌星與暗娼和蒼蠅扭結一團，則又把這種生活的淺薄與空虛暴露無遺，表達了作者清醒的批判意識。鐵凝的這種批判意識貫穿於整個小說始末。開頭，秀琴精心打扮自己，並「小心翼翼地在兩眉中間點上一記豆大的胭脂」，還特意請老闆娘作最終審斷。老闆娘也十分在意這種審查，「她覺得每個新的一天的開始，全在這一點上，正是小黃米臉上這一點，聯繫著這店的吉凶」。秀琴打扮時的精誠和老闆娘審查時近乎迷信的虔敬，都表現了外表形貌已壓倒內在精神成為買賣雙方極力關注的焦點。對外表形貌的關注是時尚化潮流發展的必然結果。秀琴上崗時對自我職業形象的塑造也透露了時尚化對人的巨大操控力。「小黃米要上崗了，她把個半高不矮的條凳搬出來往門口一擺，往條凳上一坐，再把兩條腿很開地一叉，兩隻鑲金掛銀的高跟鞋鞋尖朝天地往地上一戳，又將一綹長髮拉順於肩前，便端詳起對面和左右。」秀琴刻意要向潛在客人展示的不是自己深層的精神素質，而是淺在的生理誘惑，當然這也是潛在客人的事實需求。她招徠生意的廣告詞也是一脈相承的：「『嗨，吃飯吧，有雅座！別光撲著家，回家有什麼意思！』」如果說傳統社會中娼妓是為漂泊者提供一種臨時的家庭氛圍，使之獲得賓至如歸的滿足感的話，那麼，秀琴的廣告詞則明顯表現出一種對家園的輕蔑與唾棄。家園是歷史、精神、價值的一個基本關節點。秀琴也許只是人云亦云地吆喝著這些廣告詞，並不知道它們究竟是什麼意思，但她的吆喝確實表明當今時尚化時代人們對外在漂浮物的追求趨向。在小說中，將衝突引到高潮、使時尚化盡顯膚淺本相的是畫家的出場。畫家包裹有個照相機。照相機似乎最有時尚性，但小說中這個姓白的畫家卻用它來表達了自己的反時尚情緒。「目前，他正在開闢著一個獨屬於自己的題材，專畫些健美、明麗的農村少女，畫她們的裸著白己時在炕頭上那些動作瞬間。這就有別於常言說的『裸體畫』，老白在心裏把它叫作『炕頭系列』。他喜歡她們那健壯的又有幾分柔韌的背；腰和髖踏實而穩定的銜接；更喜歡她們寬廣的肩，乃至腹前那幾塊分明可辨的腹肌。他以為它們在炕頭上那一個個自由運動著的狀態，才是人的一個個最美的瞬間，如同古希臘人發現了『擲鐵餅者』，也是對一個運動著的美的瞬間的發現。」老白在秀琴和老闆娘面前表白自己的高尚動機，「他希望她們理解『他的事業』，……他說，他要做的決不是她們想像中的事，他要做的比那種事高尚得多。可是她們誰也沒有理會他這聲明的高尚。老白作著聲明，老闆娘只衝著小黃米說：『還不去舀水洗洗，洗仔細點兒，嗯。』在時尚化的詞典裏，精神價值被排除在根目錄之外，所以高尚與卑劣都沒有什麼意義，也就沒有什麼區別了，所以，秀琴和老闆娘都無法理解畫家關於高尚的表白，她們聽懂的只有買賣達成協定這一點。秀琴與老白之間的語言隔膜宛如兩個語系之間的距離那般遙不可及，語言問題的背後是價值理念的迷失。時尚化潮流刪除了人們生活中的精神質域，在時尚化的擠迫下，人們日漸失去精神價值的記憶力與理解力，精神生活變得日益枯萎，成為只能聽懂錢幣碰撞聲的物慾的永久奴隸。在短小的篇幅中鐵凝卻將時尚化生活觸目驚心的精神塌陷之場景表現得淋漓盡致，令人不禁為之動容。

「現代化」是 20 世紀少有的幾個中心話語之一。現代化興起於三百年前，大獲全勝於 20 世紀，「各種文化、宗教和歷史傳統被裝進一個爐子，依照同一件模子反覆熔煉」。[22] 全世界所有人口不管是主動還是被動都一無例外地被納入這一工程之中。對此梁啟超曾經有過深切的感受：「變亦變，不變亦變，變而變者，變之權操諸己，可以保國，可以保種，可以保教；不變而變者，變之權讓諸人，束縛之，馳驟之。嗚呼，則非吾之所敢言矣！」[23] 如此一件浩大的工程，對於世界、人類、國家和個人都產生了並且仍將繼續產生難以估量的影響。因此，由現代化視角切入展開對 20 世紀人類生活的小說敘事是一個十分有意義的選擇。從這個層次上說，本文論及的鐵凝小說《哦香雪》、《小黃米的故事》是兩篇十分有價值的文本。它們從正負兩方面向我們展示了現代化對人們日常生活的影響。而且，鐵凝的小說與同類小說相比更形象也更深入。作者在這兩篇小說中所取得的藝術上的成功源自於她多方面的文學修養和積累，但有兩個極為重要文學理念與此相關。一是求真理念。鐵凝在接受記者採訪時說：「我認為寫作還是需要一種老實的情感。那天我和一個作家聊天就談到了，我看到一些小說就常常提醒自己要保持清醒的頭腦。我希望在有些讀者看來，在我前後反差很大的作品中，能看到骨子裏最本質的東西。」[24] 作者在這裏說的「老實的情感」就體現了她的求真意識。正是因為作者擁有自覺的求真意識，所以她才能夠感受到來自生命深處的律動。鐵凝回憶 1970 年代下鄉生活時寫道：「在日記裏我一邊歌頌著張岳渾黃的井水，鍋裏那灰暗的乾菜湯，而我的腸胃卻不顧我的歌頌，總向我提出些奢侈的要求。」歌頌渾黃的井水無疑是政治浮誇風氣影響的結果，而「盼望著抓撓一點零食」的「奢侈要求」則是來自生命本真的聲音。正因為鐵凝有著明確的求真意識，她才能時時注意聆聽生命，才能理解香雪渴望鉛筆盒的重要意義，才能認清現代化根本的內驅力，才能創作出具有豐沛人性力量的文學作品。一是犯規理念。在《鐵凝文集（3）·六月的話題》序言中，作者十分鄭重地寫道：「《灶火的故事》的寫作才是我對人性和人的生存價值初次所作的坦白而又真摯的探究；才是我對以主人公灶火為代表的一大批處在時代邊遠地帶的活生生的人群，初次的滿懷愛意的打量。儘管它明顯地帶著那時我經營短篇小說的不甚地道的章法，但它對於我八十年代之後的寫作，具有我在同時期的其他小說都無法替代的意義。在這個短篇小說裏，我初次有了『犯規』的意向，向主人公那一輩子生活在『原則』裏的生活提出質疑。這意向在當時尚處於自發的朦朧階段，但這次的實踐畢竟使我開始思考：在你的寫作中懂得並且有力量『犯規』和懂得並且善於遵守規矩同樣重要。」所謂犯規即向人人皆視為必然的公理提出質疑，打破僵死的公理的束縛，解放被圍困的生命，使之健康發展。正因為作者擁有犯規的理念，她才獲得了沖出日益強大的現代邏各斯之圍困的精神力量，才能以充沛的藝術想像力展開自己的小說敘事。我以為正是因為她擁有求真理念和犯規理念，才使她有可能在《哦，香雪》、《小黃米的故事》中開掘出一片不同於其他作品而充滿生機的關於現代化的想像圖畫。

注釋：

[1] 鐵凝：《我的小傳》，《鐵凝文集》第五卷第463頁，江蘇文藝出版社1996年版。
[2] 見《青年文學》1982年第5期。
[3] 中篇小說，1983年《十月》第2期，1985年獲第3屆全國優秀中篇小說獎。
[4] 1984年《山花》，獲第3屆全國優秀短篇小說獎。
[5] 1986年發表於《收穫》第3期，獲1986～1987年《中篇小說選刊》優秀作品獎。
[6] 1993年發表於《小說家》第3期，獲本年度莊重文文學獎。
[7] 1999年《十月》第1期，獲首屆老舍文學獎，第2屆魯迅文學獎。
[8] 1988年發表於《文學四季》創刊號頭題，次年由作家出版社出版。
[9] 獲首屆魯迅文學獎。
[10] 王童：《鐵凝：寫小說是手藝中的一種》，《北京娛樂信報》2002年9月13日。
[11] 陳思和主編：《中國當代文學史教程》第226頁，復旦大學出版社會1999年版。
[12] 哈貝馬斯：《論現代性》，轉引自王岳川、尚水編《後現代主義文化與美學》，北京大學出版社1992年版第10頁。
[13] 林則徐：《乙丙之際著議第七》（1815～1816）。
[14] 鐵凝：《我的小傳》，見《鐵凝文集》第5卷463頁，江蘇文藝出版社1996年版。
[15] [英]安東尼・吉登斯：《現代性的後果》第9頁，譯林出版社2000年版。
[16] 見《現代化新論》第160～161頁。
[17] 見該書第1頁。
[18] 參見 Isaish Berlin:*Four essay on liberty ,Oxford University press ,1969,P.146*。
[19] 《中國鏡像——90年代文化研究》第30頁，中央編譯出版社2001年版。
[20] 陳曉明主編：《現代性與中國當代文學轉型》第228頁，雲南人民出版社2003年版。
[21] 陳曉明主編：《現代性與中國當代文學轉型》第234頁，雲南人民出版社2003年版。
[22] 王曉明：《半張臉的神話》第219頁，廣西師範大學出版社2003年版。
[23] 梁啟超：《變法通議・論不變之害》，見鄭振鐸編《晚清文選》第457頁，上海書店1987年影印。
[24] 王童：《寫小說是手藝中的一種——鐵凝訪談》，見《北京娛樂信報》2002年9月13日。

第五章　英雄的終結——嚴歌苓

嚴歌苓，1958 年生於上海，1981 年開始文學創作，是一位很有創造力的小說家。其第一部長篇《一個女兵的悄悄話》就贏獲「解放軍報最佳軍版圖書獎」第二名；1989 年又出版長篇小說《雌性的草地》，名聲大震，並因此被邀請參加在美國召開的「20 世紀戰爭文學研討會」。後赴美攻讀文學碩士學位，於芝加哥哥倫比亞藝術學院畢業。1990 年開始在海外發表作品。著有《扶桑》、《人寰》、《雌性的草地》、《第九個寡婦》、《小姨多鶴》等長篇小說，《少女小漁》、《海那邊》等多部中短篇小說集，英文短篇小說集《士兵與盲女的故事》等兩部。其作品曾獲臺灣「中央日報文學獎第一名」、「聯合報文學獎首獎」等七項文學獎。由其編劇的電影《少女小漁》獲「亞太電影節最佳影片獎」並獲七項「金馬獎」；小說《天浴》獲臺灣「學生文學獎」第一名，並被搬上銀幕，獲「美國電影評論家協會獎」。現為好萊塢專業編劇。

嚴歌苓對生活有多方面的感悟和抒寫，而且都能取得令人驚羨的收穫。但我僅想在此就她的兩部長篇《雌性的草地》、《草鞋權貴》作一些倫理學方面的探討。這兩部小說有一個共同點，它們塑造的都是英雄形象。《雌性的草地》寫的是一群牧馬的女知青，她們不乏堅毅、勇敢的英雄品質卻難逃最終失敗的命運，令人扼腕深思；《草鞋權貴》寫的是一位曾經出生入死、屢立戰功的英雄，晚年在遠離戰場硝煙的和平環境裏竟變得獐頭鼠目、委瑣不堪，更是讓人歎息不止。

中國歷史自古不乏英雄的出現。上古時期開天闢地的盤古就是一位大英雄，煉五彩石補天缺的女媧也是一位大英雄，三過家門而不入的大禹同樣是位大英雄。此後歷朝沿革，英雄代不乏人。20世紀40年代末50年代初，中華人民共和國呱呱墜地，十大元帥等一大批英雄也隨之誕生。共和國英雄的誕生既是時代造就的結果，也離不開作家的塑造與傳播，而對於後來的歷史和讀者來說，作家的塑造與傳播更具有決定作用。周揚可以說是共和國英雄塑造、傳播工程的直接策劃者和指揮者，他在第一次文代會上十分興奮地宣佈：「假如說，在全國戰爭正在劇烈進行的時候，有資格記錄這個偉大戰爭場面的作者，也許還在火線上戰鬥，他還顧不上寫，那末，現在正是時候了，全中國人民迫切希望看到描寫這個戰爭的第一部、第二部以至許多部的偉大作品！」[1]以此為開端，袁靜、孔厥的《新兒女英雄傳》，劉知俠的《鐵道游擊隊》，劉流的《烈火金剛》，馮志的《敵後武工隊》，雪克的《戰鬥的青春》，杜鵬程的《保衛延安》，吳強的《紅日》，曲波的《林海雪原》等一大批「全心全意地讚美和歌頌革命戰爭中湧現出來的戰鬥英雄」[2]的作品脫穎而出。他們按照周揚所確定的基調，「用無產階級革命戰士的標準來塑造……英雄人物（包括共產黨領導下的各種軍隊和游擊隊戰士，以及苦大仇深的農民），他們通常是出身貧苦，大公無私，英勇善戰，不怕犧牲」。[3]隨著歷史的發展，英雄的塑造與傳播工程擴大了範圍，新時代各條戰線都包括進來，工業、農業等都擁有了各自的英雄榜樣，如鐵人王進喜，貧農梁生寶等。因此，可以說「一部共和國文學史（特別是前十七年的文學史），幾乎就是一部努力塑造『英雄典型』的歷史」。[4]

中華人民共和國進入 1960、70 年代，特別是文革時期，「卑鄙是卑鄙者的通行證，／高尚是高尚者的墓誌銘」，歷史出現嚴重的扭曲，醜惡甚至罪惡到處盛行，人們的理想受到嚴重打擊，人們的真誠受到劇烈挫傷，一批年輕人開始痛苦地懷疑與思考：「我的理想是輾轉飄零的枯葉，／我的未來是抽不出鋒芒的青稞。」[5] 更進一步他們發出了受傷的獸嗥：「告訴你吧，世界／我——不——相——信！」[6] 在這種懷疑主義的氣氛裏，英雄也受到置疑。人們逐漸發現，在 1950-70 年代作家的作品中出現的英雄基本上都是被高度「淨化」、提純的產物，他們「沒有性慾，沒有私念，沒有精神危機」[7]，沒有出生也沒有死亡，他們是一尊尊不食人間煙火的神。當人們從造神的迷夢中覺醒過來，一場瀆神、弒神的運動便不可避免地發生了。正是在這樣的背景下，嚴歌苓創作了《雌性的草地》和《草鞋權貴》兩部長篇小說。

《雌性的草地》完成於 1988 年元月 7 日，第 2 年出版。據作者介紹，小說的創作靈感來自她 1974 年在川藏交界的大草地上一次慰問演出。在那裏，她聽說了一個「女子牧馬班」的事蹟。第 2 年嚴歌苓專門「和另外兩個年長的搞舞蹈創作的同事找到這個牧馬班進行採訪，想創作一個有關女孩子牧養軍馬的舞劇」。[8] 當時女子牧馬班給她最深的印象是殘酷與恐怖。女子牧馬班的女知青們一直縈繞在嚴歌苓的腦海裏，十多年後她終於拿起筆來寫了這部《雌性的草地》。在這部長篇小說裏，嚴歌苓對女子牧馬班現象進行了深入地思索，對英雄主題進行了充滿痛苦的解構。

在嚴歌苓的小說文本中，女子牧馬班無疑是一個英雄的團體。首先，她們富有剛毅、勇敢的英雄品質。女子牧馬班戰鬥、生活的環境十分嚴酷，「每年只有三天的無霜期，不是暴日就是暴風」，十幾歲的青春少女的臉卻「全部都結了傷疤似的痂」。[9] 對於一群從小生活在大都市的女孩來說，大自然的這種摧殘不亞於對生命的剝奪。她們還需要抵抗「草原上各種各樣的危險：狼群、豺狗、土著的遊牧男人」。小說中多次寫到狼對她們的襲擊。一次是柯丹在保護馬群時遭到狼的圍攻，「周身衣服被狼一塊塊撕碎，一會工夫她渾身飄飛起翎毛般的布片。……狼看看差不多了，這女人已漸漸不支。一頭狼閃電般從她背後一撲……」[10] 雖然在她就要葬身狼腹時叔叔及時趕到救了她，但這種危險對女孩們來說還是太可怕了。遊牧男人的騷擾是女子牧馬班要面臨的另一種危險。「這個渾身精赤的男人……轉向毛婭，完全像個偶然直立的四足動物，全身的毛在晨風中張開豎直。」[11] 面對草地上種種艱難和危險，她們也曾害怕過、猶豫過，有些女孩也想法離開了，但她們作為一個英雄團體最終還是堅持下來。實踐證明她們是一群堅毅、勇敢的姑娘。其次，她們還特別富有奉獻精神。這一點最突出地表現在沈紅霞身上。她是女子牧馬班的靈魂。她殫精竭慮、不辭辛苦，在遇到任何困難、面臨任何危險時都衝在最前面。酷寒的雪天裏，露營的帳篷破了臉盆大的洞。「有人說：誰要挨著洞安鋪準會被凍死。沈紅霞說：當然了啦。說著她卻把自己的鋪正對著洞。早起眉毛頭髮白白地向人們淡淡一笑，順手撕下與頭髮凍成一餅的枕巾。」[12] 當兩匹戰馬陷入泥沼時，沈紅霞毫不猶豫地向它們走去。「她兩腳每拔一次，反而陷得更深。……按說她該掉轉身往外掙扎，還有希望從這片死地脫身。她恰恰往它的深處走。她……要拯救那老少兩匹馬。」[13] 為此她深陷在冰冷的泥沼裏凍了整整一夜，徹底毀掉了自己的雙腿。對此她無怨無悔，在先進知青的講用會上也不肯向別人張揚：「她緘口不提自己的雙腿換了匹良種馬駒。她對自己那一夜裏所經歷的磨難，只輕描談寫笑笑：我只不過多堅持了一會。」軍馬炸群時，「沈紅霞講了什麼，誰也聽不見。但人們知道她實際上是說：就是死也不能失去一匹馬。她倏然在馬鐙上立起來……彷彿一座煙雲繚繞的塑成神像的豐碑。」沈紅霞這種甘於奉獻的精神，是英雄主義的光輝寫照。

但是歷史最終在她們面前露出冷酷的面相：她們為之奮鬥的目標突然被宣佈為毫無意義。「放養牲畜更荒唐了，一下跑來幾千知青，這些放養的牲畜還不夠他們自己吃的，知青熱火朝天地幹這幹那，原來的老職工只好閒著酗酒賭博，現在牲畜眼看越吃越少，草場越來越瘦。」[14] 在這種致命的打擊下，女子牧馬班這個英雄的團體終於潰散了，「有人開始指出：正是沈紅霞的榜樣作用，使她們只能過一種苦不堪言的生活。……指責很快得到普及，一直為人敬重的沈紅霞被人用不無惡意的眼睛瞅著。」[15] 不久，柯丹終於爆發了：「你們死也白死，根本沒人知道你們，所有知青都回城了。現在早已不是軍馬場，早就被當地人接管了。再告訴你們吧：人家根本不知道還有你們幾個女知青在牲口群裏賣命，如今這個地方早就沒有你們了……」她最終也無法說服沈紅霞，但說服了其餘所有人，「牧馬班姑娘為這場波瀾壯闊的大進軍、大撤退收了尾。她們在大雪天離去，留下最後一道與初衷送行的車轍。」[16] 一場運動結束了，一個團體解體了，沈紅霞等女子牧馬班的姑娘們的青春也永遠地逝去了。歷史就是這樣冷酷無情。

客觀地看，女子牧馬班這個英雄團體以失敗而告終是必然的。首先，女子牧馬班是極左時期非理性的產物。20 世紀是一個熱兵器時代，原子彈、氫彈一代比一代先進，超級大國美國與前蘇聯所擁有的核武器早可以把地球毀滅幾次。在這樣一個世界軍事背景下，女子牧馬班竟然還要馴養戰馬。它只不過是某個人或某些人頭腦發熱的結果，從一開始就是沒有任何前途的。它被人遺忘，最後被徹底解散是早就註定的命運。這種非理性還表現在決策者對草地缺乏科學考察。這裏並不適合放牧，「……礦藏就在不深的土層下，只要天空有足夠的電流，便會與地下的金屬礦物接通。」[17] 巨大的電流可以輕易殺死成百上千的牲畜。有一次女子牧馬班的馬群就遭到了這樣的殺戮，「叔叔一見天上出現經絡般的閃電，就知道草地上有什麼牲靈要送命了。比他預料的還慘，馬死了幾乎過半。」[18] 她們從事的事業毫無價值，她們堅持的時間再長，除了造成對自身的更大傷害外，也不可能贏得任何收穫。所以不管她們多麼優秀多麼出色，都不可能改變她們失敗的命運。

女子牧馬班的失敗也暴露了她們自身的性格缺陷。首先，無腦症是她們致命的弱點。她們被莫名其妙地扔到這塊荒無人煙的草地上放牧軍馬，吃盡苦頭而收效甚微，可是她們沒有一個人懷疑過自己的行為是否有價值、有意義。她們只因為被告知這是上級的決定，就一直深信自己必須堅決服從。當她們遭遇巨大困難，精神和體力都難以堅持時，她們從不懷疑上級的決定，而是把一切的不利都歸結為自己思想不夠堅定，工作不夠努力。她們一遍又一遍學習毛主席語錄，深挖思想根源，一步步否定掉自己作為人的各種需要，直至把自己變成無私無欲的執行任務的機器。「沈紅霞明明把誓詞寫在一張紙上，每個人都在上面簽了名，然後無比肅穆地燒了它，又將它的灰燼就著開水喝進肚子。每人都含著熱淚吞下自己的誓言。其中一條就是：『餓死不吃馬料』。」[19] 如果是在戰爭極端艱苦的環境下，女子牧馬班的行為還有一點可以理解的話，到了和平年代，她們還機械地模仿過去，一點兒也不珍惜自己的生命，把自己當作毫無自主性的工作機器，實在是患了典型的無腦症。正是女子牧馬班的姑娘們這種盲目服從的思維方式禁錮了她們自己，致使軍馬場轉交地方，女子牧馬班被從編制中除名很久以後，她們竟渾然不知，仍一如既往地放牧軍馬。甚至當有人勸她們離開牧場返城時，她們最初的反應是無法接受。

女子牧馬班的另一個缺陷是反生命特徵。「凡人所以為人者有二大要件；一曰生命，二曰權利，二者缺一時乃非人。」[20]20 世紀初曾被先覺者反覆宣導的尊重生命的思想，竟被 70 年後的中國人忘得一乾二淨。外出十個月歸來的指導員叔叔竟然怎麼都認不出沈紅霞了。「他用更低的聲音再次問：『你是誰?!』她立刻抿上嘴，奇怪地瞪著他。過會兒她說：你真能開玩笑啊，指導員同志！她打一下馬向前跑去。叔叔氣得狂喊：『你到底是誰?!』」[21] 叔叔之所以認不出沈紅霞，是因為她為了喚回丟失的紅馬，把嗓子累嘶啞了，步履也蹣跚了，像變成了另外一個人。愛護軍馬是牧馬戰士的職責，沈紅霞無疑應該算是一個恪盡職守的模範戰士。但是，她一點也不愛護自己，使自己的身體迅速惡化，表現出明顯的輕視生命的特徵。另一次，她們被大水困在一個孤島上，「等叔叔見到她們時，她們每張臉都染上了草場的綠色。聽說她們五天五夜全仗這塊肥草地，吃於此眠於此，竟活下來，叔叔驚得那只假眼珠瞪出了眼眶，骨碌碌滾到他手掌裏。『料豆！居然料豆也沒吃?!』」[22] 寧可餓死，也不吃料豆。一方面，這群姑娘以堅強的意志實踐了她們曾經立下的諾言，是一群品德高尚的人。但是，另一方面，人是宇宙的中心，歷史的目的，軍馬再重要也是為人服務的，永遠不會比人重要。可是這夥姑娘卻讓軍馬吃料豆，自己吃青草。很明顯，她們的思想邏輯中缺少一樣東西，那就是尊重人，尊重生命。「『女子牧馬班』的事蹟在一九七六年成為全國知識青年的優秀典型，報紙上大幅地登出她們飽經風霜的年輕老臉，記者管她們叫『紅色種子』、『理想之花』。當時我感到她們的存在不很真實，像是一個放在「理想」這個培養皿裏的活細胞；似乎人們並不拿她們的生命當回事，她們所受的肉體、情感之苦都不在話下，只要完成一個試驗。」[23] 女子牧馬班的第三個缺陷是反人性。「一個純潔的世界在對異質性的清除中得以確立，……人的所有的慾望都因其非神聖性而被壓抑乃至剔除，它的最直接的後果，便是在所謂的「樣板戲」中創造了一個無性別的世界。[24] 女子牧馬班便是這樣一個無性別的世界。這是極端反人性的。中國的聖人、先哲本來是尊重人性的。孟子就說過：「食、色，性也」。17世紀王夫之也說過：「禮雖純為天理之節文，而必寓於人欲以見，雖居靜而無感通之則，然因乎變合以章其用。唯然，故終不離人而別有天，終不離欲而別有理也。離欲而別有理，其唯釋氏為然，蓋厭棄物則而廢人之大倫矣。」[25] 到 18 世紀戴震則說得更詳細明白：「人生而有欲，有情，有知。三者，血氣心知之自然也。……天下之事，使欲之得遂，情之得達，斯已矣。……道德之盛，使人之欲無不遂，人之情無不達，斯已矣。」[26] 人不是禽獸，也不是神仙。只要是人就有慾望、感情，有愛的需要。一個理想的社會應該是讓每個人的慾望、感情、愛的需要都得到充分的滿足，一個健康的團體應該從它的成員的慾望、感情、愛的需要出發來思考問題；而不應該相反。

可是，現代社會條件下的女子牧馬班這個團體卻根本不考慮它的成員作為人的各種需要，甚至把人為地扼殺成員的各種正常需要當作考慮團體成功的標準。這明顯違反了人性的起碼要求，是一次歷史的大倒退。女子牧馬班是上級心血來潮、毫無道理也毫無必要的一個策劃方案，它只有清一色的青春期女孩，被拋到荒涼的一塊草地上，沒有異性可以結識、相愛。她們無形中被迫過著一種修女般的孤寂生活。她們被身體內蓬勃的慾望所折磨。杜蔚蔚被折磨得整夜睡不好覺，有一天夜裏好不容易「比以往睡得安恬，可其他姑娘全被她嚇哭了，因為她在沉睡中突然發出一聲逼真逼真的馬嘶，比真的馬叫得更瘆人。」[27] 後來她騎在馬上自慰，兩條大腿內側被馬鞍子磨得鮮血直流。由於女子牧馬班的反人性性質，女孩健康的青春、美好的情感都遭到極度的扭曲和恐怖的摧殘。「多年後，我們聽說那個指導員叔叔把牧馬班裏的每個女孩都誘姦了。」[28]「欲之失為私，私則貪邪隨之矣；情之失為偏，偏則乖戾隨之矣；知之失為蔽，蔽則差謬隨之矣。」[29] 女子牧馬班的姑娘們總的說來是受害者，但有時候也是施害者。她們曾經以神聖的名義，把一心要洗刷自己靈魂中的污點，重新做一個純潔者的小點兒逼上了死路。最讓人痛心的是這一切竟是由沈紅霞指揮完成的。「小點兒說：我不願進牢。……牢裏只能使各類罪惡交叉感染。……她跪在沈紅霞面前，說：她願意在這裏辛勞地放一輩子馬。沈紅霞用沒有視覺的眼睛看著她，再一次說：你必須去。」[30] 小點兒在既不願做牢，又不願違背沈紅霞的精神指令的情況下，選擇了死亡。在一次搶救火災的時候，「她們燒光了全身衣服和頭髮，衝了出來。只有小點兒遲疑了一剎那，被火封住。柯丹意識到她是有意遲疑的。」[31] 戴震曾經嚴厲批評迂儒說：「後儒不知情之至於纖微無憾是謂理。而其所謂理者，同於酷吏之所謂法。酷吏以法殺人，後儒以理殺人。浸浸乎合法而論理，死矣！更無可救矣！……」[32] 在某種意義上說，正是擁有崇高理想的沈紅霞因為缺少尊重人性的意識，機械地理解純潔的意義，把純潔變成殺人的武器，奪去了一個人年輕的生命。

在對女子牧馬班這個英雄團體充滿感情的描寫中，嚴歌苓十分痛苦地宣佈了英雄的終結。當女子牧馬班的姑娘在沈紅霞的英雄精神感召下，準備義無反顧地追趕發瘋的馬群時，隊長柯丹堅決地攔住了她們：不准去！都回去吧，你們本來就不該到這地方來！……回你們的城裏去！「她們無所適從，柯丹突然橫過槍：都給我回去！……於是她們一齊掉轉馬頭，隨班長柯丹義無反顧地向場部方向跑去。」[33] 這裏的「掉轉馬頭」，既是寫實性的，更是寓言性的，它象徵性地寫出女子牧馬班與英雄主義的告別，也即是英雄主義從她們中間抽身離去。更進一步說，整部《雌性的草地》也是一個關於「掉轉馬頭」的寓言，它象徵著英雄主義在人間的終結。最富有英雄主義精神的沈紅霞無法「掉轉馬頭」而繼續「隻身追去」，她也隨英雄主義一道馳出了人間，變成人們對已過去的歷史的記憶。「最令她痛心與不解的是：人們說那個追馬群的沈紅霞死了。……她痛苦而憤懣，因為她無法證實自己實質上並沒有死。一個感知著自己活生生的精神的人怎麼會死了呢？」[34] 在這裏嚴歌苓以一種十分怪異的方式傳達了一個明確的資訊：沈紅霞作為一個肉體軀殼從歷史延續到了現實，但作為英雄主義精神的載體，她已經永遠留在了歷史中。

在以女子牧馬班為個案敘述英雄的終結這個主題時，嚴歌苓飽嚐了悲痛之苦。這痛苦來自她對沈紅霞思想、情感的非常熟悉與部分認同。在某種意義上說，沈紅霞是 1950 年代出生的一代人青春夢想的形象化。他們對神聖與理想的熱愛與忠誠已化成他們情感結構的一部分。儘管在今天他們已認識到自己曾經的過錯和對他人的傷害，「我的拳頭高高舉起，……我看見了一雙美麗的大眼睛，一雙恐懼的、驚惶的羞辱的無助的眼睛，……在我忍受別人對我的侮辱的時候，我才終於懂得對別人的侮辱是一件多麼殘酷的事情」[35]，但他們一想到神聖與理想仍會心起波瀾，其中最堅定者甚至仍高揚理想與神聖的大旗：「我總覺得，人之所以為人，就因為他不但要活得舒適，更想活得心安，在手腳並用去滿足物質慾望的同時，他還要尋找一種精神性的價值，在那上面安頓自己的靈魂。這就是通常所講的『信仰』，或者換個學術氣的詞，叫做『認同』。」[36]「理想是人之為人的標誌，動物才沒有理想。理想體現了人的高貴、尊嚴、智慧和進取心。……沒有理想，人類就沒有希望；理想的喪失，是人性的喪失。……我的理想並不形成於陽光燦爛的日子，而形成於流離困厄之中。……面對他們的英靈，一種崇高的勇氣——堅持理想的勇氣油然而生。」[37]「我至今仍然守護著我的精神的棲居之地，我渴望那一縷神聖之光的偉大照耀，使我在這灰色日子的重重壓力下不至永久地沉落，……我不允許任何人對我的家園的消解，即使嘲弄和調侃，我固守著我的嚴肅，毫不退讓。」[38] 毫無疑問，他們的神聖與理想將化作精神資源繼續影響著我們現在乃至今後的生活，但是，也不得不承認，作為一個特定的精神存在，他們那一代人的英雄主義已經無可挽回地退出了歷史。「在這冬夜，點起煙，做一個守望者，用我的筆守住最後一點人的勇氣、品格和自尊，守住思想的嚴肅和文化的旅程。我知道我的讀者不多。……」[39] 嚴歌苓無疑更早就意識到了這難以接受卻不得不接受的現實，她把這種豪氣難再的痛苦情愫融注在對沈紅霞這個英雄形象的塑造上。「地平線的另一端，一個騎馬的人出現了。這是個女性，長髮飛散，衣不蔽體。說準確些她等於全身赤裸，但仍束著皮帶，斜挎一隻鮮紅的小布包。她身後跟著浩浩蕩蕩上千匹馬，……我不忍心告訴這個一心追隨理想的姑娘……在某天清晨，廣播電臺正告全世界我軍已取消了騎兵，軍馬已結束了它的歷史使命。」一個人為了心中神聖的事業奉獻了自己的一切，卻在某一天突然發現這個神聖的事業根本就毫無意義，世界上還有比這樣的打擊更沉重的嗎？世界上還有比遭受這樣打擊的人更痛苦、絕望的嗎？通過精心塑造沈紅霞這個人物形象，嚴歌苓完成了對自己的青春生命的一次清理，「我目送她趕著浩浩無垠的馬越過我，繼續走著她那類似聖者遠征的漫漫長途」，[40] 同時也完成了一場痛苦的精神告別，告別英雄，告別烏托邦。

此後，嚴歌苓又創作了《草鞋權貴》。和《雌性的草地》相比，這部小說因為選取的英雄形象是作者隔輩的老將軍，與作者之間距離較大，所以在審視人物時沒有了心理、情感上的糾扯，變得更加冷靜，甚至有些冷酷，但在某種意義上說，也更逼近了歷史的另一種真實。

毫無疑問，《草鞋權貴》裏的將軍曾經是一位真正的英雄。在締造共和國的血雨腥風裏，他曾經槍林彈雨，毫無畏懼，戰功卓著，盡顯英雄本色。「將軍二十歲已做了營長，出了名地『敢死』。有回他腿上中彈，引起壞疽，當時最簡單的辦法是截肢。他已高燒得昏迷，卻在軍醫向他下鋸時拔出槍，嚷嚷誰敢斷他腿他就斷誰的命。」[41]「他曾經的確英勇過、獻身過、玩命過，當他吃草根咽樹皮衝鋒陷陣時他沒有私慾雜念，想到日後會有這樣的院子房子和車子。他當時毫無把握自己將從成千上萬死亡中活出來，成為有幸的千分之一或萬分之一，來享受厚報。……你能說他的忠誠勇敢帶有投機意味嗎？」[42] 確實不能。但是，嚴歌苓卻沒有像《紅日》、《烈火金剛》、《林海雪原》等小說的作者那樣再講一遍英雄們的戰鬥傳奇，而是講了一個倖存到 20 世紀晚期的老將軍的「新生活故事」。在她的講述裏，標誌將軍存在的場景已經不是殺敵立功的戰馬，而是洗澡享樂的浴盆。正是巨大的浴盆照出了一個曾經叱吒風雲的老英雄在失去自己的時代後的灰暗甚至卑瑣：「她納悶，這只浴盆她每天都刷得極精心極賣力，一點汙漬都不放過，而第二天又會有大量的、牢牢粘在四周的，似乎陳年老垢的污漬可供她刷洗」。[43] 一個曾經一馬當先、浴血奮戰的英雄如今卻只能製造令人作嘔的陳年老垢了，這是多大的諷刺呵。然而這就是歷史。

美國最偉大的將軍巴頓，是「一個生來為打仗的人，一個一心要在最後一場戰鬥中死於最後一顆子彈的人。」[44] 儘管他沒有如願以償地死在最後一場戰鬥的最後一顆子彈，但他以另一種死法——車禍——於歐洲戰場的戰鬥結束不久就告別了人世，因而他永遠保持了自己作為一個偉大將軍的尊嚴。可是《草鞋權貴》中的將軍程在光卻一直活到共和國誕生四十多年後，這使他親歷了屬於自己的時代的逝去，「……什麼高幹，權貴，什麼誰的爸爸是誰誰誰，我噁心了。那個時代也過去了——看看我們家的所有兒媳，你就明白草鞋貴族的日子到頭了」，[45] 飽嚐了一落千丈的恥辱，「警察們連前次的外軟內硬的『軟』也沒了，彷彿他們面前赫赫有名、建國元老的程老將軍是街頭的老流浪漢」，「他就那樣坐在北京的臘月裏，直到警衛員發現他頭猛往後一栽」[46]，昏死過去。此後，他又像植物一樣在高幹病房裏躺了五年，才如一條沒用的「老狗」般離開人世。程在光將軍的「新生活故事」，讓我們清楚地看到歷史由英雄時代向平民時代的轉換，看到英雄由政治身份向自然身份的轉換，也看到英雄末年在失去自己的時代後的虛弱甚至委瑣。

首先，程在光將軍晚年經歷了英雄時代向平民時代的轉換。共和國建立以後，奪取了抗日戰爭和解放戰爭勝利的英雄們躍身進入社會主義建設的新階段，並以他們在戰爭中積累的經驗主導了社會主義建設實踐，從而使共和國的前十七年歷史染上濃烈的英雄主義色彩。「文革」動亂髮生，國民經濟幾近崩潰邊緣，曾經豪情萬丈的英雄主義也受到重創。新時期，在總結過去的經驗與教訓的基礎上，黨中央明確提出把全黨的工作重心轉移到經濟建設上來。以此為標誌，中國開始了由英雄時代向平民時代的轉換。「中國今天的社會轉型是朝向『平民主義』的社會轉型，中國社會的價值觀念正在由『神本主義』和『英雄主義』的傳統向『平民主義』的價值立場轉移。」[47]《草鞋權貴》開頭就把平民時代到來的氣氛渲染得十分濃烈。「霜降很快被引進一間大房，地是兩色鑲的拼花地板，所有窗子都墜著紫紅的絲絨窗簾，開燈不礙事，樓上有幾隻腳有板有眼地跺著：什麼入時音樂在惹他們發瘋。……門邊那個竹簍倒翻了，裏面十來隻鱉跑得一隻不剩，聽人講鱉在北京賣百來塊一隻，霜降沒帶錢和衣裳來，這簍鱉就是她全部行李。」一個鄉下女孩帶著十幾個鱉到北京來尋找幸福生活，是一種平民時代來臨的象徵。這標誌著中國女孩已告別了《雌性的草地》所描繪的女子牧馬班的時代，都在熱烈地追求著物質的滿足、世俗的享樂。「一夜間，一些高樓冒出土。一夜間，街上儘是西裝革履、私營公司的經理。中國南方城市的無數『包治性病』的廣告也是一夜間貼滿了新牆舊牆。」[48] 在這個時代裏，人性獲得至高無上的價值，禁慾主義受到嚴厲批判，人的慾望得到普遍的尊重和理解。重物質、重享樂的市民是其主人，他們製造並享受新鮮、刺激的時尚，在世俗追求中感受個人的成功與滿足。在這個時代裏，文體明星成為人們日常精神消費的搶手貨，昔日英雄不再被無條件地崇拜，而必須接受新時代時尚標準的重新考慮。正是在平民時代新標準的考慮下，程在光老將軍褪去了曾經環繞周身的奪目光芒，顯出了作為一個俗人的凡相和慾望。「霜降昨天聽說這院的將軍老爺子娶過三房老婆，結髮的那位在他跟紅軍走後便不知流落到哪裡去了。第二位生了兩個孩子後讓將軍當時一位上司看中，被將軍拱手相讓了。……」[49]「他步子看上去極健，實際並不快，兩個負重的人只得壓下速度，活受罪地磨蹭。『看看你們這兩個年輕人，路都走不快，還不如我這老漢！』……霜降笑，加快點速度。司機耳語喝她：『別走快！你要想超過他，那你是想找倒楣了！』」[50] 在嚴歌苓的敘述中，一個滿腹傷痛卻裝腔作勢的平凡老頭的形象把程在光將軍過去光彩奪目的英雄身軀覆蓋得嚴嚴實實。

其次，程在光將軍晚年還經歷了由政治身份向自然身份的轉換，也即是政治身份逐漸失去原先的分量，而曾經被政治身份遮蔽起來的自然身份無形中突顯出來。霍布斯說過：「具有主權的人……都代表著兩重人格，用更普通的話來說便是具有兩重身份，一重是自然的身份，另一重是政治的身份。」[51] 同樣，程在光將軍也有兩重身份，一方面受軍委任命，他擔當司令員的職務，這是他的政治身份；而同時他沒有一刻不吃喝拉撒，這便是他的自然身份。在英雄的時代，程在光將軍只在大眾面前呈現其充滿英雄色彩的政治身份，而其自然身份被完全遮蔽起來，這使得程在光將軍作為英雄在大眾面前顯得高大完美，但缺乏人性。隨著平民時代的來臨，這種遮蔽狀態便無法再繼續保持下去，程在光將軍的充滿七情六慾的自然身份被展示在大眾面前。從這個角度來說，在《草鞋權貴》中，霜降進入程家大院便十分具有象徵意義。作為鄉下女孩的霜降，帶著一雙大眾世俗的眼睛進入程家大院的過程，便是程在光將軍作為自然人的一切生活細節展示在大眾面前的過程。在小說的開端，程在光將軍是「一個名氣很響、有許多英雄傳說、軼聞的老將軍。」[52] 到小說結尾，他便和任何一位久病故去的老人一樣毫無特殊之處了，「女主人：哎喲！她伸出手去握，心想誰他媽知道什麼程在光。哪輩子的事了，還值得在這兒提。」[53] 這裏告訴人們的倒並不是「人死萬事休」的世態炎涼，而是平民時代的社會邏輯：人無論獲得了多大的政治身份，都不能因此而改變他的自然身份，更不能擁有遮蔽自然身份的特權。在這個時代裏，程將軍充滿慾望的自然身份再也無法被隱藏。小說中寫過一個「櫻桃事件」。程將軍在自己院裏種了幾棵櫻桃，年年摘了櫻桃他不准自己的孫子孫女吃，全部都要送給五十年代專為烈士遺孤開辦的幼稚園。他的理由是：「它們不是櫻桃。它們是一種偉大的意義。是革命傳統的偉大繼承。……吃過這櫻桃的孩子，……統統會記住，他們沒有被社會忘掉；他們被全社會的人愛、關懷。雖然他們不幸失去了父親母親，但他們能得到比父母更多的愛。」在程將軍的自我敘述中，他只作為司令員這一政治身份而存在，他的行為只具有政治意義、宏大意義。他的兒子淮海卻並不這樣看：「要是沒有這些櫻桃，父母雙全的孩子不會被社會忘掉；程司令倒是真要被忘掉了。」[54] 這說明程將軍給幼稚園送櫻桃既是一個充滿象徵意義的政治事件，也是一個充滿個人慾望的私人事件。更耐人尋味的是，嚴歌苓十分冷靜地敘述道：「漸漸地太平年代不再能夠搜集到足夠的『英雄孤兒』，幼稚園就變成了普通的營業機構。似乎程司令不知道這個變遷，照舊每年親自採下櫻桃送給不管是誰的後代，照舊以滿腔痛惜滿腔憐愛的笑容與這些父母都健在的孩子們照相，再由報紙或雜誌將相片刊出，題名為『將軍與孩子』」。[55] 隨著時間的推移，送櫻桃的事件基本喪失了其政治意義，但程將軍仍樂此不疲，這說明送櫻桃事件從一開始就包含著程將軍強烈的個人慾望動機，這動機甚至可能超過了他的政治動機。通過對曾經被遮蔽的英雄的個人慾望動機的還原，嚴歌苓完成了她的弒神工程：那個曾經如神一般純潔、完美的英雄死掉了，代之而起的是凡人的慾望舞蹈：「她感到擱在她肩上的手漸漸順她脊樑滑下去，最後停在她腰部。……『你是個不一般的小女子。』將軍說，或說他『決定』。他表情全無，但目光卻溫存許多。手滑過腰與髖的弧度，又回來，似乎不敢相信這個弧度會這麼好。它來回了幾次，驚羨那弧度的青春和美麗。」[56]

其三，程在光將軍晚年還經歷了由悲壯英雄向世俗凡人的轉換。嚴歌苓在《草鞋權貴》中的敘述既是一個弒神的工程，作為英雄的程在光將軍在她的敘述中死掉了；同時，它又是一個催生俗人的工程，作為慾望載體的程在光在作者的導引下降生到大地上。她讓我們看到了一個平凡的肉體具有著各種各樣的慾望衝動，也經歷了種種人間的不快與不幸。首先，程在光將軍有強烈的虛榮心。「程司令是他們中最不寂寞的一個，每年至少有四五次靠得住的機會去維持人們對他的記憶：第一是靠『將軍櫻桃』，第二是靠他的書法，第三是一年一度他在老人網球比賽中的表演，第四是到幾所著名中學做『紅軍長征』或『革命傳統』的報告。」[57] 其次，他還有強烈的權利慾。「老爺子這輩子幹得頂漂亮的就是鎮壓，過去鎮壓反動派，現在鎮壓他這個家。」[58] 通過鎮壓他鞏固了自己手中的權力，在鎮壓中他也充分地領略到大權在握的快樂。第三，他的色慾也十分強烈。「程司令在見霜降的剎那猛欠起身，表情和姿勢都靜止了足足兩秒才落回座位。」[59] 他之所以如此失態是因為看到了霜降的美色，勾起了他心底的慾望。年輕的時候，程在光沒少引誘過女孩子，也被她們找上門鬧過。「有回一個女人賴在軍營門口，說是程司令二十年前答應過要娶她，那時她在貴陽的軍區首長樓做服務員。二十年程司令一點音訊不給，給的就是六十元的匯款。」[60] 上年紀後程將軍的身體不如從前，但色慾之心並沒減弱。晚年的程在光特別愛收年輕女徒弟跟他學書法，而且一定要手把手進行教學。教霜降時，「將軍便從她身後伸過臂，攥住她的手，……將全部體重依在她身上。……她甚至隱約感到那衰老身軀中的激情，雖緩慢卻洶湧地沖著她。」[61] 歲月奪去了他作為一個男人的攻擊力，但他並不放棄口淫的機會，「筆頭伸向哪裡，就要像刀尖捅到哪裡，像捅破戳穿一樣狠。還像什麼呢？將軍又深深喘息著比喻：像犁頭豁進處女地；運起筆來，你若感到筆有千鈞，並鐵硬起來，那就到了功夫。」[62] 他還在裸露中尋求歡樂：有一天，將軍喚霜降進浴室，「她一腳踏進浴室，看見將軍的裸背出現在浴盆中，嚇得一動也動不了」，將軍讓她仔細看自己的脊背上的傷疤，並詳細解說傷疤的來歷。「在霜降替他搓揉脊背時他感慨，小女子你今天的好生活不容易得來喲；革命不容易喲；那真是把腦殼掖在褲腰上喲。」[63] 很明顯，程將軍的革命傳統教育只是形式，實質上他是搞了一場相當獨特的老年口頭性遊戲。程將軍還喜歡偷窺活動，「門卻再次無聲息地開了。這次她已站在浴盆外，失去了水的掩護，無助無望得像條晾在岸上的魚。」[64] 進一步他還對霜降進行肉體的猥褻，「『你看看你看看……』他又像埋怨又像嗔怪，兩隻手緊緊扣在她胸脯上。他似乎感歎它們的大小合宜，滿滿捧了兩手心。」[65] 具有一切俗人慾望的程在光將軍也經歷了人生的各種不快與不幸。程在光將軍的夫妻生活極不和諧。他們的出身、文化背景迥然不同，程在光的家庭是三代貧農，他的妻子卻出生於書香門第。程在光以革命需要的名義把她娶回家，並沒有贏得她的愛情。他們的婚姻沒有多少和諧、幸福可談。妻子紅杏出牆，並與程在光的祕書生下兒子，這讓他老羞成怒，充分領略了恥辱的滋味。他的兒女吃喝玩樂，不務正業，也讓他痛感將門無後的淒涼。四星出逃後，警察找到程將軍進行毫不客氣的質詢。他的紙糊的威嚴被當場戳破時，程在光將軍遭受了滅頂的打擊，「從此就躺在高級幹部的特護病房」，直到悄無聲息地死去。

總之，《雌性的草地》通過女子牧馬班這個英雄個案的描繪，形象地說明了和平年代裏英雄主義的不合時宜，明白地宣告了英雄主義的終結。女子牧馬班這個和平年代裏的青年團體，一意孤行地機械模仿戰爭環境下的英雄主義作風，悖逆人性向度，無視生命需要，把極左思潮影響下盲目策劃的錯誤方案當作神聖的目標去孜孜追求，最終導致女子牧馬班的女孩們寶貴的青春被白白浪費。女子牧馬班的失敗是一個慘痛的教訓，它警示人們，在英雄年代已經過去的和平環境下，再機械地模仿戰爭年代特定條件下英雄們的極端行為，除了傷害自己身體，浪費自己青春，延誤社會發展良機，導致社會生活停滯不前外，並無任何好處。《草鞋權貴》通過敘述昔日叱吒風雲的程在光老將軍的晚年「新生活故事」，則更進一步揭示英雄主義也是一種權力。程家大院「晚餐若人員到齊，那個擺四張餐桌的餐室會被擠得水泄不通。孩兒媽背了個綽號叫『航空母親』」[66]，這形象地說明英雄主義並不僅僅是一種精神資源，它還是一種能量巨大的政治經濟權力。程在光將軍擁有了它，就可以合法地無限度佔用、耗費國家資財。巨大的經濟利益，正是程在光將軍在英雄時代終結的平民時代仍想繼續進行英雄主義敘事的根本動機。程在光將軍的恣情享受和程家大院的肆意揮霍，則形象地說明，失去了英雄時代，昔日的英雄已喪失其政治功能，蛻變成為慾望蓬勃的世俗常人。這就從更深的層次宣告了英雄的終結。

注釋：

[1] 周揚：《周揚文集》第一卷第 529 頁，人民文學出版社 1984 年版。
[2] 陳思和主編：《中國當代文學史》第 56 頁。
[3] 陳思和主編：《中國當代文學史》第 57 頁。
[4] 楊匡漢、孟繁華主編：《共和國文學 50 年》第 178 頁。
[5] 食指：《命運》。
[6] 北島：《回答》。
[7] 陳思和主編：《中國當代文學史》第 57 頁。
[8] 嚴歌苓：《雌性的草地》序。
[9] 嚴歌苓：《雌性的草地》序。
[10] 嚴歌苓：《雌性的草地》第 68 頁。
[11] 嚴歌苓：《雌性的草地》第 69 頁。
[12] 嚴歌苓：《雌性的草地》第 16 頁。
[13] 嚴歌苓：《雌性的草地》第 125 頁。
[14] 嚴歌苓：《雌性的草地》第 361 頁。

[15] 嚴歌苓：《雌性的草地》第 372 頁。
[16] 嚴歌苓：《雌性的草地》第 402-404 頁。
[17] 嚴歌苓：《雌性的草地》第 365 頁。
[18] 嚴歌苓：《雌性的草地》第 364 頁。
[19] 嚴歌苓：《雌性草地》第 35 頁。
[20] 梁啟超：《十種德性相反成義》。
[21] 嚴歌苓：《雌性的草地》第 203 頁。
[22] 嚴歌苓：《雌性的草地》第 257 頁。
[23] 嚴歌苓：《雌性的草地》序。
[24] 蔡翔：《神聖回憶・純潔時代》第 45 頁。
[25] 王夫之：《讀四書大全說》卷八。
[26] 戴震：《孟子字義疏證》卷下。
[27] 嚴歌苓：《雌性的草地》第 47 頁。
[28] 嚴歌苓：《雌性的草地》序。
[29] 戴震：《孟子字義疏證》卷下。
[30] 嚴歌苓：《雌性的草地》第 391-392 頁。
[31] 嚴歌苓：《雌性的草地》第 398 頁。
[32] 戴震：《戴震文集・與某書》。
[33] 嚴歌苓：《雌性的草地》第 403 頁。
[34] 嚴歌苓：《雌性的草地》第 407 頁。
[35] 蔡翔：《神聖回憶》第 4、10 頁。
[36] 王曉明：《太陽消失之後——王曉明書話》序。
[37] 張汝倫：《堅持理想》序。
[38] 蔡翔：《神聖回憶》第 11 頁。
[39] 蔡翔：《神聖回憶》後記。
[40] 嚴歌苓：《雌性的草地》第 407 頁。
[41] 嚴歌苓：《人寰・草鞋權貴》第 234 頁。
[42] 嚴歌苓：《人寰・草鞋權貴》第 374 頁。
[43] 嚴歌苓：《人寰・草鞋權貴》第 304 頁。
[44] 張汝倫：《堅持理想》第 25 頁。
[45] 嚴歌苓：《人寰・草鞋權貴》第 409 頁。
[46] 嚴歌苓：《人寰・草鞋權貴》第 402-403 頁。
[47] 席雲舒：《反思「70 年代以後」及對它的一個個案解讀》。
[48] 嚴歌苓：《人寰・草鞋權貴》第 414 頁。
[49] 嚴歌苓：《人寰・草鞋權貴》第 211 頁。
[50] 嚴歌苓：《人寰・草鞋權貴》第 227 頁。
[51] 霍布斯：《利維坦》第 186 頁，1996 年商務印書館出版。

[52] 嚴歌苓：《人寰・草鞋權貴》第 208 頁。
[53] 嚴歌苓：《人寰・草鞋權貴》第 415 頁。
[54] 嚴歌苓《人寰・草鞋權貴》第 244 頁。
[55] 嚴歌苓：《人寰・草鞋權貴》第 243 頁。
[56] 嚴歌苓：《人寰・草鞋權貴》第 259-260 頁。
[57] 嚴歌苓：《人寰・草鞋權貴》第 261-262 頁。
[58] 嚴歌苓：《人寰・草鞋權貴》第 223 頁。
[59] 嚴歌苓：《人寰・草鞋權貴》第 219 頁。
[60] 嚴歌苓：《人寰・草鞋權貴》第 301 頁。
[61] 嚴歌苓：《人寰・草鞋權貴》第 289 頁。
[62] 嚴歌苓：《人寰・草鞋權貴》第 290 頁。
[63] 嚴歌苓：《人寰・草鞋權貴》第 291 頁。
[64] 嚴歌苓：《人寰・草鞋權貴》第 306 頁。
[65] 嚴歌苓：《人寰・草鞋權貴》第 321 頁。
[66] 嚴歌苓：《人寰・草鞋權貴》第 236 頁。

第六章　遊戲與破綻——王朔

十多年過去了，靜下來想想，王朔仍是一個沉重的存在。作為倫理思想的存在，王朔無疑是零散、粗糙的，但因為他使用了小說這種形式，影響甚廣，成為一個無法迴避的現象。王朔有一個發展、成熟與委退的過程，其最得意時期是《頑主》階段。他的沉重，並非一副流里流氣的痞子腔，而是他似乎漫不經心實則頗具經營地拋給世人一系列人生難題，主要是肉體與精神的價值定位，個人與社會的關係判斷，利己與利他的矛盾處理，等等。

有兩個年份 1987 和 1992 被媒體以王朔二字冠名，足見他在民眾中間的影響力之大，這主要來自於他小說中驚世駭俗的虛無主義倫理表達。首先這種表達將肉體與精神極端緊張化，而且虛化精神的意義，高抬肉體的價值。在《頑主》、《一點正經沒有》等小說中，王朔對比放置了兩類人物，一類是趙堯舜、寶康之流，一類是于觀、馬青、楊重之屬。趙堯舜是大學教授，張口責任閉嘴愛心，儼然一副道德君子的古道熱腸。可是他卻特別貪佔便宜、混吃混喝，更為可恥的是當馬青耍弄他說為他釣到一個女孩時，趙堯舜竟然想入非非，一副下作嘴臉。寶康是位不入流的作家，拚命想出名，為此不惜自己花錢請三 T 公司包裝自己。在寶康的心目中，作家是個好名頭，可以用來招搖撞騙。這類人物的設計，表達了王朔從觀照道德精神辭彙使用者的實踐出發對道德精神給予徹底懷疑和否定的思路。在接受記者採訪時，王朔把這種看法表達得更加清楚：「你認為人類必須是完美無缺的，道貌岸然的，你誣衊了人類。……不是我不相信（絕對真理），而是根本沒有。……作為一個中國人，你怎麼還能再抱有幻想？」[1]與趙堯舜、寶康相對，王朔放置了于觀、馬青、楊重等人物，他們說話流里流氣，以流氓自居，揚言「我是流氓我怕誰」，開辦「替人解難替人解悶替人受過」的「三替」公司、「海馬創作中心」。他們整天忙忙碌碌，圍繞的中心就是想法掙錢，滿足自己肉體需要。在與趙堯舜、寶康的對比中，于觀等人顯得健康、真實、坦然，無言中充分肯定了人的肉體存在和物質需要的重要意義。在這點上，王朔是有其合理性的，表現了王朔可貴的現實意識。但王朔並沒有就此止步，而是進一步把對肉體存在價值推向極端，使之成為壓倒一切的最大價值存在，表現出思想的粗鄙性。比如他評價劉震雲的小說時表示，「他把生活平庸化了」，「從某種意義上說這已經接近於生活本質了」。「就是說他把生活中原本無意義的東西還原成無意義了。這種無意義的東西往往打扮得很有意義，帶著很多的珠光寶氣，好像我們人類生活是非常波瀾壯闊、有聲有色的。這些全被他還原了。」[2]在王朔看來，一切重大意義都是人們主觀強加於生活之上的，生活本沒有這麼多意義，生活的真實面目是平庸。人的本真就是肉體存在，精神是很不可靠的。「中國何來靈魂？一切痛苦、焦慮皆源自肉體。我仔細想過，一切口稱的信仰和所謂『深度情結』蓋出於秦始皇式的『不朽』渴望。」[3]這就是王朔對人生的一個判斷，也是他對肉體存在價值的無邊放大的一個明證。

王朔這種對肉體價值顯微化的判斷，也不是空穴來風，它是極左思潮的反動，契合了歷經「文革」時期極端道德主義災難、極需釋放本我原始能量的人們的精神需求。王曉明先生在談到王朔「調侃一切」時說：「這並不是一個偶然現象，在某種意義上，它恰是我們精神歷程的一個合乎邏輯的結果。你在一連串事件的搖撼下清醒過來，發現自己原來被一種無知的信仰引入歧途，於是跳起來，奔向另外一些與之相反的信仰。可很快你就發覺，這新的信仰仍然無用，你還是連連失敗，找不到出路。在這種時候，你的頭一個本能反應大概就是放棄信仰，放棄尋找出路的企圖吧？你甚至會過來嘲笑這種企圖，藉以擺脫先前那種沉重的失敗感。」[4] 正因為這樣，王朔的《頑主》等小說一出，得到迅速傳播並形成一片應和之聲。這無疑給世人，尤其是知識界出了一道人生難題：如何給肉體與精神準確定位？肉體存在真的能夠擔當起世界意義制定者的責任嗎？這個難題攪得很多知識份子心神不寧，寢食難安，「如果真的有了錢就天圓地方，自足自在，那當然可以不要精神生活，人文精神的危機不過是那批文化人的生存危機而已。但是一個有五千年歷史的民族真的可以不要諸如信仰、信念、世界意義、人生價值這些精神追求就能生存下去，乃至富強起來嗎？我們必須正視危機，努力承擔危機」。[5]「知識份子曾經賦予理想激情的一些口號，比如自由、平等、公正等等，現在得到了市民階級的世俗性闡釋，製造並復活了最原始的拜金主義，個人利己傾向得到實際的鼓勵，靈－肉開始分離，殘酷的競爭法則重新引入社會和人際關係，某種平庸的生活趣味和價值取向正在悄悄確立，精神受到任意的奚落和調侃。一個粗鄙化的時代已來臨。」[6]

從精神危機的現實判斷出發，一場聲勢浩大的「重振人文精神」大討論在全國範圍內展開，上海、北京等地一大批學者、作家參與其中。但討論的結果並不能讓人滿意。作為這次討論的主要發起者之一的王曉明先生在總結其成果時說：「平心而論，『人文精神』的討論雖然持續了這麼久，整個討論的水準卻明顯低於人們的期望。就拿宣導者的那些意見來說吧，其實都是屬於『開場白』的性質，差不多是在一加一等於二的層次上的。……二年多過去了，我們依舊停在旅途的起點，為該不該邁第一步而爭論不休，這自然會令人失望了。」[7]在這場討論中王朔不但沒有被說服，反而振振有詞地給提倡「重振人文精神」者以冷嘲熱諷：「有一些人寫文章，老是在發牢騷，好像出現了天大的不公平，其實現在大家都可以平等、自由地生活，是從來未有過的好的形勢。……走出家門，和社會廣為接觸，對調整好心態有特大的好處，看到了各種各樣的活法，也知道了不同的活法都有自己的道理。……有些人呼喚人文精神，實際上是要重建社會道德，可能還是一種陳腐的道德，這有可能又成為威脅人、窒息人的一種武器，如果是這樣的人文精神，那我們可以永遠不要。」[8]確實，回答王朔提出的難題並不容易，因為這並非一個純理論問題，它更多是一個實踐問題。「經過兩年多的討論，在一部分文化人中間，似乎正在形成一個討論信仰、認同和精神價值的話語領域，這自然顯示了『人文精神』討論的初步成果；可同時，在這個領域中出現的種種低水準的誤解、附和與攻訐，卻又從另一個角度，證實了人文精神的普遍匱乏。它有力地提醒我們，不但要重視人文精神的實踐性，更要重視這種實踐的艱鉅性。」[9]確實，這是一個非常艱鉅的工程。因為不但在中國，即使在全世界範圍內，回答這個問題可資利用的精神資源也並不充足，甚至還可以說是相當匱乏。反觀整個世界史，經過幾千年的實踐過程，人類回答這一難題的實際能力似乎不但沒有加強，反而有些削弱。換句話說，人類回答這個難題的能力並沒有像科學、知識能力呈現出逐步提高的趨勢，相反，卻呈現出逐步下降的趨勢。

在遠古時代，大多知識份子視精神優於肉體。孔子一生的實踐並不能說得上有什麼太大輝煌，甚至有時候自我感覺「惶惶如喪家之犬」，但他始終並沒有徹底的失敗感，其力量就來自他對精神的絕對信仰。衣食無著的境地孔子也沒少遇到，在那時他仍能發出「君子固窮」的精神抵抗，對於學生顏回他讚不絕口，主要是因為顏回「一簞食，一瓢飲，身處陋巷，回也不改其樂」[10]，欣賞的並非他的「安貧」而是他的「樂道」。孔子視精神實現為自己最大的歡樂，把自己心目中的道看作最神聖的價值，認為「朝聞道，夕死可矣」。甚至為了自己人生理想的實現，做好了犧牲生命的準備，他充滿熱情地說：「志士仁人，無求生以害仁，有殺身以成仁」。[11] 在西方也是這樣，古希臘哲學家蘇格拉底「認為自己的真正事業是進行道德對話，將自己的一生毫無保留地獻給了它。蘇格拉底把自己比作一隻牛虻，神派遣他到雅典來，是因為這個國家就像一匹肥大懶惰而遲鈍昏睡的駿馬，很需要一隻牛虻隨時叮囑它、責備它，使它從昏睡中驚醒而騰飛。」[12] 蘇格拉底對雅典城邦的批評招致三位雅典人的指控，並最終被判處死刑。朋友們建議他逃跑並安排好了一切。但他拒絕了。等時辰一到，70 歲的蘇格拉底平靜地喝下了毒酒。他並非不熱愛生命，而是因為如果逃避處罰，就會違背他對自己信奉的雅典法律的忠誠。孔子和蘇格拉底這兩位東西方哲人儘管思想上有很大差異，但在對待精神與肉體的關係上卻表現了共同的一面，那就是重精神而輕肉體。可貴之處在於，他們不僅形諸文字，更主要的是他們用自己寶貴的生命嚴格地踐行了自己的這一人生信條。

問題還有另一面，那就是兩位哲人在處理靈與肉的關係時，適當保留了靈與肉的相互之間的邊限，並沒有形成靈與肉不共戴天的緊張。孔子有一譬喻：「君子之德風，小人之德草」。過去人們以為這是將「君子之德」「小人之德」二元對立化，對前者絕對肯定，對後者絕對否定。其實不然，孔子的這個譬喻應該看作是對道德理想與道德事實的區分，君子之德指人的一種盡善盡美的精神境界，是人們追求的一種理想，小人之德指普通人善惡雜揉、美醜相間的精神狀況，是一種客觀存在的事實。兩者不可或缺，沒有事實，也就無所謂理想，它們是一種相輔相成的關係。孔子是在承認小人之德的基礎上提倡君子之德，「為政以德，譬如北辰，居其所而眾星共之」[13]，把君子之德比喻為北辰，把「小人」（普通人）之德比喻為眾星，孔子並不是要讓所有的星星都變成北辰，即不是讓所有「小人」（普通人）都變成君子，這是不可能的，而是宣導具有這樣那樣缺點的「小人」（普通人）都應該像眾星拱北辰一樣心存向善之心。在這種精神結構的想像中，人的靈與肉都具有各自存在的合理性，相互之間有一種遊刃有餘的從容。蘇格拉底酷愛讀書、思索，所以很少去關心肉體方面的享受。但這並沒有導致他對肉體滿足的貶低和否定。當蘇格拉底和斐德若去雅典城外散步時，「來到一處地方。蘇格拉底突然讚美起這地方的美麗來」。[14] 這種讚美表達了蘇格拉底享受到自然美景時的歡愉，其情態健康、率真，可見他絲毫不以表達肉體慾望為可恥。當斐德若驚詫於他竟然像一個異鄉人不熟悉自己的城邦地理時，蘇格拉底並沒有用否定感官享受價值的方式來替自己狡辯，而是非常誠實甚至略帶羞澀地坦承了自己在這方面的欠缺：「確實如此，我親愛的朋友，我希望你知道了其中的緣故後會諒解我。因為我是一個好學的人，而田園草木不能讓我學得什麼，能讓我學得一些東西的是居住在這個城裏的人民。」[15]在蘇格拉底的理念世界裏，肉體有它存在的合理性，他只是因為分身無術，才不得不為了自己的學問而放棄了對自然美景的享受、對自身肉體慾望的滿足。孔子、蘇格拉底對肉體與精神和諧、統一的理解表現了遠古時代人們在處理肉體與精神矛盾的優渥能力。即使出現危境，比如孔子困厄於陳、蘇格拉底面臨飲鴆的絕崖，都沒有讓他們出現滅頂的慌恐，甚至還相當鎮靜，尤其蘇格拉底昂起頭顱安閒飲下毒鴆的場面堪稱人性的絕筆。

中古時代，人們失去了遠古面對肉體與精神之爭時的從容大度。在西方出現了基督教，在東方出現了佛教，在中國出現了理學。它們共同的特徵就是將肉體與精神絕對對立起來，徹底否定肉體的道德價值，提倡禁慾主義倫理。在基督教史上，奧古斯丁（354-430）是完成基督教倫理學體系的第一人。他把人區分為「內在的人」和「外在的人」，強調前者是不與肉體相混合的靈魂，它是上帝之光的受體，是真正的道德實踐的主體。「幸福的生活就在你（上帝）左右，對於你、為了你而快樂；這才是幸福，此外沒有其他幸福生活。」[16]佛教於東漢時期傳入中國，在中國產生廣泛影響。佛教的宗旨是四大皆空，「無在萬化之前，空為眾形之始」[17]說到底也就是極力抹殺肉體的意義。到宋明時期，程朱理學成為中國的一時顯學。它的核心思想就是「存天理滅人欲」。理學集大成者朱熹（1130-1200）說：「聖賢千言萬語，只是教人明天理，滅人欲」。[18]什麼是天理、人欲？「非禮勿視、聽、言、動，便是天理，非禮而視、聽、言、動，便是人欲」。[19]中古時期的倫理精神，取消了倫理理想與倫理現實之間的邊限，表現出強烈的不寬容品格。基督教把屬於肉體的價值都列為惡，它所規定的善缺乏對人的關心要素，成為人類難以企及的純然神性的超驗要求。佛教將天國與人間對立化，人間的肉體生活被指為毫無意義，它的天國沒有一點生命的氣息。而理學制定的倫理準則與人的道德實踐能力之間形成強大的落差，「餓死事極小，失節事極大」，[20] 造成對人的生命的巨大壓迫。所有這些對肉體與精神緊張化的大聲宣講，表明宣講者內心的一種脆弱無力：「周公沒，聖人之道不行。……人欲肆而天理滅矣」[21]，「不可荒宴醉酒，不可好色邪蕩，不可爭競嫉妒，總要披戴主耶穌基督，不要為肉體安排，去放縱私欲」[22]，已經完全看不到孔子談論君子之德與小人之德時的安閒，沒有孟子笑曰『食色，性也』的瀟灑，更沒有蘇格拉底自我了斷時的風流。從另一方面，這也表明人類延續到中古時代在處理自身肉體與精神關係時的一種無能，中國盛行為「大人諱」，所以無法看到朱熹等人的內心，奧古斯丁的《懺悔錄》卻寫得明明白白，他本人原來就是一個放蕩不羈的大色鬼。色鬼，其實就是被肉體慾望吞噬之鬼，他們無力控制自己的肉欲蠢動而臣服於肉慾之命。在某種意義上說，中古時代一派純潔話語流蕩的背後，是滿地的饑渴騷動與慌張狼狽。

西方從 14 世紀的文藝復興揭起「人的解放」的大旗，到 20 世紀初尼采進而喊出「上帝死了」這個驚人之語；中國從 16 世紀的李贄（1527-1602）高呼「夫私者，人之心也。人必有私，而後其心乃見」，[23] 到 20 世紀初「新文化運動」大倡反對君權神權，共同完成了弒神工程。無論東方西方，人都把自身的問題算到了神的頭上，對神百般戲嘲，希望以此實現精神的徹底放鬆。結果，人所企圖的

「沒有了上帝，一切都是可能的」這種無限自由並沒有降臨人世，相反，尼采式的瘋癲、王國維式的自沉，德國納粹的大屠殺、中國「文革」的大混亂讓滿懷幻想的人們再一次跌入深淵。世界性的頹唐，大有一發而不可收拾之勢。正是在這樣的大背景下，王朔創作了《頑主》、《一點正經沒有》等小說，表現了人對自身毫無把握並乾脆聽之任之的頹敗之勢。王曉明先生等人高倡「重振人文精神」，力圖扼制王朔小說所描畫的人性頹敗，但隊伍不齊、聲音零亂，顯露出知識份子「身陷困境，而且一時還無力掙脫的孱弱狀態」。[24]最能表現這種孱弱狀態的是《曠野上的廢墟——文學和人文精神的危機》討論中的一句話：「聽研究數學的朋友說，在美國，研究數學的人自稱為『敢死隊』，因為那兒數學教授的年薪最低。以實用主義哲學為國學的美國尚且如此，以志於道為國學的中國就更不該缺乏這樣的『敢死隊』吧？……倘若你還能看見一支這樣的『敢死隊』……那就畢竟是不幸中之大幸，能令我們在絕望之後，又情不自禁要生出一絲希望來」。[25]人類到了靠「敢死隊」來拯救的地步，實在是太危險了。王曉明先生把人的「孱弱狀態」稱為「一時」的，表現了他那魯迅式的不願以自己的絕望來影響世人的大情懷，但環顧人世間，實在很難找出充足的理由來相信，將來人一定會強勁起來，能夠再度如遠古時代孔子、蘇格拉底那樣笑對自己，鎮定自若。王朔的問題，實在並不好回答，至少眼下難以給出令人信服的回答。

在王朔的小說中，還有個人與社會的關係判斷問題。于觀、馬青等人開「三 T」公司，替人解難、替人分憂、替人受過，不管客戶的要求是否符合社會倫理，他們都照辦。可以替人戀愛，可以替人挨罵，可以開假文學頒獎會，可以和賣假藥者合夥欺騙大眾。只要能夠躲開社會懲罰，沒有什麼事不可以做。在王朔的小說中，流貫的就是這種只求個人幸福滿足，不問社會是非善惡的情緒。對此王朔並不避諱：「是非觀念在生活中是微妙的。關鍵時刻就亂了。不是什麼事在什麼時候都可以用是非概括，好像生活中總有正義與非正義的較量。人類社會，人類生活中有很大一塊灰色地帶。很多事情是無法用是非和道德觀念去衡量的，許多事情都是形勢所迫才得以發展下去。但是作家和後來人出於某種道德的驅使把這些過程因果關係化了，這樣解釋生活是簡單化的。……（如果一定要作出判斷），那麼根據切身利益選擇判斷就是正確的，這種判斷總是真實的，能說服別人的。沒有超出這個的大是大非問題。」[26] 在王朔的小說中，個人與社會被設置為矛盾的兩極，對社會價值的存在充滿了虛無的情緒。王朔坦言：「我認為激情這東西含有虛偽，你衝誰而來呀？作為一個人作為一個中國人，你怎麼還能再抱有幻想？你就應該盡可能地適應環境。」[27] 而王朔的小說中，個人也被理解得更側重於肉體性，充滿著濃濃的慾望氣息。小說中的人物基本上沒有形上的喜憂，讓他們孜孜以求的就是怎麼賺到錢，怎麼吃得香玩得舒坦，讓他們急的就是自己的生意被他人戧行、空手套白狼的詭計沒有得逞。

正如杜威所說，西方在對待個人與社會的價值關係上大致有三種基本觀點：「社會必須為個人而存在；或個人必須遵奉社會為他所設定的各種目的和生活方法；或社會和個人是相關的有機的，社會需要個人的效用和從屬，而同時亦需要為服務於個人而存在。」[28] 前兩種觀點分別是個人主義與集體主義，第三種是對前兩種觀點的調和。在歷史上，主要是個人主義與集體主義兩種倫理相互對立衝突。其源頭可以上溯到希伯萊人重民族整體觀念與希臘人重人格完善觀念之間的對峙。到近代則形成個人主義倫理學派與集體主義學派的長期爭執不下，前者以邊沁等功利主義者為代表，後者以康德、黑格爾為代表。個人主義與集體主義的倫理對峙，說明人類在處理個人與社會關係上的困窘。杜威試圖用第三種觀點調和二者的矛盾，掙脫這種困窘，但他的觀點實際是一種改良的個人主義，並不能從根本上避免理論與實踐上的尷尬。

中國歷史上奉行的應該說是集體主義倫理。個人主義是泊來品。明清之際，中西商貿曾經十分熱鬧，不少西方傳教士湧入，宣揚西方的價值倫理。個人主義在這期間被帶入中國並在中國開花結果。王艮為首的泰州學派對個性的張揚已見其端倪，其後繼者李贄更為彰著。李贄說：「夫人與己，不相若也。」[29]，「天生一人，自有一人之用，不待取之於孔子而後足也」，[30]強調了個體的人獨具的主體價值，表明他的思想中已經萌生了個人觀念。經近代百多年與西方交往的失敗屈辱，中國傳統的集體主義倫理受到致命的懷疑和否定，到 20 世紀初終於釀成響震中外的五四新文化運動，個人主義得到廣泛的傳播。胡適是最積極的宣導者，他最欣賞易卜生的一句話，「天下只有關於我的事最要緊，其餘都算不了什麼」。[31] 自此以後，大多數中國知識份子都有或多或少的個人主義傾向，起碼也有個人的意識。但是中國有了個人主義並不意味著萬事大吉，它頂多可以說給思考問題增加了一個參考維度。如何處理個人與社會的問題仍然是茫無頭緒。

大致上說，在對待個人與社會的關係上王朔是主張個人主義的。但是和胡適那一代個人主義者相比，王朔的個人主義則充滿庸俗、偏執氣息。胡適的個人主義帶有一定的理想色彩：「最可笑的是有些人明知世界『陸沉』卻要跟著陸沉，跟著墮落，不肯『救出自己』！卻不知道社會是個人組成的，多救出一個人便是多備下一個再造社會的分子。」在胡適的方案中，個人與社會是矛盾的，更是統一的，一個有良知的知識份子就應該是尊重個人的，同時也是富有社會責任的。這可能是受其美國實用主義導師杜威的影響。歷史進入新時期後，又不斷有人重提個人主義（自由主義）。儘管沒有多少能超出胡適觀點的地方，但也引起了不小的反響。中國人再一次熱切地關注起個人主義，一些人並且試著用個人主義的視角來觀察社會與個人關係。但是今天信奉個人主義者，有不少表現出極端色彩，捨棄了對社會的熱情與責任。王朔的小說中的人物就流露出這種情緒。肛門科大夫找到馬青等人，請求幫助他辭掉自己以前的對象劉美萍，因為他又有了更滿意的選擇。他們似乎也有些腹誹，但什麼也沒說，而是一口答應下來，為的就是自己可以掙一筆勞務費。他們在大街上看到一個賣假藥的，根本不去想假藥是不是會侵害消費者利益，是否會使消費者因為上當受騙而對社會產生失望情緒，進而導致社會混亂以致動盪不安，他們不關心這些，他們一心想的是怎麼和假藥販子合夥，從中可以撈些油水。表現出他們對社會存在的麻木態度。

王朔小說中表現出的這種社會虛無情緒，有其兩面性。一方面，它有助於人們提防社會對個人自由的剝奪。社會與個人有著相互對立的一面，過分強調社會利益，會造成對個人自由的剝奪。王朔的小說無疑突出強調了個人與社會的不一致性，它一方面可以增強人們的自我保護意識。王朔在評論艾敬的《我的 1997》就表現了對個人生命價值的充分肯定：「（她）笑嘻嘻地邊說邊唱：『我媽媽是個唱京戲的，我爸爸是個工廠的，我來自瀋陽。……』她最後唱，她盼著 1997，並不是說有什麼重大意義，而是她就能去（香港）了，就唱『快讓我去那大染缸，快讓我去那大染缸』。從頭到尾笑嘻嘻，弄得你沒治沒治的。」這種對個人情感表達的突出強調，在王朔的小說中也很明顯。《頑主》、《一點正經沒有》等小說中，于觀、馬青等人對偽教授趙堯舜的批評、嘲笑的力量，就是來自於這種個人意識。

但是王朔的小說還有另一面，即它對社會存在的虛無化理解。一是對社會環境的低調處理。「就是這麼個環境」[32]，這個判斷表明王朔對這個社會環境十分不滿，但進一步推演出的並非「改革它」的結論，而是「不管它」的決定。認為不管社會如何，自己只管活好自己，這就行了。一是價值認同的低調處理。「有些人曾說我的作品毒化了社會氣氛，有一種可怕的東西，沒有是非觀了。我認為這都是理想主義者對小說的要求，而我不是理想主義者。」[33] 把是非推給理想主義者，然後通過嘲笑理想主義而同時否定了是非觀。這會導致人們失去認同的基礎。人類失去了價值認同，決不等於獲得了絕對的自由，而是導致生活的碎片化、無序化。在這種社會狀態下生活人們會缺少安全感、幸福感。可是王朔卻迴避了這種社會的種種不快，而把它描畫成一派輕鬆愉悅。比如王朔在打量《大紅燈籠高高掛》中那個妻妾成群的大院時，竟說：「這裏面實際上不存在一個害人與被害人的關係。換句話說，讓你進來是最好的出路，讓你要飯去你高興怎麼著？」[34] 它明明在吞噬人的青春甚至生命，怎麼能說不存在害人與被害人的關係呢？正因為王朔放棄了是非觀，才導致他在殘酷現實面前的盲視。要飯去固然誰也不會高興，但吃幾天雞鴨魚肉就得把小命搭上，也決不能說是什麼好日子！具體的社會狀態可能有這樣那樣的缺點，但並不能因此否定社會對充滿盲目性和慾望衝突性個體的規範功能。個體的人要想生活幸福，更不可能絕對離開社會的秩序與規範。王朔的小說在用一種極端的、世俗的形式掃蕩極權意識對個體的壓迫的同時，也破壞掉任何規範、秩序存在的可能性，使個體意識極度膨脹，造成個體之間的混亂無序狀態。

萬俊人說:「社會生活的倫理秩序是任何一個社會或國家的基本生活（包括其政治、經濟、文化和倫理生活）得以正常維持和發展的基本維度之一」,「與我們現代經濟運作相比，缺少道德文化資源或文化資本的積累與創造似乎是我們社會的一個更為嚴重的問題。真正能夠表現『中國現代性的道德知識』或中國的『現代性道德文化』尚在我們的急切期待中，它是由五四新文化運動的先驅們初步『立項』但至今仍未完成的一項『現代性道德謀劃』」。[35] 萬俊人僅僅從中國內部的狀況著眼就發現了我們國家倫理失序的嚴重性，他的理論預設是西方的倫理狀況。但如果仔細探究一下西方的倫理狀況，那我們僅有的一點樂觀還要大打折扣，因為西方本身也正處於一種社會無序的狀況,「我們已經花了很多時間來尋找道德希望的資源，但到目前為止仍是兩手空空。我們惟一的收穫是了解到什麼地方不可能發現這樣的資源」。[36] 正是在這樣的背景下，王朔的小說才成為一個觸目的存在。到目前為止，我們並不能在實踐中找出多少事實根據來批評它。即使僅在理論層面，我們可資利用來批評王朔的資源也並不多。

王朔的小說還涉及到如何處理自我與他人的倫理關係問題。在這個問題上，王朔的態度也是非常明顯的，即利己主義。他小說中的人物奔波忙碌、絞盡腦汁，為的就是自己生活富裕、享受歡樂，而不是其他。他們判斷一件事是否可做，標準就是對自己是否有利可圖。于觀等人之所以同意替肛門大夫去和未婚妻談分手的事，並不是想安慰安慰被拋棄者，而是因為肛門大夫答應給他們一筆報酬。他們之所以盡力為寶康張羅一場文學頒獎大會，也不是他們慧眼識珠，認定寶康是一位優秀的作家，而是出於和前面相同的自我利益考慮。在于觀等人的處世哲學中，只有一個核心標準，那就是對自己是否有利可圖。王朔說過：「有人說我玩世不恭，我就不服氣。……你要為自己的什麼去幹什麼，比如說他把你的房子占了，他跟他急了，我認為這是可以理解的。誰都攔不住。」[37] 在這裏，A 搶佔 B 的房子，B 跟 A 急，王朔認為都是可以理解的，因為他們都在爭取自己的利益。捨此之外，比如為了別人的幸福去做什麼，王朔認為就無法接受了。他對自己《一點正經沒有》中的一段敘述念念不忘：「馬青在街上攔住兩個女的想求他們幹點事，那兩個女的不幹，馬青就說：『你們這樣兒，怎麼能指望你們捨身炸雕堡，留下我們過幸福日子？』本來這兩女的應該接著問一句：『為什麼你們不去炸碉堡堵槍眼？讓我們替你們去，我們這麼年輕。』」[38] 對於那些只想讓別人奉獻而自己只管享受的人，王朔的反問是有力量的。但是，在這中間王朔卻消解掉了奉獻的所有意義，這就走到了極端，成了極端利己主義者。奉行極端利己主義，人與人之間會增加隔膜，難以溝通，喪失協作的可能，從而降低每個人獲取幸福的機會，甚至造成相互間不必要的誤會，形成衝突，還會因此給每個人帶來痛苦，更嚴重的還會因此使一些人失去生命，再也沒有享受幸福的機會了。對極端利己主義，我們應該有，但實際上卻缺乏足夠的警惕。

什麼是利己主義？這個概念也是從西方引進的。儘管「人不為己，天誅地滅」的說法，中國古已有之，但作為一個倫理學概念，卻是西方的產物。這最早可以追溯到古希臘的伊壁鳩魯，把利己主義體系化的是英國近代倫理學家霍布斯（1588-1679），他的倫理學代表作是《利維坦》，書名借用了《聖經》中提到的一個力大無窮的怪獸的名字。在這本著作中，霍布斯把利己主義看成是對人的一種天性的概括。他指出：人都具有利己天性，「自然使人在身心兩個方面的能力都十分相等，……（人們大都慾望著相同的東西），因此任何兩個人如果想取得同一東西而又不能同時享用時，彼此就會成為仇敵。他們的目的主要是自我保存，有時則只是為了自己的歡樂；在達到這一目的的過程中，彼此都力圖摧毀或征服對方。」[39] 這種利己的天性主要表現為三種欲求：求利（競爭）；求安全（猜疑與防範）；求名譽（榮譽）。從人的利己天性出發，霍布斯提出了自己的利己主義契約方案。契約思想的提出，無疑使霍布斯的倫理學著作《利維坦》具有劃時代的意義。但是把倫理學建基於個人行為結果、情感和心理因素之上的理路，則使他陷入利己主義與利他主義的重重矛盾糾纏之中。此後英國的倫理學家邊沁對霍布斯的利己主義作了大量修繕和發展，但始終未能擺脫利己與利他的矛盾之爭。20 世紀，維特根斯坦以倫理學概念、語言和判斷之邏輯分析的新方法使倫理學出現了完全不同於霍布斯、邊沁的新面目，但他實際上也只不過把利己與利他的矛盾之爭懸置起來，並沒有給它找出解決的方案。

中國本沒有利己主義思想，只有樸素的利己意識。16 世紀，市民階層日益壯大，追求利慾、享受之風甚烈。西方傳教士也把他們的利己主義思想帶入中國。受其影響，也受宋明理學的反動，李贄大倡利己主義：「士貴為己，務自適。如不自適而適人，雖伯夷、叔齊同為淫僻；不知為己，惟務為人，雖堯舜同為塵垢秕糠。」[40] 此後因明清朝代更替而沉響。時隔三百餘年，五四時期很多中國人再一次被有著「尊重個人自由、強調個人發展的積極一面」的利己主義所深深吸引。胡適當時大力宣揚「純粹的為我主義」，推崇易卜生的戲劇，完全肯定娜拉從家庭出走的正確：「娜拉拋棄了家庭丈夫兒女，飄然而去，只因為她覺悟了她自己也是一個人，只因為她感覺到，她無論如何，務必努力做一個人」。[41] 周作人也主張利己主義，在《人的文學》這篇著名文章中，他說：「彼此都是人類，卻又各是人類的一個。所以須營一種利己而又利他，利他即是利己的生活。」[42] 周作人十分強調自我的重要性。他說：要講人道，愛人類，便須先使自己有人的資格，占得人的位置。耶穌說，「愛鄰如己」，如不先知自愛，怎能「如己」的愛別人呢？至於無我的愛，純粹的利他，那是不可能的。更耐人尋味的是，領導了中國 20 世紀集體主義運動的毛澤東在青年時期也傾向於自利的個人主義，他在讀鮑爾生《倫理學原理》所做的批註手稿中寫道：「蓋人有我性，我固萬事萬念之中心也，固人恒以利我為主，其有利他者，固因與我同類有關係而利之也。謂毫無己意純以利他為心不可也。」可見利己主義對現代中國人影響之大。1960、70 年代，極左思潮在中國日益氾濫，利他主義被強調到不適當的程度，自我意識遭到嚴厲批判，利己主義當然更是沒有出頭之日。這種思想的高壓當然並不會真正解決利己與利他的深刻矛盾，只不過培養出一大批口非心是的道德虛偽者。1980 年代，思想解放日益深入，人們可以表達真實自我時，利己主義當然會又一次浮出海面。一大批小說都涉及到這個問題，王朔小說因為形式的極端而更顯彰目。王朔毫不諱言金錢。他說：「有些人喜歡以貧交人，我不願意這樣。我不是拿不義之財，弄個好東西，當然要賣個好價錢。」[43] 王朔小說中的人物表現出很強烈的功利色彩，他們表面嘻嘻哈哈，但心底跟明鏡似的，一旦涉及利害得失便毫不懈怠。王朔小說這種對利己主義意識的充分抒寫，使他立即贏得了全國性的知名度。這從側面說明中國人自我意識、利己意識的大面積覺醒。

但是正如前面已經分析的，利己主義並非一套完美的方案。從霍布斯提出利己主義倫理學說後，邊沁等人也做了大量修繕和發展，但始終並不能克服其內含的利己與利他之間的矛盾。對此中國的利己主義宣導者缺乏必要的警惕性。王朔的小說中也看不到對利己主義消極因素的防範。王朔是比較看重愛情的：「愛情是個特殊的東西，……是人類的一個避風港。什麼事都失意了，可能你在愛情上獲得了滿足。……如果你看出了我對人類生活還充滿了信心，那就在於此。」但是王朔在小說中也並沒有因此而設置超越功利的愛情描寫，「在我作品裏出現的愛情是出於功利目的的。」[44] 他並不相信愛情的永恆，「這種東西也有時間性，……即使有人白頭到老，那也不是從頭到尾是同一東西。……一個人一生中獲得過 100 個小時的愛情，就算不少了。剩下大量的是互相依賴、互相敷衍和互相理解。」[45] 他的小說《過把癮就死》就表現了一對夫妻因為愛情的喪失而造成的衝突。應該說一方面，王朔的這種對形上存在的徹底懷疑精神，有助於提醒人們防範盲目地理想化傾向。但是另一方面，王朔由閹割理想而流露出的心理滿足又是讓人十分擔心的。在王朔看來，好像人沒有利他意識無所謂，愛情不永恆也無所謂，只要我們知道人都是功利的，一切問題就都解決了。其實這是非常幼稚和錯誤的。美國倫理學家、心理學家阿伯拉罕・馬斯洛（1908-1970），早年也曾相信人和猴子沒什麼區別，但是，「我的第一個嬰兒改變了我的心理學生涯，他使我從前為之如癡如醉的行為主義顯得十分愚蠢，我對這種學說再也無法忍受。」[46] 此後馬斯洛展開對人格的深入研究。他認為，人是一個複雜的生命有機整體，他有不同層次的需要。這「是構成一切健康人發展基礎的、最重要的、唯一的原則。」進而，他把人的內在需要按照由低到高的順序分為五個層次，即生理需要、安全需要、歸屬和愛的需要、自尊的需要以及自我實現的需要。「生理需要，也就是作為有機生命體的個人對生存的需要。它是人所有需要中最強烈的一種，只要人缺乏衣食住行，他就無法欲求別的。……安全需要……是在生理需要得到滿足後繼發的一種對生命有機體安全運轉機制、作用和工具的追求。……歸屬和愛的需要……首先表現在人的情感方面。人需要愛情、社交和友誼，需要理解和被理解，需要找到一種情感的歸屬和依託。……自尊的需要更主要是一種社會價值需要……『最穩定和最健康的自尊是建立在當之無愧的來自他人的尊敬之上，而不是建立在外在的名聲、聲望以及無根據的奉承之上』，[47] 自我實現是指人在滿足前四種層次的需要之後所產生的最高人性動機和慾望，它的本質就是人性的充分實現」。[48] 依據馬斯洛的分析，人絕不是自己吃飽喝足就可以志滿意得的，人只有同時協調好與他人的關係，獲得愛和歸屬需要的實現以至達到最高的自我實現，才會獲得真正的幸福。對於這些問題，王朔的利己主義方案裏缺少應有的考慮，也是他無法解決的。

王朔是無法輕易被遺忘的，因為他給人們創造了一系列頑主的形象，于觀、馬青、方言等，同時也創造了一種遊戲——頑主的遊戲。這種遊戲的規則就是調侃精神、放縱肉體，虛化社會規範、肆意個人舞蹈，漠視他人存在、盡享自我滿足。粗略地看，這個遊戲是輕鬆、浪漫的。如果肉體可以離開精神而能夠單獨存活，如果每個人都有足夠大的獨立空間，互不相擾，如果人沒有愛情、友誼也不感到孤單、恐懼，這樣的遊戲應該算是完美的，讓人心動的。可是，事實並非這樣，人的肉體與精神相依相隨無法須臾分離；地球只是一個村莊，人們必須相互交往而不能老死不相往來；人還是一種情感動物，獨自相處無法抵禦孤單、恐懼，只有愛情、友誼才會讓人度過難關。頑主的遊戲沒有觀照人的這些特徵，無法滿足人的這些需要，顯示了它無法遮蓋的破綻。

人們將如何心定氣閑地走過自己的一生？王朔小說中的玩主顯然不能擔當榜樣的角色。怎樣前行？卻也難以找出確定無誤的答案，各人的路，還要靠每個人自己去摸索。

注釋

[1] 王朔：《文學與人生》，選自《我是王朔》，國際文化出版公司出版發行。

[2] 王朔：《文學與人生》，選自《我是王朔》，國際文化出版公司出版發行。

[3] 王朔：《王朔小說集・自序》。

[4] 王曉明語，見《曠野上的廢墟——文學和人文精神的危機》，《上海文學》1993年第6期。

[5] 崔宜明語，見《曠野上的廢墟——文學和人文精神的危機》，《上海文學》1993年第6期。

[6] 蔡翔語語，見《道統、學統與正統》，《讀書》1994 年第 5 期。
[7] 王曉明語，見《人文精神尋思錄‧後記》第 274 頁，文匯出版社 1996 年第 1 版。
[8] 王朔語，見《選擇的自由與文化態勢》，《上海文學》1994 年第 4 期。
[9] 王曉明語，《人文精神尋思錄‧後記》第 275 頁，文匯出版社 1996 年第 1 版。
[10] 孔子：《論語‧雍也》。
[11] 孔子：《論語‧衛靈公》。
[12] 田海平：《西方倫理精神》第 73 頁。
[13] 孔子：《論語‧為政》。
[14] 田海平：《西方倫理精神》第 78 頁。
[15] 柏拉圖：《斐德若篇》，轉引自田海平《西方倫理精神》第 78 頁。
[16] 奧古斯丁：《懺悔錄》第 10 卷第 22 節。
[17] 吉藏：《中論疏》。
[18] 朱熹：《語類》卷十二。
[19] 朱熹：《語類》卷四十。
[20] 程頤：《遺書》二十二下。
[21] 程頤：《明道先生墓表》。
[22] 《聖經‧羅馬書》13 章 13、14 節。
[23] 李贄：《德業儒臣後論》，見《藏書》卷三十二。
[24] 王曉明語，《人文精神尋思錄‧後記》，文匯出版社出版。
[25] 參見《上海文學》1993 年第 6 期。
[26] 王朔語，《文學與人生》，見《我是王朔》國際文化出版公司出版發行。
[27] 王朔：《文學與人生》，選自《我是王朔》，國際文化出版公司出版發行。
[28] 杜威：《哲學的改造》第 101 頁。
[29] 李贄：《焚書‧論政》。
[30] 李贄：《答耿中丞》，《焚書》卷一。
[31] 胡適：《致白蘭德書》。
[32] 王朔語，《文學與人生》，見《我是王朔》國際文化出版公司出版發行。
[33] 王朔語，《文學與人生》，見《我是王朔》國際文化出版公司出版發行。
[34] 王朔：《文學與人生》，選自《我是王朔》，國際文化出版公司出版發行。
[35] 萬俊人：《倫理秩序與道德資源》，見《現代倫理話語》，第 178、190-191 頁，黑龍江人民出版社 2002 年 1 月版。
[36] [英]齊格蒙‧鮑曼：《生活在碎片之中》第 324 頁，學林出版社 2002 年 10 月版。
[37] 王朔：《文學與人生》，選自《我是王朔》，國際文化出版公司出版發行。
[38] 王朔：《文學與人生》，選自《我是王朔》，國際文化出版公司出版發行。
[39] 霍布斯：《利維坦》第 92、93 頁，商務印書館 1985 年版。

---

[40] 李贄：《答周之魯》。

[41] 胡適：《胡適選集》，第 63 頁，天津人民出版社 1991 年 6 月版。

[42] 周作人:《周作人散文》第二集第 123 頁，中國廣播電視出版社 1992 年 4 月版。

[43] 王朔：《文學與人生》，選自《我是王朔》，國際文化出版公司出版發行。

[44] 王朔：《文學與人生》，選自《我是王朔》，國際文化出版公司出版發行。

[45] 王朔：《文學與人生》，選自《我是王朔》，國際文化出版公司出版發行。

[46] 轉引自[美]弗蘭克・戈布林：《第三次浪潮：馬斯洛心理學》第 9 頁，上海譯文出版社 1987 年版。

[47] 馬斯洛：《動機與人格》第 52 頁。

[48] 萬俊人：《現代西方倫理學史》下卷第 615 頁。

第七章　呼嘯的沉默——余華

余華，1960 年 4 月出生在杭州的一家醫院裏，後隨做外科大夫的父親去了海鹽。余華小的時候喜歡讀革命暴力小說和大字報，特別是在大字報的奇異的文字引導下，他產生了最初的文學夢想。1984年余華開始在《北京文學》等雜誌上發表短篇小說，其中《星星》獲得當年《北京文學》獎。1987 年因在《北京文學》上發表《十八歲出門遠行》而引起文壇關注。後來陸續發表《1986 年》、《現實一種》、《古典愛情》、《河邊的錯誤》等，影響日益擴大，成為先鋒小說代表作家之一。1990 年代轉入長篇小說創作階段，先後出版了《在細雨中呼喊》（1991 年發表於《收穫》雜誌，後由花城出版社出版）、《活著》（1992 年發表於《收穫》雜誌，後由長江文藝出版社出版）、《許三觀賣血記》（1993 年發表於《收穫》雜誌，後由江蘇文藝出版社出版），每篇都在文學界引起很大反響。

余華從小就是一個很溫順的孩子，「我是一個很聽話的孩子，我母親經常這樣告訴我，說我小時候不吵也不鬧，讓我幹什麼我就幹什麼，她每天早晨送我去幼稚園，到了晚上她來接我時，發現我還坐在早晨她離開時坐的位置上」。[1]但是他成年後寫作的小說中的人物卻充滿暴力色彩，「近兩三年來，當讀者漸漸從《四月三日事件》、《世事如煙》、《河邊的錯誤》、《現實一種》等小說中認識余華這個名字時，被它帶進一個新鮮、特別的小說世界，尤其《現實一種》，以純粹零度的情感介入，異常冷靜理智、有條不紊地敘述了一個惡性膨脹、血肉相殘、不能扼制的人性世界」[2]，「暴力是余華對這個世界之本質的基本指證，它也是貫穿余華小說始終的一個主詞。」[3]余華自己也承認，「暴力和血腥在字裏行間如波濤般湧動著，……是從惡夢出發抵達夢魘的敘述」。[4]從某種意義上說，余華是 1980 年代小說創作中最關注暴力的一個作家。余華筆下的暴力問題，是一個十分有意義的問題，此前已有不少人探討過了。但我認為他們更多是把余華小說中的暴力作為一個哲學性問題加以思考的，而本文則試圖揭示一些余華的暴力敘述的倫理價值及尚存的問題。

余華的小說，尤其是 80 年代寫的中短篇小說充滿了暴力敘述，其中以《現實一種》、《1986 年》最為突出。在《現實一種》中，暴力因出現在家庭內部而顯得尤為刺目。山峰與山崗本是同胞兄弟。山峰因為山崗 4 歲的兒子皮皮無意中摔死了他的兒子，暴跳如雷並一腳踢在皮皮的胯部，皮皮「像一塊布一樣飛起來，然後迅速地摔在了地上」，也死了。隨後山峰死於山崗之手，山崗死於刑警之手。一個家庭就這樣分崩離析、灰飛煙滅。在五倫之首——血親譜系的一觸即潰中，我們清晰地感受到暴力這個怪獸所蘊藏的巨大的破壞力量。《1986 年》則以一個中學歷史老師瘋狂中的自戕過程，將暴力的存在指證為與整個歷史時間同壽。小說中開列了一份歷代酷刑清單：「五刑：墨、劓、剕、宮、大辟。先秦：炮烙、剖腹、斬、焚……戰國：抽筋、車裂、腰斬……遼初：活埋、炮擲、懸崖……金：擊腦、棒殺、剝皮……車裂：將人頭和四肢分別拴在五輛車上，以五馬駕車，同時分馳，撕裂軀體。凌遲：執刑時零刀碎割。剖腹：剖腹觀心。」從中可以看出，自有文字記載以來，人對他人身體和生命的戕害與荼毒就存在並不絕如縷，而且愈來愈慘烈、陰鷙。這不由讓人想起魯迅 1918 年寫的小說《狂人日記》,「從盤古開闢天地以後，一直吃到易牙的兒子；從易牙的兒子，一直吃到徐錫林；從徐錫林，又一直吃到狼子村捉住的人。去年城裏殺了犯人，還有一個生癆病的人，用饅頭蘸了血舐」。自魯迅小說發表以後，時間又過去近一個世紀，而暴力並沒有絲毫地衰頹，甚至反而更加健碩，人們對暴力的感受似乎也沒有絲毫地減弱，甚至反而更加強勁：在魯迅的小說裏，暴力還躲在字縫裏，到余華的小說裏則橫行字面無所顧忌，「山崗這時看到弟媳傷痕累累地出現了，她嘴裏叫著『咬死你』撲向了皮皮，與此同時山峰飛起一腳踢進了皮皮的胯裏。皮皮的身體騰空而起，隨即腦袋朝下撞在了水泥地上，發出一聲沉重的聲響，他看到兒子掙扎幾下後就舒展四肢癱瘓似的不再動了。」(余華《現實一種》)我相信這種寒氣逼人的死亡敘述並非僅僅是出於余華個人偏好，更應該看作是暴力借余華之手在炫耀它不老的淫威,「我沒有意識到自己的作品裏的暴力和死亡，是別人告訴了我，他們不厭其煩地說著，要我明白這些作品給他們帶去了難受和恐怖。（當別人問道：為什麼要寫這麼多的死亡和暴力時——引者注），我不知道該怎樣回答，在這個問題上，我知道的並不比他們多，這是作家的難言之隱。我曾經請他們去詢問生活：為什麼在生活中會有這麼多的死亡和暴力？我相信生活的回答將是緘口不言。」[5] 如果閱讀下面來自現實的報導，就會承認余華的辯白是誠實的，就會更真切地體會到現實中原來竟有這麼多這麼酷烈的殘暴行為：「5 月 24 日……當警方衝進房屋時，此人正把一個收破爛的砍倒在地，正準備分屍，滿屋子鮮血；此後經審訊，疑凶在 48 小時之內交代，犯在他手上的人命已達 10 條，都是收破爛的。……5 月 28 日 12 點至 16 點，溫州南郊溫瑞塘河德正橋邊，警方根據疑凶的交代，陸續從河裏撈出包包白骨，記者目擊白骨上肉幾乎被剔淨。經警方證實，疑兇名為陳勇鋒，1983 年生，今年僅為 20 歲，為青田縣紀宅鄉黃大坑村人。」[6]「年僅 10 歲的小瑪麗是一隻狡猾的『小狐狸』，她殺死了兩個 3 歲和 4 歲的小男孩，卻裝出一副可愛純真的臉孔。瑪麗每次殺死小男孩後都跑去向死者親人『報告』死訊，故意帶他們去找屍體，笑嘻嘻地跟著別人圍看棺材，然後興奮地叫嚷自己就是殺人兇手。但是沒有人相信她。……小拜恩被發現的時候全身都是傷痕，他是被扼死的，身旁的草叢中躺著一把破剪刀。但最引人注目的是他敞開的小腹上被一片剃刀刻了一個『M』字母」。[7] 不論東方西方，現實中發生的惡性的暴力事件確實是讓人震驚不已的。

為什麼是余華而非他人發現生活中的暴力現象且不遺餘力地進行敘述、揭發呢？有人注意到余華《自傳》中說自己是在醫院長大的，「我讀小學四年級時，我們乾脆搬到醫院裏住了，我家對面就是太平間，差不多隔幾個晚上我就會聽到淒慘的哭聲」，並因此推測余華的暴力敘述是在醫院太平間附近的死亡環境下醞釀的。這應該說是找到了其中一個原因。一個從小在慣偷中長大的人必然一眼可以從周圍人群中認出扒手，正如不管多麼呆傻的父母照樣會一眼就區分清楚自己長像酷似的雙胞胎兒子。余華則因為從小生活在醫院裏特別是擁有一個作為外科大夫的父親而過早、過多地看到人的身體的破損和死亡，「我對從手術室裏提出來的一桶一桶血肉模糊的東西已經習以為常了，我父親當時給我最突出的印象，就是他從手術室裏出來時的模樣，他的胸前是斑斑的血跡，口罩掛在耳朵上，邊走過來邊脫下沾滿鮮血的手術手套。」進而對開膛破肚、鮮血迸流格外敏感。這確實為他日後的暴力敘述提供了感覺、感情、思想的基本準備。我以為除此之外還有兩點原因。一是《閃閃的紅星》之類的革命暴力小說和文革時期的大字報，一是余華的牙醫經歷。余華自己在《自傳》中說小的時候他曾經「把那個時代所有的作品幾乎都讀了一遍，浩然的《豔陽天》、《金光大道》，還有《牛田洋》、《虹南作戰史》、《新橋》、《礦山風雲》、《飛雪迎春》、《閃閃的紅星》……最喜歡的書是《閃閃的紅星》，然後是《礦山風雲》。在閱讀這些枯燥乏味的書籍的同時，我迷戀上了街道上的大字報，那時候我已經在念中學了，每天放學回家的路上，我都要在那些大字報前消磨一個來小時」。《閃閃的紅星》中什麼內容迷住了余華呢？是其中以革命的名義講述的暴力。這部曾經婦孺皆知的小說是以一個兒童的眼光來觀看革命的。在兒童的眼裏什麼是革命呢？「我人小，不大明白。一天，見我爹帶著一些提著大刀和紅櫻槍的人到了地主胡漢三家裏，把胡漢三抓了出來，給他糊了一個高高的紙帽子戴上，用繩子把他拴起來，拉著他遊鄉。後來又聽大人說，把地主的田也分了，……噢，我當時知道鬧革命就是把田分給窮人種，讓地主戴高帽遊鄉。」[8]對於兒童來說，革命的教義太深奧、抽象了，無法理解，而戴高帽遊街這種暴力行為則暗合了他們精神中與生俱來的攻擊性傾向而一下子走入他們大腦，心領神會，並立即萌發效仿的衝動，「我就向椿伢子說：『你當土豪，我來打你，把你拴起來遊鄉吧！』……」[9]余華也一定是被這種細節所打動，對暴力產生了濃厚的興趣。我猜想他也一定像潘冬子一樣在目睹了大人們的暴力行為之後湧起過效仿的衝動。當然這只是一種猜想，沒有直接的證據。不過，劉小楓曾記下他在文革中目睹的一場遊戲，小孩子在觀看了大人大孩子的暴力行為之後，「分成兩個陣營，用自製的木頭大刀和長矛玩相互廝殺的遊戲——從底樓殺到三樓，從三樓殺到底樓，免不了有喊叫、受傷、委屈、流血、哭號」。[10] 其中說的「小孩子」應該就是余華這代人。這大概可以從側面證明余華這樣年齡的人在文革中對暴力遊戲的神往。只不過余華的這種興趣大概因為他自身體能方面的弱小而僅僅恣肆於無邊的想像中。這可以他的《自傳》來證明：「在我印象裏，我的父母總是不在家，有時候是整個整個的晚上都只有我和哥哥兩個人在家裏，門被鎖著，我們出不去，只有在屋裏將椅子什麼的搬來搬去，然後就是兩個人打架，一打架我就吃虧，吃了虧就哭，我長時間地哭，等著我父母回來，讓他們懲罰我哥哥。這是我最疲倦的時候，我哭得聲音都沙啞後，我的父母還沒有回來，我只好睡著了。」在與哥哥的屢戰屢敗中，余華幻想父母能替他收拾哥哥。余華少年時期的這種生活細節，從某種程度上可以說明他對暴力想像具有一種內在需求，是滋生暴力想像的合適溫床。當時的大字報更是充滿暴力性意味，中國第一張大字報《宋碩、陸平、彭佩雲在文化大革命中究竟幹些什麼？》出現在北京大學，要「高舉毛澤東思想偉大紅旗，團結在黨中央和毛主席周圍，打破修正主義的種種控制和一切陰謀詭計，堅決、徹底、乾淨、全部地消滅一切牛鬼蛇神、一切赫魯雪夫式的反革命修正主義分子，把社會主義革命進行到底。」[11] 其騰騰的殺氣直透紙背。余華小時候所在的小城海鹽所出現的大字報具體是什麼樣我不太清楚，但據余華說，「所有的大字報說穿了都是人身攻擊，我看著這些我都認識都知道的人，怎樣用惡毒的語言互相謾罵，互相造謠中傷對方。有追根尋源挖祖墳的，也有編造色情故事，同時還會配上漫畫，漫畫的內容就更加廣泛了，什麼都有，甚至連交媾的動作都會畫出來。……人的想像力被最大限度的發掘了出來，文學的一切手段都得到了發揮，什麼虛構、誇張、比喻、諷刺……應有盡有」，余華的話因為是事隔多年的一種回憶，其幽默洗掉了大字報的許多殺氣，但仔細品味仍會感到其傳達出的血腥並不亞於北京的大字報。《閃閃的紅星》本來是要後代感受革命的神聖精神的，但卻無意中充當了余華等1960年代出生的這代人的暴力敘述的學習材料，使他們過早、過多地沉浸在暴力的想像之中。而文革中的大字報則本身就沒有多少革命的正義性，純粹是人類攻擊性傾向的大氾濫。它更加重了余華這代人對暴力的敏感症。余華的牙醫生涯同樣加重了他的暴力敏感症。如果說小的時候余華目睹了太多的父親胸前沾滿的病人的鮮血，間接、朦朧地領會到手術室裏發生的醫生對病人人體的外科操作，那麼在自己當了牙醫後，他則有機會直接進入手術室，直面病人的口腔並手握鋼鉗、鋼刀對病人進行切割、挖除。這無疑使余華本來就很嚴重的暴力敏感症變得更加不可救藥。而余華1980年代中後期止不住的暴力敘述正是這種極度的暴力敏感症的最突出表現。當然余華的暴力敘述並不是暴力本能直接作用下產生的，而是經過了對暴力反思的過濾，表現出他對人人都具有的暴力本能的破壞性的警惕。這是余華的暴力敘述從根本上不同於文革中的大字報的方面，也是他的暴力敘述保持相當的人文主義高度的根本保障。余華的這種文學品質的形成受惠於傷痕文學、反思文學的影響。

余華的暴力敘述，一方面應該看作是他人生經歷促成的結果，另一方面更應該看作是對這個世界「現實一種」的直陳。余華說：「我的經驗是寫作可以不斷地去喚醒記憶，我相信這樣的記憶不僅僅屬於我個人，這可能是一個時代的形象，或者說是一個世界在某一個人心靈深處的烙印，那是無法癒合的疤痕。」[12] 謝有順說：「他的小說裏，死亡、暴力和血並不僅僅是一種記憶，而是經由余華的敘述，被指證為這個世界的基本現實，或者說，是這個世界內在的本質」。[13] 確實，暴力甚至是比人的歷史更久遠的一個存在，在人類出現之前，動物就具有攻擊行為。人類誕生以後，繼承了動物這種攻擊性。這一點已經得到科學的證明，「現代腦科學指出：……人腦的最深處是『大腦基底核』。它是爬蟲類的腦。這是『動物腦』，非常原始，且富有野性。」[14] 並且人類還使這種攻擊性更趨殘酷。動物的攻擊行為主要發生在種系之間，「動物種系的攻擊往往是為了種系的生存或維持生態的平衡，而種系內部除非爭奪配偶或『王位』，攻擊並不經常發生」。[15] 可是，人類不但大量地對他類動物施以暴力，而且對同類也毫不手軟，其大規模殘害同類的行為，在整個動物界中是絕無僅有的。如果我們對歷史稍作回顧，就會發現，從南美印第安人收集敵人頭顱的行為，到第二次世界大戰日軍的南京大屠殺；從日軍的殺人比賽、埋活人、姦淫擄掠、細菌試驗、強迫亞州婦女做慰安婦的暴行，到納粹德軍慘絕人寰的集中營，每一幕都觸目驚心，令人髮指。據統計，從 1945 年到 1990 年 45 年間，整個地球只有 3 個星期是無戰火的日子。有人說：「一個沒有暴力現象的社會只能是美好的想像；理想與現實的區別就在於可以無限趨近，但就像反函數曲線一樣永不能達到」。這話聽起來讓人不舒服，但確實應該承認，正如同余華小說所描寫的那樣，它說出了世界的某種本質性缺陷。

余華的這種近乎偏執地聚焦暴力的敘述方式，從倫理學角度講，還原了人性中惡的本質。其最有力的證據是《現實一種》中關於皮皮的敘述，「他伸手去卡堂弟的喉管，堂弟的哭聲又響起來。他就這樣不斷去卡堂弟的喉管又不斷鬆開，他一次次地享受著那爆破似的哭聲」。4 歲的兒童沒有經過大人的傳授竟然無意識地通過虐待其他人而獲得快樂，十分典型地表現了人性惡的本原性。有人會不同意我這種說法：「皮皮對嬰兒的肉體破壞近乎於一種無知的條件反射，不存在罪惡的預謀，不存在惡毒的動機。皮皮的罪過在於他還小，在於他無知無意的效仿。對皮皮，我們不能輕率地理解為是余華對『人性之惡』的獨特注解」。[16]其實正因為皮皮對他人的虐待是無意識的，才更充分說明惡是人先天就具有的一種本能。關於人性的本質，東西方先哲都有過人性惡的論述。在中國，戰國時期後期的儒家代表人物之一荀子把人性歸為惡：「人之性惡，其善者偽（人為）也。今人之性，生而有好利焉，順是，故爭奪而辭讓亡焉；生而有疾惡焉，順是，故殘賊生而忠信亡焉；生而有耳目之欲，有好聲色焉，順是，故淫亂生而禮義文理亡焉」。[17]認為善是人為的結果，惡才是人的本性。當然荀子將人性本原定於惡並非揚惡，而是要君主「明禮義以化之，起法正以治之，重刑罰以禁之，使天下皆出於治，合於善也」。[18]不過這倒為暴政提供了理論根據。西方遠古時期的哲學家對人性的弱點多持一種客觀的態度，如斯多葛派的克呂西普在他的《論目的》中就說過，每一個動物的第一個與最可貴的對象，就是它自己的存在以及它對這存在的意識。[19]明確把惡作為人的天性的是英國 17 世紀的哲學家霍布斯，他把人類的初始斷想為戰爭狀態，人與人在自然慾望的驅使下相互爭鬥、殘殺，「在人類的天性中我們便發現：有三種造成爭鬥的主要原因存在。第一種原因使人為了求利、第二種原因使人為了求安全、第三種原因則使人為了求名譽而進行侵犯」。[20] 東西方某些先哲對人性中惡的認知確實是一種洞見，他們看到了世界的某種不光彩的一面，也是無法迴避的一面。上個世紀初，當中國知識界精英們歡呼進化論的引入，認為循著進化的道路一代一代發展下去，人們將會一代一代日臻完善終有一天會達到至善的理想狀態，章太炎卻冷靜地告訴人們，「若云進化終極必能達於盡美醇善之區，則隨舉一事無不可以反唇相譏。彼不悟進化所以為進化者，非由一方直進，而必由雙方並進。專舉一方，惟知識進化可爾；若以道德言，則善亦進化，惡亦進化；若以生計言，則樂亦進化，苦亦進化；雙方並進，如影之隨形，如罔兩之逐景，非有它也。」[21] 在章太炎看來，惡將和善一起與人類同存亡。章太炎對惡之不亡反而會與善一起進化的強調，可以說是深中肯綮的。一個人的觀點並不因為其吉祥、動聽而增加價值，當然也不會因為其兇險、刺耳而減損價值。章太炎的判斷與一味樂觀向上的論調相比顯然是冷硬得多，但比照現實的真正境況，我們不得不承認，章太炎是正確的。從這個意義上說，余華的小說也有一種章太炎的俱分進化論的味道，它給人的警示即是，社會發展到今天，人性中的惡不但沒有消失，反而與善一起進化了，「山崗看到山峰的腦袋耷拉下去，但山峰仍在呼吸，山崗便說：『現在可以告訴我了，什麼事這麼高興。』可是山峰沒有反應，他在掙紮著呼吸，他似乎奄奄一息了。於是山崗又走到那隻鍋子旁，揭開蓋子往裏抓了一把，又塗在了山峰的腳底，那條狗立刻撲了上去繼續舔了」。山崗沒動一拳一腳，讓自己的親弟弟在狗舌的作用下哈哈大笑直至暴死樹下。其行為確實是十分高明的，但又是多麼兇殘。

余華在小說中對惡的彰顯是一種十分自覺的行為。他非常清楚承認人的惡的本性是一件非常痛苦的事情。在《十八歲出門遠行》中，他非常細緻地敘述了一個在父母的庇護下平靜長到十八歲的少年，第一次離開父母進入社會時所遭遇的來自周圍人的敵意和攻擊。少年經歷短暫的自由眩暈後，於太陽西沉時意識到生存的嚴峻性。他想搭車，但司機連眼皮都沒抬就閃過去了。這時他只是以為問題出在個別司機的冷酷上。黃昏時分，他終於看到一輛停在公路上的汽車，便歡樂地奔過去，並幻想著可以隨便坐進去隨便吃車上的水果。在他的意識中，他把家庭與社會混為一談，以為到了社會上仍可以像在家裏一樣伸手就拿、張嘴就吃。他的幻想再次受到司機冷淡的打擊：司機根本不搭理他熱情的招呼。情急之下，他無意識地施展小聰明，「老鄉，抽煙」，這才使司機停下活計，但接過煙等他點著後吸了幾口就又忙起來，一個字也沒對他說，甚至連看都沒看他。在接下來一連串的事故中，少年被搶劫者飽施拳腳，「鼻子軟塌塌地不是貼著而是掛在臉上，鮮血像是傷心的眼淚一樣流」。司機不但沒有因少年英勇救護汽車及車上的水果而感動，反而趁機搶走了少年的背包，包括他所有的衣服和錢。在沉重打擊面前，少年終於意識到社會中所奉行的叢林原則，也終於明白父親讓他出門遠行的真實目的。其實這也可以看作是少年進入社會的第一課，在這節課中，他朦朧意識到社會首先是一個利益圍場，弱肉強食是社會遊戲基本的潛規則，無知並不等於純潔而只是意味著軟弱，只能遭受輕視和打擊。更為深刻的是，余華在少年的意識之外，讓我們看到少年人性中的惡因子。他一登場，滿腦子想的是自己的遊玩，夜幕降臨，他想的是有人能夠無償為他提供乘車、水果，無償提供住宿。當沒人搭理他時，他無師自通企圖以敬煙來拉近與陌生人的距離，以達到自己乘車的目的。我們在看到少年正義感的同時也不能無視他的這種深層的惡性因子。在對這場惡主導的社會劇的細緻敘述中，余華是十分痛苦甚至絕望的，「在這裏我們可以看到文明對野蠻的悄悄讓步，……也可以讓我們意識到暴力是如何深入人心」。[22]應該說余華的這種絕望性敘述是一種對人性很深刻的洞察，體現了余華作為作家的可貴的真誠，「我們是真誠的。當我們最早寫小說的時候，對當時現存的文學不滿意。那時除了莫言、馬原、殘雪，還有更早的張承志、韓少功、王蒙、汪曾祺等以外，大部分的文學作品在敘述上和中學生作文一樣，而我們則用我們認為最真實的表達方式，我們用離事物很遠的描述來寫作」。[23]但是他的真誠寫作卻招致了很多的誤解，「生命的殘酷性、慾望的襲擊，使一些人的寫作充滿了精神軟弱帶來的屈服性。作家不再是現實的抗爭者，而是成了被現實奴役的人。」[24]「米蘭・昆德拉在《生命中不能承受之輕》中鄭重其事地寫道：『小說不是作者的懺悔，而是在世界變成的陷阱中對人類生活的探索。』余華卻放棄了這種如何對生命抗爭的探索，作為一個作家，如此喪失承擔，將不堪其輕」。[25]讀者的誤解使余華深受觸動，「《現實一種》裏的三篇作品記錄了我曾經有過的瘋狂，暴力和血腥在字裏行間如波濤般湧動著，這是從惡夢出發抵達夢魇的敘述。為此，當時有人認為我的血管裏流淌的不是血，而是冰碴子」。[26]但余華並不認為自己是錯誤的，「我曾經被這樣的兩句話所深深吸引：第一句話來自美國作家以撒・辛格的哥哥。這位很早就開始寫作，後來又被人們完全遺忘的作家這樣教導他的弟弟：『看法總是要陳舊過時，而事實永遠不會陳舊過時。』第二句話出自一位古老的希臘人之口：『命運的看法比我們更準確。』……因為，命運的看法比我們更準確，而且，看法總是要陳舊過時。這些年來，我始終信任這樣的話，並且視自己為他們中的一員。」[27] 這是一種以真誠看取人生的文學態度，是對魯迅所提倡的真的文學精神的繼承與發揚。魯迅曾說：「中國人向來因為不敢正視人生，只好瞞和騙，由此也生出瞞和騙的文藝來，由這文藝，更令中國人更深地陷入瞞和騙的大澤中，甚而至於已經不覺得。世界日日改變，我們的作家取下假面，真誠地，深入地，大膽地看取人生並且寫出他的血和肉的時候早到了；早就應該有一片嶄新的文場，早就應該有幾個兇猛的闖將！」[28] 不管多麼難以接受，作家都必須以真實為寫作的原發點。只有從真實出發，人們才有可能開始人生的正途，否則，不管閉著眼睛編織的夢多麼美妙，只不過都是自欺欺人。同樣，只有從真誠出發，作家也才有可能開始文學的正途，否則，越是在書齋裏寫得天花亂墜，越是瞞和騙得厲害。從這個意義上說，我們必須充分肯定余華暴力敘述的文學價值和倫理價值。

余華對人性中惡的彰顯，並非如有些人所批評的那樣，是一種對暴力的屈從與順受；而是體現了他在倫理層面的一種懷疑主義精神。余華說：「我知道一個作家需要什麼，就像但丁所說：『我喜歡懷疑不亞於肯定』」。[29] 懷疑精神讓余華在別人習以為常中看出異常和不安來，「我在一個很小的地方開始寫小說，……我感覺大部分的人都在關心事物的正面，而我帶著關心事物反面的願望，寫了許多死亡、暴力，用如此殘忍、冷酷的方式去寫，在中國作家裏還沒有」。[30] 他之所以那麼專注地寫死亡、暴力，是因為大部分人對此的麻木和欺瞞，而人們的麻木和欺瞞又助長了暴力的肆虐。這讓余華深感不安，「人類文明的遞進，讓我們明白了這種野蠻的行為是如何威脅著我們的生存」。[31] 這表明余華並不是由於喜歡暴力，更不是由於屈從暴力，而是由於要揭破暴力四處遊蕩的世界缺陷的真相，引起人們對潛藏於每個人意識深處的暴力本能的警覺，以自覺地調動自己的理性能力，淨化自己生命中黑暗質素，使人們都能有一個健全的心靈。從這個意義上說，余華對暴力的敘述不但不是軟弱的表現，反而是一個思想者英勇無畏的證明。上個世紀初，在黑暗中尋求富國強民出路的一代先覺都把目光聚集在封建專制上，認定是它造成了中華民族長期的積弱難返和近代史上屢戰屢敗的屈辱，並集體將封建專制命名為吃人的體制以便更有效地攻擊使之退出歷史舞臺。魯迅的《狂人日記》是這場政治命名的突出標誌，「我翻開歷史一查，這歷史沒有年代，歪歪斜斜的每葉上都寫著『仁義道德』幾個字。我橫豎睡不著，仔細看了半夜，才從字縫裏看出字來，滿本都寫著兩個字是『吃人』！」這種充滿極致色彩的政治命名在對傳統政治徹底否定的同時對人性也提出了改寫的必要性：「你們立刻改了，從真心改起！你們要曉得將來是容不得吃人的人，……」魯迅等先覺者對人性中的惡作「吃人」的命名本有著豐富的思想內涵和可貴的人道主義深度，但一九三四十年代以後，「吃人」被越來越廣泛地作政治式的單面化理解，人性中的惡被越來越極端地理解成社會生活中某些人、某些階層的政治屬性，進而推演出消滅某些人、某些階層就會徹底剷除惡。這種關於人性中的惡的庸俗地社會學理解，導致人性中的惡借用正義的名義在中國某時期，特別是文革時期肆意地氾濫。在這種歷史背景下，重新敘述人性惡的主題，恢復其豐富思想內涵和人道主義深度是極其必要的。從這個意義上說，余華的小說，讓惡再次直逼人的眼前，引起人對自身惡本性的自覺和警醒，引發人們對自身惡本性的清理和淨滌，確實具有較高的倫理價值。

余華的小說還對道德淨化的方式具有某種突破性啟示。儘管遠古時代荀子倡明了人性中惡的本原性，但自古以來，佔據主流意識形態的是來自孔子的另一種人性觀點「人性善」。孔子作為影響中國幾千年的文化巨人有著廣博的胸懷，不厭其煩地強調向善之心的重要，「子曰：『弟子入則孝，出則弟，謹而信，泛愛眾，而親仁』」[32]；「子曰：『賢哉，回也！一簞食，一瓢飲，在陋巷。人不堪其憂，回也不改其樂。賢哉回也！』」希望通過士君子人格榜樣力量的發揮和輔佐君主進行廣泛的道德教化，以達成德治的一統昌盛的社會理想。他曾說過：「朝聞道，夕死可矣」，表達了對超越自身局限進入道德理想境界的嚮往之情。荀子把孔子的作法稱為「偽」，「故聖人化性而起偽，偽起而生禮義，禮義生而制法度」。[33] 其實是指出了孔子性善論的後發性和人為性，是對人的自然本性——惡的逆其向而作的一種主觀抵制。這比較準確地指明了孔子性善論基礎的薄弱性。孔子本人對此是十分清楚的。所以他在促進人的道德淨化的方式上採取的是大倡善經而回避人性惡的問題，「子罕言利」，「子不語怪、力、亂、神」，通過「不語」、「罕言」，孔子將人性惡的問題懸置起來，轉而放言善。孔子為了心目中的道德理想而突出強調善，甚至對人性的結構進行根本的改寫，將善抬高到人性本原的位置。聖人的用心是良苦的，對培養人的善性、壓抑人的惡性未始沒有一定的幫助作用，但這卻從根本上離開了現實，且使惡成了話語中的禁區，實際上常常使惡成為失控的猛獸，或者通過特權人物明目張膽地行兇作惡，或者通過無恥小人以正義的名義肆意為害生命，造成一起又一起人道主義災難。中華民族發展到晚清日漸孱弱，不能不說與孔子這種講述倫理的策略有一定關係。五四時期，魯迅等先覺者曾明確將孔子這種改寫人性根本結構來貫徹其道德理想的方法稱為瞞和騙，並給以嚴厲批判。由此開啟了倫理的現代化建設，即對人性全面科學地加以認識和把握。這種思想也體現在魯迅的小說創作中，比如他的《狂人日記》、《孔乙己》等，都是以人性豐富內涵（不管是善的、惡的或不善不惡的）的充分展示為鵠的的。但是曾幾何時，五四時期小說中這種現代倫理傳統便不知不覺間被遺棄了，又重新回到古代的傳統中去，以至於出現文革時期的「高大全」式倫理敘述模式。這是一種巨大的倒退。文革以後，傷痕文學、反思文學雖然對一些罪惡現象進行了批判，但大多停留在社會學層面，沒有觸及人性惡的問題，罪惡被指定為幾個別有用心的人的個別犯罪，百分之九十的人則都是真善美的化身。換句話說，人性惡在余華之前仍是一片巨大的禁區。是余華以過人的膽量重新開墾了這片久荒的土地，「他那憂鬱的目光從來不屑於注視蔚藍的天空，卻對那些潮濕陰暗的角落孜孜不倦。余華的寫作專注於探究那些非常態的行為心理，那些長期為人們所迴避的禁區，余華卻如無人之境，罪惡、醜陋、暴力、情慾、陰謀和死亡等等，乃是余華寫作的全部原材料」。[34] 余華的這種專注於暴力的敘述，打破了文革時期氾濫成災的迴避人性惡的「偽」倫理敘述方式，使惡作為人性的弱點接受理性的審視與矯正，進而使小說敘述倫理重新回到現代化的軌道上來。余華的這種敘述模式是非常具有啟示意義的。它告訴人們人性中惡的因素正如善的因素一樣，也是人性的一部分，人首先必須學會承認它，進而才有可能學會理性地控制它。

自聖人宣佈「人之初，性本善」以後，中國文學的倫理敘述模式基本上都對人性惡採取了回避的策略，這導致數千年來儘管現實中人性惡始終沒有停止過惹事生非，但在文學中卻成了沉默的野獸。五四時期魯迅等的小說曾使人性惡主題得以在文學中表現出來，但共和國建立後，隨著一次比一次升級的政治運動的發生，人性惡在文學中又一次變成沉默。而 80 年代中後期，余華不惜遭受眾人的誤解與批判，毅然將人性惡這個沉默許久的主題重新引入文學，使之如北風呼嘯不止，讓人真正意識到自身人性潛存的弱點，這無疑對於人性的自覺與道德的淨化具有重大意義。

時間距余華發表這批作品已過去好多年，余華在出版了長篇小說《許三觀賣血記》之後也很久沒有寫出新的作品了，但回首余華的暴力敘述，仍不由升起對余華的敬佩，敬佩他開拓小說倫理的勇氣，也敬佩他日益精湛的小說藝術。

注釋：

1 參見《余華自傳》。

2 高尚：《余華，速請剎車》，見《作品與爭鳴》1989 年第 7 期。

3 謝有順：《余華的生存哲學及其待解的問題》，見《鐘山》2002 年 1 期。

4 余華：《黃昏裏的男孩・自序》，新世界出版社 1999 年版。

5 余華：《余華》（中國當代作家選集叢書）第 447 頁，人民文學出版社 2001 年版。

6 據《北京晚報》2003 年 5 月 30 日 12 版《中國新聞》報導。

7 見《純真臉孔扮可愛　美國 10 歲混世魔女殺死 4 個男孩》，據《資訊時報》2003 年 6 月 1 日。

8 李心田：《閃閃的紅星》第 1 頁，花山文藝出版社 1996 年版。

9 李心田：《閃閃的紅星》第 4 頁，花山文藝出版社 1996 年版。

10 劉小楓：《沉重的肉身》引子，上海人民出版社 1999 年版。

11 高皋、嚴家其：《文化大革命十年史》第 20 頁，天津人民出版社 1986 年版。

[12] 余華：《我擁有兩個人生》。
[13] 謝有順：《余華的生存哲學及其待解的問題》，見《鐘山》2002 年 1 期。
[14] 趙鑫珊李毅強：《戰爭與男性荷爾蒙》，百花文藝出版社 1997 年版。
[15] 丁珊：《人的攻擊行為淺析》。
[16] 夏中義、富華：《苦難中的溫情與溫情地受難——論余華小說的母題演化》，見《南方文壇》2001 年第 4 期。
[17] 荀子：《荀子・性惡》。
[18] 荀子：《性惡》。
[19] 見《西方哲學原著選讀》上第 181 頁，商務印書館 1983 年版。
[20] 霍布斯：《利維坦》漢譯本第 94 頁，商務印書館 1996 年出版。
[21] 章太炎：《俱分進化論》，1906 年 9 月 5 日發表於《民報》第七號。
[22] 余華：《中國當代作家選集叢書》，人民文學出版社 2001 年版
[23] 許曉煜：《余華訪談：我永遠是一個先鋒派》。
[24] 謝有順：《活在真實中》，中國電影出版社 2001 年版。
[25] 董舒：《重讀余華》。
[26] 余華：《我擁有兩個人生》。
[27] 余華：《我能否相信自己》。
[28] 魯迅：《論睜了眼看》，《魯迅全集》第 1 卷第 240-141 頁，人民文學出版社 1995 年版。
[29] 余華：《我能否相信自己》。
[30] 許曉煜：《余華訪談：我永遠是一個先鋒派》。
[31] 余華：《中國當代作家選集叢書》，人民文學出版社 2001 年版。
[32] 孔子：《論語・學而》。
[33] 荀子：《荀子・性惡》。
[34] 陳曉明：《余華及其〈難逃劫數〉》。

第八章　粉紅的愉悅——蘇童

作家蘇童，1963 年生，江蘇蘇州市人。1984 年畢業於北京師範大學中文系。曾經當過教師、文學編輯，現為江蘇省作家協會副主席、專業作家。1983 年開始發表文學作品，處女作《第八個是銅像》刊於當年《青春》七月號。代表作有中篇小說《妻妾成群》、《紅粉》、《罌粟之家》，長篇小說《米》、《我的帝王生涯》等。蘇童創作成績突出，備受文壇矚目，媒體甚至將 2001 年命名為中國文學的「蘇童年」。論及蘇童的創作取材，有人說他擅寫女性，並舉其名篇《妻妾成群》、《罌粟之家》、《米》等為證。這種說法頗有道理。不過，更進一步講，中國歷史上女性分妻、妾、婢、尼、娼，我以為蘇童寫得最好的是第五類——娼妓，代表作品即他的中篇《紅粉》。

《紅粉》發表於《小說家》1991 年第 1 期，之後導演李少紅把它改編成同名電影，並於 1995 年參展第 45 屆柏林國際電影節獲「銀熊獎」，在這部電影蜚聲國際影壇的同時，蘇童的同名小說也贏得很大的國際聲譽。但是電影《紅粉》一直未能在大陸公演，所以其在大陸的影響甚微，遠遠不及由蘇童的另一篇小說《妻妾成群》改編成的電影《大紅燈籠高高掛》。因而，在大陸上很多人至今只知蘇童有《妻妾成群》而不知有《紅粉》，流風所及，文學批評界說到蘇童便也只談《妻妾成群》而不提《紅粉》了。其實這是一種偏見，《紅粉》無論敘述技術還是主題深度都有過之而無不及，特別是其中所體現出來的前衛的娼妓倫理更是引人注目。不過，也許正因為《紅粉》在娼妓倫理方面的認識過於開放，大大超出了目前中國大陸倫理習俗所容忍的範圍，才導致自這篇小說發表至今未能得到很好的分析研究。但我以為這篇小說提出來的倫理問題是比較有意義的，故不揣冒昧展開一點個人的分析。

娼妓的存在幾乎與人類的職業歷史一樣古老。在西方，建立於西元前 3000 年的巴比倫王國就出現了妓女，她們在神殿裏為祈禱者提供性服務，其收入是神殿主要的經濟來源。歷史學家希羅多德在描述這一歷史現象時曾說：「每一個當地的婦女在一生中有一次必須去神殿裏，坐在那裏，將她的身體交給一個陌生的男人……直到有一個男人將銀幣投在她的裙上，將她帶出與他同臥，否則她不准回家。」中國的娼妓起源於殷商，當時稱為「巫娼」。有明文記載的娼妓則最早出現在戰國時期的齊國，《戰國策・東周策》中說：「齊桓公宮中女市七，女閭七百，國人非之。」其中女市即妓院，女閭即妓女。據清代學者褚學稼考證此舉為管仲所創，其目的則是充實國庫：「管子治齊，置女閭七百，徵其夜合之資，以資國用，此即教坊花粉錢之始也。」[1] 娼妓出現後，無論西方還是中國都歷代興盛不衰。西方中世紀基督教的道德觀崇尚純潔，但並不完全排斥娼妓，甚至有不少基督教哲學家還為她們進行辯護，認為娼妓是社會的安全閥。奧古斯丁說：「假使廢止公娼，熱情的力量將要打倒一切。」阿奎那說：「若沒有下水道，宮殿將堆滿垃圾臭水；從世界上消除妓女，會使雞姦充斥於世。」當時的西方諸國也沒有明令禁止，所以西方中世紀娼妓並未減少。在中國宋代，儘管理學家極力主張「存天理，滅人欲」，但執政者卻依然推行官妓制度，也不禁止私妓，所以當時娼妓業反而十分紅火，甚至還出現了名傳至今的花魁李師師。文藝復興時期西方有些國家推行禁娼制度，但娼業愈禁愈烈。到今天西方國家娼妓隊伍十分龐大，如有資料顯示義大利娼妓不下 100 萬人，在美國某年婦女因賣淫和商業性性行為罪被捕 60,465 人，占犯罪總人數的 67.7%。日本賣淫是合法的，性工業的收入據說在日本占第 3 位。中國歷史上明令禁娼的是清初順治帝，官妓制度因此而廢除，但乾隆帝時私妓又已抬頭。共和國建立之初不遺餘力徹底消滅了娼妓制度，但今天的中國卻暗娼遍地，愈查愈多。世界衛生組織 2003 年 8 月 19 日表示，中國官方估計目前有六百萬娼妓，這個數字接近香港總人口，更比全國軍隊二百四十萬總人數多出 1.5 倍。所以美國性犯罪學博士休蓋爾說：「因文明進步，賣淫將逐漸在適宜的形態掩蔽下進行，恐怕不到世界末日，不能從地球上消滅。」對於這樣一個如此古老而恒久的職業群體，作家們確實有必要認真進行掛量。但是，20 世紀末中國作家很少有人願意將自己的目光落到她們身上，而能夠拋棄成見，以平常心來打量這個弱勢群體的作家更是少之又少。然而蘇童卻是這不多的幾個真誠關注娼妓命運的作家之一，儘管他敘述娼妓生活的作品僅《紅粉》一篇，但由其展示出的視角的平近和判斷的超前，完全有必要對其展開細緻的分析研究。

首先，蘇童在《紅粉》中大膽地探討了娼妓存在的動力性問題。為了使敘述更加從容、藝術的探險更加深入，蘇童將故事的背景放在幾十年前共和國誕生之初。新生的共和國宣佈賣淫為非法職業，在全國範圍內掀起禁娼運動。北京市敲響了第一鐘，市第二屆各界人民代表會議於 1949 年 11 月 21 日通過一項決議案：「查妓院乃舊統治者和剝削者摧殘婦女精神與肉體、侮辱婦女人格的獸性的野蠻制度的殘餘，傳染梅毒、淋病，危害國民健康極大。而妓院老闆、領家和高利貸者乃極端野蠻狠毒之封建餘孽。茲特根據全市人民之意志，決定立即封閉一切妓院。」決議案將娼妓存在數千年的原因歸結為剝削者滿足獸性的需要，將禁娼宣佈為結束女性悲慘命運的偉大舉措。而《紅粉》恰是把這個結論重新變成一個疑問，開始了自己的敘事：娼妓為什麼數千年存而不絕？真的是由於人販子拐賣？真的是由於剝削者殘忍地逼迫？蘇童在《紅粉》中描述了另一種歷史的可能性。其主要人物秋儀是一個出身在貧民窟中的漂亮女性，「她從小長大的棚戶區，……空中掛滿了滴著水的衣服和尿布」，到處散發著幾十年如一日的貧窮骯髒的酸臭味。（《紅粉》）為了逃離這種貧窮骯髒的生活，秋儀自主地進入了妓院。在蘇童的小說敘事中我們看到，在秋儀這樣的女性看來，貧窮骯髒是她們最無法忍受的，只要能夠脫離這樣的生活環境，就是從事娼妓職業她們也可以忍受。換句話說，秋儀等人進入娼妓業，並非誰的逼迫，而是她們自己的一種主動選擇。正因為這樣，所以當新成立的共和國強制娼妓放棄賣淫，要她們重返貧窮生活的時候，秋儀本能地逃跑了。從結果看她的逃跑是愚蠢的也是徒勞的，這導致她的命運成為當時娼妓姐妹中最不幸的：她最要好的朋友小萼嫁給了老浦，使她的幸福生活又延長了很長時間；另一個老相識瑞鳳則嫁給了羊肉店的老闆，生活也比較安閒；只有秋儀最後竟嫁給雞胸駝背的窮光棍馮老五，潦倒困苦不堪。但秋儀的逃跑也說明她對幸福生活的渴望，對使她擺脫酸臭的棚戶區的娼妓職業的留戀。秋儀的態度肯定不代表所有的娼妓，但也很難說是個別的現象，最近王鑰在網上發表一篇題為〈一夜風暴震環宇——北平封閉妓院紀實〉的紀實文章，其中寫道：當教養人員耐心地向娼妓宣講封閉妓院「是為了解放妳們，是要救妳們跳出火坑，過上新的生活，不再受侮辱和蹂躪」時，她們很多人竟大叫：「我們不需要解放!我們過得挺好!掙大錢，吃好的，穿金戴銀，有跟媽伺候」。如果從這種意義上說，娼妓職業確實為像秋儀這樣出身貧苦的女性提供了某種改變個人生活環境的可能，儘管這是非常殘酷的一種可能。或許正因為某些學者認識到娼妓職業的這一面，所以他們對這種職業表現出一種容忍的態度，比如性學學者張北川就在一次小型座談會上說過：「生殖器與手、腿、大腦一樣都是人的一種器官，既然我們允許人們用手、腿、大腦來謀生，為什麼不能允許人們用生殖器謀生呢？」這話聽起來不易讓人接受，但顯然並沒有什麼惡意。如果說娼妓業是一種醜陋的話，最醜陋的並非娼妓，而是那些以娼妓為取樂工具的人。或許某些國家如荷蘭、日本、泰國等也認識到這一點，所以他們在嚴禁逼良為娼、對強迫他人賣淫者嚴懲不貸的前提下允許女性以賣淫為職業。荷蘭的法律是最寬容的，它以法案的形式承認娼妓合法性，並明文規定娼妓可以和顧客簽約，如果顧客不付錢可以提出起訴，娼妓有權領取失業補助、醫療補助和退休金。在這樣一個世界性文化背景下，蘇童能夠從女性的生存利益出發，在小說中大膽地探討娼妓生存目的的合理性問題，表現了蘇童真正關注女性生存狀況的人文情懷。

沿著這樣一個思路來觀照蘇童小說《紅粉》的敘事結構，就會發現這篇小說站在女性的立場上對國家在 20 世紀 50 年代發動的禁娼運動提出了商榷。如果按照當時的國家話語敘事，禁娼充分體現了全體娼妓的切身利益，是把受侮辱、受迫害的娼妓救出火坑的善舉，將會讓娼妓過上一種嶄新的幸福生活，娼妓們一定會歡欣鼓舞、拍手稱快。但蘇童小說《紅粉》中的妓女小萼等在聽說國家要結束她們的賣淫生活時卻哭哭啼啼，如喪考妣，而機靈的秋儀則乾脆跳車跑掉了。娼妓們的不滿甚至消極反抗，讓我們不禁開始重新思考國家在 1950 年代初所發動的禁娼運動到底意義何在。應該說，國家當時採取禁娼措施對於剛剛建立的共和國的穩定起到過不容置疑的積極作用。因為禁娼運動一定程度上體現了底層民眾的精神要求，鞏固了底層民眾對國家的歸屬情緒；扼制了社會的消費需求，有利於國家集結有限財力積累資本以加快工業化建設；同時一定程度上也淨化了當時社會的空氣，有利於共和國美好形象的塑造。而禁娼運動對於女性生存所起到的作用則應該分兩方面加以具體說明。一方面，共和國建立之前，確實有不少女性是被迫賣淫的，她們或是被迫以身抵債，或是被人販子拐騙，本人並不願意從事這種職業。對於她們來說，共和國取締妓院，讓她們經勞動改造後由國家安排生活出路無疑是符合她們的精神意願的，她們自然也非常歡迎國家禁娼這一舉措。但是我們也不能否認，有些女性賣淫並非被迫的，比如《紅粉》中的小萼在勞動營的女幹部面前坦言承認自己到妓院是自願的，她說：「我十六歲時爹死了，娘改嫁了，我只好離開家鄉到這兒找事幹。」當女幹部責問她為什麼不進工廠時，她脫口而出：「你們不怕吃苦，可我怕吃苦。」對於像小萼這樣的娼妓來說，共和國的禁娼運動便很難說是符合她們的意願的。也許這種結論很荒唐，但無法否認，它卻是事實。如果從這一事實出發，1950 年代初的那場禁娼運動實際是損害了像小萼這種自願賣淫的女性的利益。但這並不能作為根據批評共和國當時的禁娼運動，因為一是國家採取的任何一項舉措都不可避免要使某一部分公民的利益得到改進的同時使另一部分公民的利益受到損害，二是在當時世界上很多國家比如法國、德國都採取了禁娼舉措。我想禁娼或許是戰爭結束後國家醫治戰爭創傷、重建家園的一種較為有用的措施吧。但是過去特定形勢下制定的辦法並不一定就應該完全沿用下去，當然也並不一定就不應該完全沿用下去。不過也許在現在結論還不是最重要的，重要的是蘇童在小說中把禁娼運動的合理性作為一個問題重新提了出來，我們或許應該結合實際從社會的立場、從女性的立場全方位重新認真地加以思考。

其次，蘇童對娼妓的享樂慾望進行了深入的探索。在小說《紅粉》開頭，一輛越野卡車停在妓院門口，一個班的年輕士兵荷槍站在巷子兩側，妓女們已接到命令要乘車離開妓院去接受改造。最後出來的秋儀「拉著小萼的手走到燒餅攤前，攤主說，秋小姐，今天還吃不吃燒餅了？秋儀說，吃，怎麼不吃？她隨手拿了兩個餅，遞了一塊給小萼。」這個場景別有意味，它十分醒目地展現了秋儀、小萼強烈的生存慾望。對於她們的生存慾望，蘇童給予了充分理解，雖然小說的敘事採用一種近乎零度的語調，但女性視角的運用使小說的敘述情感很明顯地向秋儀等人傾斜，從而曲折地傳達出蘇童對秋儀等人渴求生存的意識的同情與理解。蘇童對待娼妓的這種激進態度遠遠走出了中國歷史。中國自古以來的文學敘事都對娼妓採取一種蔑視態度，在主流文學中她們往往被塑造成下賤、淫蕩、沒有廉恥的醜惡形象。而一些另類文人要通過文學敘事改變人們心目中的娼妓形象時，採取的策略則不過是將娼妓改寫成烈女，如《杜十娘怒沉百寶箱》中的杜十娘，就被塑造得忠貞不渝、視死如歸。這種文學敘事不過是滿足了男人的一種虛榮而已，根本沒有表現出娼妓這類女性群體的本真的生存狀況、思想情感。這是具體歷史情境的局限造成的，在揚理抑情歷史倫理話語的主導下，人的慾望根本得不到正視，娼妓的慾望就更不能抬到桌面上，所以文學敘事中的娼妓要麼是淫蕩、下賤、自甘墮落的形象，要麼是浪子回頭、守身如玉的貞女形象。這種刻板的敘事模式到五四後有所改觀。比如老舍的《月牙兒》，寫了一個母女兩代為娼的故事，女兒本是一個中學生，曾經信奉「戀愛神聖」的新觀念，但最終被生存現實所粉碎，轉而接受了母親所教導的「肚子餓是最大的真理」這一生存信條，以賣淫為職業來養活自己；沈從文的小說《丈夫》寫一個湘西女子在得到丈夫允許的情況下到船上賣淫謀生，小說中的娼女並不是下賤、淫蕩的形象，她就像開茶館、賣青菜一樣盡心盡力從事娼妓職業。在這兩篇小說中，作者都表現出對下層女性以娼妓為職業謀生的同情與理解。但是他們都把從娼當作女性一種迫不得已的選擇，在他們的敘述中都沒有涉及娼妓的慾望問題，她們從娼只是為了減緩饑餓感的煎迫，根本不存在以此改善自己的生存處境的情況。在現代文學史上正視女性生存慾望的劇作家是曹禺，他在《日出》中塑造的人物形象陳白露並不僅僅是為了填飽肚子才做娼妓，她奮鬥的目標是過上上等人的生活。但曹禺的劇作卻把敘事的重心放在陳白露的毀滅上，並以此批判商業社會對女性思想的腐蝕性。而蘇童顯然在這一點上不同於曹禺，更不同於老舍和沈從文，他更多的表現出對娼妓享樂慾望的理解與同情。在蘇童看來，娼妓也是人，她們同樣有著對幸福生活的渴望，她們也想吃得好一點，穿得好一點，活得體面一點。更重要的是，蘇童認為娼妓渴望幸福生活並沒有什麼錯，更不是什麼見不得人的事情。正因為這樣，蘇童在塑造秋儀、小萼這兩個人物形象時才讓她近乎恣意地表達自己的生活慾望。秋儀的恣意表現在她對命運的抗爭，她從小就想離開又窮又臭的棚戶區，但她也知道天上不掉餡餅，她唯一可以利用的只有自己的身體，所以 17 歲時她毅然地走進喜紅樓；當喜紅樓的老鴇企圖吞沒她的血汗錢、侵奪她的幸福資本時，秋儀拼死相爭，她「拼命地揮著那卷火苗喊，燒了，燒了，乾脆把這窯子燒光，大家都別過了」，終於要回了自己的金銀細軟；當她躲在老浦家混日子時，秋儀則通過把玩自己的細軟來感受幸福，她「坐在床上，那些戒指和鐲子之類的東西擺滿了一床，她估量著它們各自的價值，這些金器就足夠養她五六年了，秋儀對此感到滿意。」小萼不如秋儀洞明世故，但對幸福的嚮往是同樣強烈的，當勞動營的幹部問她以後想幹什麼時，她非常利索地回答：「幹什麼都行，只要不太累人」；勞動營裏體力活讓她痛不欲生，而秋儀給她捎來的太妃夾心糖則「在某種程度上恢復了小萼對生活的信心。接下來小萼嚼著糖走過營房時自然又扭起了腰肢」；老浦與小萼結婚時已一貧如洗，但他靠母親的私房錢還是把婚禮操辦得極其奢華，小萼則在盡情享受浮華的過程中幸福無比，她「身披白色婚紗，容光煥發地游弋於賓客之間，其美貌和風騷令人傾倒」。能夠正視娼妓的生存慾望並在小說中給予細緻的展現，這充分表現了蘇童巨大的道德勇氣。因為在現實中，直到今天絕大部分中國人還無法接受這種觀點。

蘇童對娼妓生存慾望的正視與尊重也不是沒有一點現實的基礎。它是 20 世紀 90 年代以來人們日益關注自身慾望實現的歷史潮流作用下的必然結果。經過 1980 年代改革開放不斷深入，國民經濟取得值得肯定的發展，人們的溫飽問題基本得到解決。進入 1990 年代特別是 1992 年鄧小平南巡講話發表後，國民經濟再次出現快速發展，人們的生活取得更大改善。在獲得了豐衣足食的物質生活滿足之後，人們自然地開始追求肉體感官的享受。如果對感官享受的追求控制在適當的限度內，這也不能說是一件錯誤的事。在這樣一個普遍關注感官享受的時代裏，肉體的慾望也便得到人們的理解與尊重。這種時代思潮深深地影響了蘇童，在他面對、思考、理解娼妓的生存狀況時當然也就表現出對她們渴求慾望滿足的內心律動的充分尊重。

娼妓是否擁有選擇自己人生方式的權利是蘇童在《紅粉》中探討的另一重要問題。小萼等妓女被強行帶到勞動訓練營接受勞動改造。「改造是什麼意思？瑞鳳問小萼。……什麼意思？就是不讓妳賣了。有個妓女嘻嘻地笑著說。讓妳做工，讓妳忘掉男人，以後再也不敢去拉客。」很明顯，1950 年代初在共和國的軍事管制下，娼妓失去了選擇自己人生方式的權利。事情過去近半個世紀後，國家形勢發生了巨大變化，已經絕跡近半個世紀的娼妓又重新出現在共和國的國土上，而且愈禁愈多。隨著娼妓數量的日益增加，娼妓是否擁有選擇自己人生方式的權利問題再一次浮出水面。正是在此背景下，蘇童的小說《紅粉》問世並提出了這個權利問題。如果僅僅局限於我國現行法律的條文規定，也許永遠都說不清它。我們可以參考一下海外的一些說法。1957 年，英國的「同性戀和賣淫行為研究委員會」所提出的著名的「沃爾芬登報告」指出，賣淫是不道德的行為，而且也僅僅是一種不道德行為，因而，無需上升到違背法律的高度，更沒有必要上升到待人最為「苛刻」的刑法。因為賣淫行為本身並未直接傷害到任何人的人身和財產，如果說的確傷害到了某一個人的話，那也只是傷害到了那個人的貞潔觀、道德觀和價值觀——這是一個典型的，需由道德來約束的事情。如果這一結論可以成立的話，那麼，娼妓則擁有選擇自己人生方式的權利，她既可以選擇做娼妓，也可以選擇做其他，因為法律只管你是否危害到他人和社會，而不管你選擇高尚還是卑賤。福柯的觀點更為激進一些，他說：「性在任何一種情況下都不應當成為任何立法的對象。」「在任何情況下性都不應當以任何理由成為懲罰的對象。」依據福柯的觀點，娼妓賣淫根本不應該被列入法律討論議程，更不能定任何罪名。當然福柯的性觀念並非要包庇強姦犯，他認為強姦是有罪的，不過不以性侵犯立其罪名，而是把它劃入傷害罪類別。1998 年 9 月，臺北市實行全面禁娼，結果卻招致婦運團體、文化界、學界聯合抵制，他們的理由是娼妓是社會上的弱勢群體，賣淫是她們謀生的一種手段，市府只有承認她們的合法權利，才能真正達到保護她們的目的。他們認為空談娼妓的精神解放毫無意義，對於她們而言，最迫切需要解決的是她們的物質生活的匱乏。臺北市的文化界、學界的觀點無疑是非常開放的、務實的，如果採用他們的觀點來對待娼妓問題，娼妓當然有權選擇她們自己的人生方式。大陸現行的法律與他們的觀點有很大距離，大陸的法律嚴禁婦女賣淫，無疑顯得更高蹈一些，但是其作用如何呢？1980 年代以來大陸賣淫人數不斷飆升的現實說明現行法律根本沒有起到禁止賣淫的作用。而且，由於現行法律一味禁止賣淫，使娼妓只能以地下的形式活動，這導致黑社會對娼妓業的滲入，娼妓在暴力、強姦、虐待面前毫無抵禦能力；更為嚴重的是，娼妓業的地下化，導致性病蔓延，危及娼妓及嫖客的生命健康，進而還危及所有社會成員的生命健康。相反，如果承認娼妓賣淫的權利，則可以對她們進行有效管理，這對於娼妓、對於社會都是有益的。在臺灣實行公娼制度時，每個娼妓都可以領上一個營業執照，做個奉公守法的娼妓。她們依法營業，定期檢查身體，剪除了性病傳播的可能，保障了社會的安全、穩定。同時，法律也保護了娼妓的人身權益，她們可以挑選客人，不願戴套的、酒醉的，一律不接；客人吵鬧，小姐會說：「小心我叫警察」；當客人要求特殊的性服務，小姐可以拒絕。蘇童的小說《紅粉》以十分冷靜的筆調重敘 1950 年代初的禁娼運動，從娼妓的視角顛覆了宏大敘事關於「禁娼運動解放了最受剝削壓迫的娼妓姐妹」的歷史神話，還原了部分娼妓留戀賣淫生活、抵制禁娼運動的歷史本相。這是不高尚的，但是真實的。法律是否應該承認娼妓選擇人生方式的權利？或許我們的法律真的應該認真思考一下這個問題，尋求一種切實可行的辦法，保護娼妓和一切社會成員的健康和權益。

蘇童在《紅粉》中還探討了娼妓的尊嚴問題。小說中的秋儀等人坐著卡車行駛在街道上，無緣無故受到路人的羞辱：「一個人從隊伍裏蹦起來，朝卡車上的人吐了一口唾沫」；當秋儀跳車逃跑後，「年輕軍官朝天放了一次空槍，小萼聽見他用山東話罵了一句不堪入耳的髒話：『操不死的臭婊子』」；「在麻袋工廠的門口，小萼又剝了一塊糖，她看見一個士兵站在桃樹下站崗，小萼對他嫵媚地笑了笑，說，長官你吃糖嗎？士兵皺著眉扭轉臉去，他說，誰吃你的糖？也不嫌噁心。」路上的那個陌生人，與秋儀等人無仇無怨，卻毫無來由地向她們吐唾沫，其行為的依據來自民間不成文的規矩：娼妓是沒有什麼尊嚴的，任何人任何時候不需要什麼理由，只要他願意都可以侮辱她們。秋儀的逃跑或許給押車的軍官造成一點麻煩，但這絕對不構成他辱罵秋儀的理由。軍官肆無忌憚的毫無理由的辱罵，不但傷害了秋儀，也傷害了車上其他的娼妓，但是他卻毫無覺察。這說明，共和國的國家意志把娼妓歸為舊時代被壓迫者、新時代主人，但是執行國家意志的士兵並沒有認同這種意志，他們仍根據俗見把娼妓當作毫無尊嚴、可以任意作踐的劣等人。站崗的士兵的侮辱是最沒有道理的。他怎麼可以辱罵一個要給他糖吃的人呢？但是他這樣做了，而且做得沒有一點心理負擔，甚至還沾沾自喜，似乎這證明了他的潔白無瑕。站崗士兵的邏輯大概是，娼妓是沒有尊嚴的，如果吃了她們的東西就會和她們一樣成為沒有尊嚴的人。正是從世人對待娼妓的態度上，蘇童敏銳地發現中國的文化對「人的尊嚴」的粗陋理解：在中國文化結構內，尊嚴不是作為人天賦不可侵淩的權利，而是作為外在的、有條件的權利而被認可，人們可以以某種理由剝奪某個人的最後尊嚴，把他變成一隻任人羞辱、任人唾棄的狗。比如，歷史上袁斗煥被欽定為賣國者後，任何人都可以以任何方式侮辱他，包括用石塊砸他的頭，用刀子割他的肉，而雖不致命卻更侮辱他的尊嚴的則是往他身上吐痰，潑糞。這種極端野蠻的行徑因為假借了正義的名義而可以堂而皇之地進行，讓人真切地感受到中國文化對野蠻的縱容和對尊嚴的漠視，正標示出中國文化黑暗而可怕的一面。中國文化中這種粗鄙的尊嚴觀並沒有隨著共和國的誕生而結束，它像一個鬼影依然行走在中國大地上。正是由於這種文化的影響，無論一般的大眾還是執行共和國意志的軍官、士兵，都表現出對娼妓尊嚴的極大漠視和肆意踐踏。這是有悖人道的陋習，是應該戒除的。對此，蘇童在小說中給予無聲的否定。

蘇童在小說中所表達出的對肆意侮辱他人尊嚴的行為的反感，表現了他對人的尊嚴的天賦權利的捍衛。在蘇童看來，無論一個人握有多麼堂皇的正義權柄，他即使有充分的理由宣判另一個人的死刑，卻永遠沒有權利剝奪這個人的尊嚴；同樣，一個人無論犯下多麼不可饒恕的罪過，即使應該剝奪他的生命，也應該保留他作為人的基本尊嚴。這是一個國家文明程度的基本標誌，也是現代社會最起碼的倫理底線。而娼妓賣淫是否有罪，在世界範圍內還是一個爭論不休、難下結論的問題，即使有罪的話，顯然也罪不該死，又怎麼能因此而肆意侮辱她們的尊嚴呢？正是基於這樣的理解，蘇童在《紅粉》中才著意安排了娼妓們對社會歧視、侮辱的反抗。當工人隊伍裏有人無端向她們吐唾沫時，妓女們「都擠到車擋板邊上，齊聲斥罵那個吐唾沫的人。」當女軍醫非常冷漠、粗魯地對待小萼時，秋儀用一個很響的屁對她表示了抗議，「秋儀說，你知道嗎？我那個屁是有意放的，我心裏憋足了氣。」娼妓們的反抗形式同樣是粗魯的，但她們因自尊受到傷害而表現出的反抗意識是合理的。正是在這個意義上，蘇童對娼妓們的行為給予一定的認同。蘇童小說中所表現出來的維護娼妓做人的尊嚴的觀點，可以找到不少擁護者。2002年11月22日馬來西亞的《南洋日報》發表一篇題為《娼妓是否有社會尊嚴》的文章，其中援引臺灣女士王芳萍的話表示應該承認娼妓的尊嚴，「性交易本來就是經濟的問題，是窮人想賺錢、買者願意付錢，以勞力換回酬，過程就像一宗買賣。所以，遵守商業買賣的情況下，娼妓是有權利要求社會階層的認可，包括尊重她們及去污名化和除罪化」。應該說將人的尊嚴認定為人的天賦權利，不管什麼情況下都要給予尊重，是非常必要的。回首文革時期，專制剝奪了人的一切權利，也剝奪了人的尊嚴，一個人可以因為一點小過錯，甚至什麼過錯都沒有，只是由於某個掌權者看著不順眼就被貶為畜類，遭受難以忍受的污辱。老舍就是不堪其辱而自溺身亡的，像老舍那樣悲苦地離開人世的人何止千萬？在今天這樣一個依法治國的時代，一個人觸犯了法律，自然應該接受法律的制裁，或者罰款，或者判刑，甚至判處死刑，但是法律並不剝奪人最後的尊嚴，即使被處死刑，犯人也有權要求保留自己做人的尊嚴。《紅粉》可以說是從女性的個人尊嚴等方面出發，進行的一場非常切實的敘事探險。對於娼妓的個人尊嚴，蘇童的觀點無疑是傾向於承認並給予尊重的。

在肯定了娼妓們謀生權利、享受生活權利和維護個人尊嚴權利的同時，蘇童並不諱飾她們的人性弱點。這主要體現在他對小萼這一人物形象的精心刻畫上。小萼缺乏一個人應有的自尊心。當女幹部問她為什麼不去工廠而去妓院時，小萼說：「你們是良家婦女，可我天生是賤貨。我沒有辦法，誰讓我天生就是個賤貨。」小萼在女幹部面前宣稱自己是賤貨，不排除故意作賤自己以企求獲得寬容的僥倖心理，但一個女人公然說自己是賤貨，並重複一遍加以強調，無論如何都表明了她內心對自我尊嚴的漠視。她在給站崗的士兵送糖卻反遭侮辱時，連一句氣憤的話也沒有說，再一次證明她自尊心的匱乏。一個人選擇什麼職業有時自己是難以做主的，但每個人都不應該泯滅自己的自尊心。對於別人毫無來由的侮辱，誰都應該毫不猶豫地給予回擊，以捍衛自己做人的尊嚴。可是小萼沒有這麼做，她甚至都沒有想過這樣去做，這是非常可悲的事情。小萼自尊心的匱乏主要是社會千百年來歧視娼妓的習俗造成的，但是她盲從習俗成見，自我貶損，也不能說沒有自身的原因。其次，小萼還缺乏獨立意識。小萼和老浦結婚後就辭去工作整天待在家裏，她對老浦說：「我從小爹不疼娘不愛，只有靠男人，你要是對我不好，我只有死給你看。」一個人生活在現代社會，卻沒有一點獨立意識，總把自己的命運寄託在別人身上，是一種悲劇。小萼的這種悲劇性格既害了老浦也害了自己。小萼放棄工作，讓老浦養活自己。可是老浦卻非常缺乏生活能力，很快就因貪污公款被處以死刑。小萼也落入孤兒寡母艱難度日的悲苦境地，最後只能撇下幼兒背井離鄉向北方逃亡。

1990年代以來，日益加劇的慾望化使人們越來越貪圖肉體慾望的享樂，同時日益被淘空的肉體越來越難以令其主人獲得慾望的滿足。這種世界性的慾望危機所造成的痛苦最終轉移到最缺乏謀生能力的娼妓身上。「多米妮卡是一名年長的德國妓女。是德國賣淫權利運動的領導人，她很為年輕一代的賣淫婦女擔心。……她們毫無界限地從事著賣淫：對於顧客可以做什麼根本就沒有什麼最低的限制，也沒有底價，婦女與她們作為性客體的生活經歷沒有什麼區別——她們必須那樣。」[2] 這種現象同樣存在於中國當下的現實中。在這樣的背景下重新閱讀蘇童的小說《紅粉》，更加會感受到作者對娼妓業中的女性的同情與關注之可敬。既然我們至今沒有能力設計一個令人滿意的拯救娼妓的社會方案，關注與同情這個弱勢群體，使之於不幸的境地中感受到人間溫情，進而能夠振奮起來走出這一塵世魔沼，大概是唯一可以做的吧。

注釋：

1 褚學稼：《堅瓠集續集一・女閭條》。

2 [美]凱薩琳・巴里：《被奴役的性》第36頁，江蘇人民出版社2000年版。

第九章　單位與雞毛——劉震雲

劉震雲，當代作家。1958 年生於河南延津縣，8 個月時被外祖母抱到鄉下撫養。1973 年服兵役，1978 年復員在家鄉當民辦教師，同年考入北京大學中文系。1982 年大學畢業，任《農民日報》記者、文藝部主任。1982 年開始發表作品，著有長篇小說《故鄉天下黃花》[1]、《故鄉面和花朵》，中短篇小說集《塔鋪》[2]，中篇小說集《一地雞毛》[3]、《官場》[4]等。其中，中篇小說《塔鋪》榮獲 1987-1988 年全國優秀短篇小說獎，長篇小說《故鄉天下黃花》、《故鄉面和花朵》，中篇小說《新兵連》、《單位》、《一地雞毛》、《官場》、《官人》等均在國內外引起強烈反響。

1989 年《北京文學》第 2 期發表了劉震雲的小說《單位》，「單位」裏的一些現象引起人們的普遍注意。事隔兩年，即 1991 年《小說家》第 1 期又發表了他創作的《單位》的姊妹篇《一地雞毛》。「單位」人生活煩惱的話題又著實在中華大地上熱鬧了一番。當時人們的議論很雜也很熱烈，但最有代表性的觀點則聚焦在小說的中心人物，即某局科員小林身上，認為小林的人生歷程很好地體現了日常生活的嚴峻性及其對個人精神的磨損。[5] 這無疑是很有見地的。但當我在十多年後重讀劉震雲的《單位》和《一地雞毛》時，覺得這兩篇小說還有另一方面成就值得注意，那就是對「單位」的倫理性探索。

要想很好地理解劉震雲的小說對「單位」倫理性探索的重要意義，必須先引入對「單位」的詞源學考察。「單位」（Unit）本是一個從西方引入的計量領域的專有詞語，指的是計量事物的標準量的名稱。它有兩個屬性，一是抽象性，一是交往性。通過抽象，它把一個個具體、獨特的個體所固有的豐富性虛化而使之變成整齊劃一的數學符號。而抽象後的個體作為數學符號，也就是作為單位質可以相互交往，這實際上是單位在交往，體現了單位的交往性。比如每顆大白菜都是一個獨特的個體，它們之間並沒有通約性，也是無法交往的。儘管兩個人可以相互交換各自擁有的大白菜，但是，在這個交換過程中，大白菜已經被抽象為數量符號，是作為抽象的符號在交往，而不是作為大白菜在交往。「單位」的交往性則使每個個體在一種原則下作為體現這種原則的功能元素統一成為一個整體，從而作為整體獲得遠遠大於個體和的能量。1949 年共和國建立後，「單位」被賦予新的內涵，這種內涵是政治性的，用來指機關、團體、或屬於一個機關、團體的各個部門。在人們一般的概念中，單位個體主要存在於城市，不過，農村的生產隊、合作社、人民公社也應該看作全民單位化的一種形式。這在 50 年代全民單位化時期見諸報端的文章就可以看出來：「把一個合作社變成為一個既有農業合作又有工業合作的基層組織單位，實際上是農業和工業結合的人民公社」。[6]「人民公社進一步發展的趨勢，有可能以縣為單位組成聯社」。[7]被賦予政治性內涵的文化符號「單位」，成為共和國政治建設的重要工具，憑藉它，共和國對所有個體進行了一次卓有成效的抽象化和功能化，每個個體的原有屬性被強行改寫，並統一成為新的政治屬性──「單位人」性的符號，成為單位結構功能的元素，從而共同結成一個單位功能執行系統推動單位的機體運轉。在這種對個體的符號化過程中，共和國有效地完成了全國人力資源的重新排序，所有的人力資源都被組織到社會主義政治的宏大結構之中，有力地促進了社會主義工業化的高速發展。這是新誕生的共和國為快速實現工業化工程和成功應對國際社會複雜、動盪的形勢所採取的重要步驟。「中國從 1949 年建國以後，一直處在冷戰時期東西方兩大陣營對立的夾縫和前沿。二次大戰後美國捲入的兩次地面戰爭即朝鮮戰爭和越南戰爭，無一不是針對中國。1960 年代中蘇兩大社會主義大國交惡，最後竟然走到戰爭邊緣。中國的周邊環境十分險惡。在國民經濟落後和『一窮二白』的狀況下，中國政府採取高積累、低消費的建設方針，使 6 億多人口強制性壓抑個人物質生活的需求和慾望，而達到高速度完成工業化基本建設和國防建設的目的。」[8] 而全體國民「單位」化則是貫徹落實這個建設方針的具體措施之一。從客觀的角度講，這條措施無疑是成功的，它使 6 億中國人口的大多數心甘情願地為祖國建設而壓抑了個人的慾望和物質追求，大大縮短了工業化到來的時間。

而充分展現這一劃時代景觀的當首推王蒙 50 年代寫的一部短篇小說《組織部來了個年輕人》。這篇小說寫於 1956 年 5 月-7 月，發表於 1956 年《人民文學》第 9 期上。當時編輯部未經作者同意就擅自把小說的標題改為《組織部新來的青年人》，對此作者很不滿意，但也無可如何。此後，本篇收入各種集子時作者都堅持採用原標題。[9] 其實，王蒙堅持自己的原小說標題，並非孤芳自賞，而是出自藝術上的用心。如果比較一下兩標題，就會發現它們並非僅僅字面上的差異，而牽涉到敘述重心的移動，王蒙原題的重心在「組織部」，編輯部改後的重心卻移到「青年人」上，而縱觀《組織部來了個年輕人》整篇小說所敘述的內容，其重心實在「組織部」而不在

「年輕人」上。王蒙的這篇小說的發表恰值社會主義改造基本完成的時候，其實也就是共和國精心建構的「單位」網路基本完成的時候。它即是對中國當代史上這個重大事件的呼應，又是對「單位」能夠改掉自身缺點不斷發展壯大的熱情籲求。「我給自己規定了一個競賽的辦法。讓今天的自己和昨天的自己競賽。……」[10] 這其實是點題性的句子，它表明王蒙在這篇小說中所最關心的是單位「組織部」，他最希望的是整個「組織部」能夠像趙慧文那樣滿懷熱情地和自己的昨天競賽，能夠不斷取得進步。

在王蒙的《組織部來了個年輕人》中，開頭就充滿了工作的熱情。「三月，天空中紛灑著的似雨似雪。三輪車在區委會門口停住，一個年輕人跳下來。」「『支部書記通知我後天搬來，我在學校已經沒事，今天就來了。……』」[11] 林震冒著雨雪趕到區委組織部，他並非是急著來領工資也不是急著來分梨，他閒不住，他要工作。他在組織部待了一段後，對組織部產生了不滿，這不滿也並非由於分不到住房，而是由於他無法容忍別人工作的馬虎苟且、拖泥帶水，「有時，一眼望去，卻又覺得區委幹部們是隨意而鬆懈的，他們在辦公時間聊天，看報紙，大膽拿林震認為最嚴肅的題目開玩笑，……林震參加的組織部一次部務會議也很有意思，討論市委佈置的一個臨時任務，大家抽著煙，說著笑話，打著岔，開了兩個鐘頭，拖拖遝遝，沒有什麼結果。」[12] 當麻袋廠的問題引起黨報的注意，刊登了魏鶴鳴的揭發信後，「趙慧文首先發現了，她叫林震看。林震興奮得手發抖，看了半天連不成句子，他想：『好！終於揭出來了！還是黨報有力量！』」[13] 小說中的人物林震也有喜有憂，但喜憂主要不是因為個人的得失，而是工作的成敗。在小說中林震這個人物形象可以說突出體現了「單位人」的特質，他最中心的興趣是在單位的工作上。林震也有個人的慾望和苦惱，他也有口福之慾，吃到趙慧文為他煮的荸薺也興高采烈；他已經22歲但還沒有給姑娘寫過一封信，更沒有嚐過戀愛的滋味，確實是一個不小的煩惱。但他自覺地把自己慾望和痛苦壓抑下去，不允許它們影響單位的工作。小說中另一個人物趙慧文的個人問題比林震嚴重得多，她與丈夫感情淡漠，丈夫只有週末才回家，平時都是她自己帶孩子。她有一段時間也有點消沉，但當林震到組織部後，受林震工作熱情的鼓舞，她很快又振作起來，「我劃了表，如果我的工作有了失誤——寫入黨批准通知的時候抄錯了名字或者統計錯了新黨員人數，我就在表上劃一個黑叉子，如果一天沒有錯，就畫一個小紅旗」。她也是自覺用革命熱情把個人的悲傷壓抑下去。從他們身上，我們可以看出單位這個富含政治意味的文化符號在當初是多麼有號召力。

馬克斯·韋伯在《新教倫理與資本主義精神》中說：「一旦限制消費與謀利行為的解放結合起來，不可避免的實際結果顯然是：強迫節省的禁慾導致資本的積累。在財富消費方面的限制，自然能夠通過生產性資本投資使財富增加。」[14] 韋伯分析的是西方資本主義精神的特點及其功用，但在某些方面恰恰也說出了中國社會主義誕生初期的精神特徵。共和國建國之初提倡的也是謀利行為的解放與限制消費相結合的思想意識。1952年中共中央在「三反」運動中明確提出「反浪費」的任務，「浪費和貪污在性質上雖有若干不同，但浪費的損失大於貪污，其結果又常與侵吞、盜竊和騙取國家財物或收受他人賄賂的行為相接近。故嚴懲浪費，必須與嚴懲貪污同時進行」。[15] 毛澤東在1957年2月27日寫的《關於正確處理人民內部矛盾的問題》中又一次列專節談節約，「今年要求在全國各方面提倡節約，反對浪費。……要使全體幹部和全體人民經常想到我國是一個社會主義的大國，但又是一個經濟落後的窮國，這是一個很大的矛盾，要使我國富強起來，需要幾十年艱苦奮鬥的時間，其中包括執行厲行節約、反對浪費這樣一個勤儉建國的方針。」[16]1958 年 5 月，中共八大二次會議召開，正式通過「以高速度為靈魂的總路線：『鼓足幹勁，力爭上游，多快好省地建設社會主義』[17]，其中「多、快、好」說的都是要謀求利益，「省」則說的是「限制消費」，其目的就是要「迅速而徹底地擺脫歷史遺留給我們的貧困和落後，使我國成為一個經濟、文化高度發展的社會主義強國」[18]，表現出很強的功利主義色彩。這個總路線非常突出地表現了共和國誕生後禁慾主義色彩十分強烈的功利主義追求。這在王蒙小說《組織部來了個年輕人》也有鮮明的反映：林震身上沒有絲毫的物慾衝動，滿心考慮的除了工作還是工作。勿庸置疑，正是借了禁慾主義的提倡，共和國成功地遏制了全體國民的消費慾望，最大限度地提高了國家財力的增長速度，在短短的 17 年裏完成了紅色資本的原始積累，一個雖不乏問題也不算富裕但西方國家再也難以在它面前任意指手劃腳的社會主義現代中國終於屹立在世界東方。但是共和國早期社會主義精神所包含的神聖熱情並沒有能夠一直堅持下來。1960 年代一場又一場的群眾運動從某方面可以看作是神聖熱情逐漸冷卻而政治領袖又企圖通過鐵腕措施加以挽回的過程。最終文革期間，政治措施強硬到無以復加的地步，而國民的神聖熱情卻降至最低點。在這種局勢下，也就是「上世紀 70 年代末，中國政府對現代化方案開始作根本性的調整，徹底拋棄意識形態革命策略，而轉向經濟至上、科技至上的發展主義模式。在高積累、低消費的基本建設已經完成的情形下，轉向以個人物質消費為中心的市場經濟模式。」[19] 這實際上是用世俗享樂的追求代替了神聖熱情的追求。這在某種程度上重演了西方三百多年前的一次歷史轉變，「接著，尋找天國的熱忱開始逐漸被審慎的經濟追求所取代；宗教的根系慢慢枯萎，最終為功利主義的世俗精神所取代。……善良之心完全變成了享受資產階級舒適生活的一種手段，關於軟枕頭的那條德國諺語很好地表現了這一點。」[20] 這種經濟模式的轉型順應了國民對財富的熱情，使國民在新的動力即個人慾望的推動下重新高漲起工作的熱情，「在 90 年代，錢成為衡量一切價值的終極尺度，『沒有錢是萬萬不能的』成為當代人生活辭典中的『關鍵字』。先富起來的一部分人在用金錢尋找失去的夢，而盼望隨後也富起來的知識份子也開始紛紛下海，於是，『下海』成為 90 年代中期的一個如雷貫耳的詞語。」[21]

在政治領袖用強硬手段企圖挽回神聖熱情的過程中，知識份子的身心受到深重傷害，「毛澤東時代的一個重大失誤就是對知識份子的無情壓制和利用。中國知識份子本來是革命的真正骨幹，傳播馬克思主義的正是五四時代的啟蒙激進主義知識份子。他們是中國都市社會中最開放和最早接受現代觀念的階層，也是共產主義革命的先鋒。……建國後知識份子階層作為文化生產和建構革命霸權的主力，卻一而再、再而三地成為政治運動的鬥爭對象」。[22] 其中也包括曾經滿懷激情地寫下《組織部來了個年輕人》的作家王蒙，在小說發表的第二年即 1958 年，他被補劃為「右派」，隨即下放勞動 5 年，摘去「右派」帽子後又被迫攜家去新疆勞動，直至 1979 年才獲准返回北京。深重的苦難使他們對曾經的神聖熱情產生厭倦，也促使他們成為否定禁慾主義、宣導世俗精神的積極分子。王蒙在 1990 年代就曾寫下《躲避崇高》一文。[23] 這篇文章雖然寫於 1990 年代，但王蒙「文革」後的小說一以貫之的是對禁慾主義的清理和對世俗精神的張揚。

正是在這樣的知識背景下，我們才可能更好地理解劉震雲的小說《單位》及《一地雞毛》中對單位所做的倫理性探索。王蒙的小說《組織部來了個年輕人》和劉震雲的小說《單位》、《一地雞毛》有著某種密切的精神聯繫，連其中的主要人物的姓氏都是相同的，都姓林。對它們加以比較能更好地闡述我要說明的問題。我們可以說王蒙在 1950 年代以《組織部來了個年輕人》來命名自己的小說，表現了作者對共和國策動的新事物「單位」的高度的政治敏感和滿腔的政治熱情，但還不能說他對「單位」有一種明確的本體論意義上的倫理價值體認。作者主要是在政治層面上來把握「組織部」這個具體「單位」的，他以林震的視角暴露了「組織部」裏存在的種種問題，表達了一個富有理想主義熱情的青年對現實的洞察和對理想狀態的嚮往。而劉震雲以《單位》來命名自己的小說，則表現了作者對具體「單位」的政治含義的超越。他不是要寫某個具體的單位，他要寫出單位作為本體的倫理意義，寫出單位與「單位人」之間的矛盾關係。兩篇小說的開頭也值得一比。王蒙在小說開頭寫道，「三月，天空中紛灑著的似雨似雪。三輪車在區委會門口停住，一個年輕人跳下來」。這個人就是林震，他像一個活性元素冒著雨雪趕到區委組織部，急慌慌地要加入到這個單位裏，變成它的一個部分，作為單位的一個部件投入到它的運動中。很明顯劉震雲小說《單位》的開頭與王蒙迥然不同：「『五一』節到了，單位給大家拉了一車梨分分。」[24] 在這裏，單位人把單位與自己明確地區分開來：大家平時為單位提供腦力勞動，「五一」節到了，單位要對大家進行獎勵。這種區分還表現在他的另一篇小說，也就是《單位》的姊妹篇《一地雞毛》裏。其中講到那塊好不容易買到手後來卻又餿掉的豆腐時寫道：「今天小林把豆腐買到了。不過他今天排隊排到七點十五分，把單位的班車給誤了。不過今天誤了也就誤了，辦公室處長老關今天到部裏開會，副處長老何到外地出差去了，辦公室管考勤的臨時變成了一個新來的大學生，這就不怕了，於是放心排隊買豆腐。」按時去單位是單位對單位人小林的要求，而排隊買豆腐是要解決小林個人的伙食問題。一旦可以免受處罰，小林就毫不猶豫地選擇了排隊買豆腐，而放棄按時去單位。《一地雞毛》的結尾，小林做了一個奇怪的夢，「夢見自己睡覺，上邊蓋著一堆雞毛，下邊鋪著許多人掉下的皮屑，柔軟舒服，度年如日。」[25] 從某種意義上說，這個夢隱喻了小林關於單位與自己之間倫理關係的一種內心期待：期待單位能夠為自己提供柔軟舒適的日常生活。在關於單位與單位人小林之間倫理關係的不動聲色的敘述中，劉震雲充分拉開了自己和單位的距離，遠遠地打量這個叫「單位」的事物。在這種遠觀的過程中，劉震雲較為深入地展現了關乎每個人命運的單位的倫理結構本性。

首先，單位具有功能性。每個單位都是一個功能結構。比如麻袋廠是生產麻袋的，報社是採集製作新聞的，等等。在《單位》中，總務處是安排辦公室的，分配住房的，調配車輛的，組織處是考察、培養、選拔幹部的，小林所在的七處在小說中沒有明確交待是什麼功能處，但從他們日常工作看，也要審批某類文件，起草一些報告等。單位的這種功能性，體現在它的日常生產活動中，也體現在它對單位人的評價上。「一次局裏讓處裏起草一個文檔，老何親自下手，洋洋三十頁交上去，被老熊批了個『文不對題』，並將組織處長叫上來，說這麼一個同志怎麼提上來了？」[26] 老何文件起草得一塌糊塗，他在承擔作為七處副處長這一功能角色時沒有起到應有的作用，受到局長老熊的批評，儘管依現行體制的規則不好因此撤除他的職務，但不會再重用他是註定的了。作為處裏最年輕、最沒資歷的小林，他的功能角色也是有不成文的規定的，當他認識到自己功能角色的內涵並自覺給予認同，才開始他在單位功能結構中改變自己命運的旅程，「小林要想混上去，混個人樣，混個副主任科員、主任科員、副處長、處長、副局長……就得從打掃衛生打開水收拾梨皮開始」。[27] 其次，單位具有權力性。在前面提到的分梨事件中，我們可以清楚地看到這一點。單位並不僅僅是一座大樓，幾間辦公室，它是一種權力結構。它擁有資金、財物，它掌握著單位人的工資、獎勵、住房、用車、職務、尊嚴等等。分梨，就是單位對單位人實施獎勵分配的過程。單位會餐是另一種獎勵形式，「四月三十日，單位會餐。總務處發給每人一張餐券，中午每人憑餐券到食堂免費挑兩樣菜，領一隻皮蛋，一瓶啤酒」。單位還掌握著辦公室使用權的分配。「大家把老張送到二樓，發現原來抬下去的桌子已經作廢了，因為老張的新屋子已經和其他局長副局長一樣，換成了大桌子，上面覆蓋著整塊的玻璃板，乾乾淨淨的玻璃板上，蹲著一個程序控制電話。屋裏還有幾盆花樹，兩個單人沙發、一個長大沙發，都鋪著新沙發巾。乾淨的屋子，有原來整個處的辦公室那麼大。」單位可以按照自己的意志讓老張由與四個人合用一間辦公室改變為單獨佔用一間辦公室，而且室內的辦公用具也提高了一大檔。同樣單位也可以按照自己的意志分配住房，「小林隨著上去看了看老張的新居。乖乖，五居室，一間連著一間，大客廳可以跑馬，電話已經裝上。有廚房，有廁所，廁所還有個大浴盆，廚房煤氣管道，不用再拉蜂窩煤」。正是單位的這種權力性，讓小林自覺改掉了上大學時的散漫，逐漸成為一個合格的單位人。「錢、房子、吃飯、睡覺、撒尿，一切的一切，都指望著小林在單位混得如何。這是不能不在意的。……從此小林像換了一個人。上班準時，不再穿拖鞋，穿平底布鞋，不與人開玩笑，積極打掃衛生，打開水，尊敬老同志；單位分梨時，主動抬梨、分梨，別人吃完梨收拾梨皮，單位會餐，主動收拾桌子。」

第三，單位有嚴格的秩序性。在小林的單位裏，有局長、副局長，處長、副處長，主任科員、副主任科員，科員，等等。他們之間有著嚴格的等級差別。老孫、老何「一塊到單位來的，兩人還同住過一間集體宿舍。後來老孫混得好，混上去，當了副處長；老何沒混好，仍是科員。當了副處長，老孫就住進了三居室；老何仍在牛街貧民窟住著，老少四代九口人，擠在一間十五平米的房子裏。一開始老何還與老孫稱兄道弟大家畢竟都是一塊來的，後來各方面有了分別，老何見老孫有些拘束，老孫也可以隨便支使老何」。[28]同樣，老孫與老張也是一同來單位的，一起在一個辦公室工作。但老張提了副局長，出差時就有資格在軟臥車廂，老孫只是個副處，作為隨行人員和老張一起出差，只能和科員小林一起坐硬臥。在一個單位裏，不管私交多麼好，都無法打破職位在人們之間設置的尊卑秩序。單位的這種秩序性甚至延伸到單位人的私人生活空間。升為副局長的老張「搬家這天，幫忙的人很多。……辦公室中小林來了，老何來了。令老何百思不得其解的是，原來老孫對老張那麼大開罵口，在家搬到一半的時候，也騎著車來了。」老孫的行徑表面上是有點乖張，但它正好反映了單位的秩序性對單位人的巨大宰制作用。

另外，在小說《單位》和《一地雞毛》中，劉震雲還對「單位」在消費時代的特有特徵進行了深入地探索。首先，在消費時代，「單位」最突出的特徵是利益分配成為單位最重大的事件。在王蒙的小說《組織部來了個年輕人》中，也寫到利益的分配問題，「車夫看了看門口掛著的大牌子，客氣地對乘客說：『您到這兒來，我不收錢』」。[29] 這表明在 50 年代，單位也並不僅僅是工作的場所，也意味著利益，也有利益的分配問題。但是個人的利益在當時是被抑制的，所以在王蒙的小說中，只輕輕點了一下之後就沒有再提及。這在王蒙未必是有意的，但它恰好從「單位」這個側面暗示了 1950 年代共和國推行的抑制消費的政策，同時也表明利益分配在當時不是「單位」的最突出特徵。而到了劉震雲的小說《單位》、《一地雞毛》中，利益分配成了「單位」壓倒一切的特徵。《單位》開頭第一句「『五一』節到了，單位給大家拉了一車梨分分」，把單位人的節假日十分突兀地呈現在我們面前，並且明確點明節假日是一個分配利益的時間，這就把當今消費時代裏，單位的利益分配的特徵十分清楚地凸顯出來了。《一地雞毛》開頭第一句「小林家一斤豆腐變餿了」，豆腐代替麻袋成了小說的中心事件，表明了單位價值由生產向消費的重心轉移。在王蒙的小說中，麻袋廠的廠長王清泉只是埋頭下棋，不關心麻袋的生產，是小說的一個關鍵事件，王蒙本意是借此要揭露官僚主義工作作風的氾濫，毛澤東當時就發現了這一點，並給予充分的肯定，「他在（1957 年）2 月 16 日頤年堂的一次小範圍的座談中，……強調說，小說揭發官僚主義，很好，揭發得不深刻，但很好」。[30]而小說的結尾，不關心生產的王清泉受到開除黨內和行政雙職務的懲罰，表明 1950 年代單位對生產的絕對重視和生產在單位價值結構中的中心地位。而劉震雲的小說裏則進行了價值的重新排序，生產作為弱價值被推到小說的最深層背景裏，若有若無，一派朦朧。在《單位》中，我們讀到小說結尾，也沒有弄明白劉震雲寫的到底是一個什麼局級單位，它的名稱是什麼，它日常的工作都忙些什麼，我們開始讀小說時一無所知，到讀完合上書仍然茫無頭緒。被劉震雲安排在小說最前臺、最為人們關心的是利益的分配問題。正因為這樣，一斤豆腐餿與不餿成了天大的事情，小林夫婦為此吵得天翻地覆。小說中類似的細節舉不勝舉。老何當了副處長，很快就分到了兩居室，「聽到這消息，瘦高的漢子，一下蹲在辦公室哭了。把剛買不久的新鏡片也給弄濕了」。老何一高興又對小林說要早些解決他的入黨問題，「小林好長時間沒有好消息了，聽到老何的話，心中自然也很高興，……下班時，老何買回家一隻燒雞慶賀，小林也跟著買回家一隻慶賀。」後來小林黨沒入成，但卻意外地分到了房子「小林一聽這消息很高興，甚至比聽到讓他入黨還高興。因為入黨還不是為了提拔，提拔還不是為了吃、穿、住房子？現在這時候，崇高的話都別講了」。老何、小林都沒有像 1950 年代的林震那樣為了單位的工作大動感情，他們興高采烈、熱淚盈眶的是自己獲得了新的利益。這體現了作者對消費時代價值位移的深刻洞察。在 20 世紀初，馬克斯・韋伯指出：「物質財富獲得了一種歷史上任何階段都未曾有過的、愈來愈大且最終變得不可抗拒的統治人類生活的力量。……在其發展程度最高的地方，如在美國，追求財富已經失去了宗教和倫理意義，相反正在日益與純粹世俗的情感結為一體，從而實際上往往使它具有競賽的特徵。」[31] 到 20 世紀末，中國似乎也走到了這一步，追求財富的動機日益與國家的強盛、單位的興隆分離，逐漸成為純粹個人利益滿足的嚮往。也正是在這樣的背景下，單位的消費特徵十分驚人地突顯在人們面前，追逐利益，最大可能地滿足自我的消費慾望成為單位人的瑰麗夢想。

第二，物質利益成為單位功能結構正常運轉的催動機。「五一」節單位給大家拉了一車梨分，結果「大的大爛，小的小爛」，單位的功能結構出現非良性運轉現象。問題出在哪裡？「吃著梨，女老喬出去轉了一圈。回來，告訴大家一個消息，說梨之所以是爛梨，是因為拉梨的卡車在路上壞了，（這車梨從張家口拉來），一壞兩天，爛了梨。壞車的原因，是因為上次單位分房，司機班班長男老雕想要一個三居大間，單位分給他一個三居小間。」正是因為老雕對利益的分配結果心懷不滿，他才製造了這次爛梨事件。一方面一個司機班長敢於在單位裏這樣橫生事端，製造影響惡劣的爛梨事件，表明司機在單位所具有的逸出常規的超大能量，從側面暗示了中國現行單位體制中的某種不正常；另一方面老雕因為對分房結果不滿而製造事端，造成單位運轉不暢，表明利益分配在單位功能結構運轉中所起的催動機作用。在單位工作中，上級對下級做思想工作，調動下級積極性的措施已不再用無私奉獻的宏大理論，而改為用切實可見的利益，提拔為副處長後的「老何對小林說：『……小林，你入黨的問題，再也不能拖下去了！下次黨內開會，我一定給你爭取！』」而且這一措施還相當見效，「小林好長時間沒有好消息了，聽到老何的話，心中自然也很高興，說：『老何，咱們在一起好幾年了，誰還不知道誰？……我也爭取把工作幹好，不給你丟臉！』」作為單位結構功能部件的單位人，如果新獲得了利益的滿足，他就會表現出積極性明顯的提高。老何剛被提拔為副處長時，「咧著大嘴在辦公室笑，不時摘下眼鏡在衣襟上亂擦」，工作熱情也一下子高漲入雲，「遇到工作樓上樓下跑。……一次局裏讓處裏起草文件，老何親自下手，洋洋三十頁交上去」。利益得不到滿足時則相反。本是副處長的老孫在正處長老張升為副局長後有可能扶正，可是組織處長住院割痔瘡總出不了院，老孫扶正的慾望當然也因此一再被迫延宕，他整天心神不寧，對工作也就打不起精神來。後來結論出來，老孫扶正的事還得再掛一段。這一掛就把老孫掛成了肝病，無法繼續上班了。老孫出院後，聽說組織處鑒於他表現不佳取消提他作正處長的打算，而決定外派一個過來，「老孫更沒了積極性，上班開始三天打魚兩天曬網，有時還遲到早退，自己的辦公桌也不收拾，蒙滿了灰塵」。劉震雲在他的小說敘述裏告訴我們一個簡單明了的道理：在如今的單位裏，利益的驅動起著舉足輕重的作用，單位的每個人力資源部件，即每個單位人，都是在利益的驅動下從事工作；一旦缺少利益的驅動，他們立即就會降低速度，甚至完全停轉。

在對單位結構本性和單位在消費時代獨有特徵作出敏銳審察的同時，劉震雲也發現了消費時代裏單位所存在的結構性隱憂。首先，單位的動力資源存在匱乏的缺陷。在當今消費時代來臨的情況下，單位生存、發展乃至壯大的的根本動力資源在於不斷增加的利益，這是不容回避的現實。但是單位的利益增長景況並不太令人滿意。在劉震雲的小說中，單位過自己的節日「五一」節，只能給每個單位人發一點梨，搞一次一隻皮蛋、一瓶啤酒的簡單得不能再簡單的會餐。這充其量只能算是象徵性的獎勵，缺乏實際物質利益對單位人的催動力。尤其與鴨商的收入相比更顯出低劣。小林的大學同學「小李白」嫌坐國家機關寡淡，便下海經商開公司。破產後又擺攤賣鴨子，一天也能收入一百多。小李白豐厚的經濟收入讓小林眼熱。當小李白拉他幫忙時，小林稍有猶豫就答應了。他賣鴨子賣到第九天時碰巧被辦公室處長老關撞上，第二天上班還遭到老關盤問。但他並不後悔，「有錢到底過得愉快，九天掙了一百八，給老婆添了一件風衣，給女兒買了一個五斤重的大哈密瓜，大家都喜笑顏開。這與面子、與挨領導兩句批評相比，面子和批評實在不算什麼」。面子和批評之所以貶值，是因為它們的含金量太低。一個過節只能領到一隻皮蛋的面子和只能發幾隻梨的批評在鴨商的哈密瓜和風衣面前當然是太相形見絀了。「利益支配著我們的一切判斷」。[32] 小林對單位的感情背叛，未始不可以看作是單位動力資源的匱乏表現。單位的動力資源匱乏是單位生存的嚴重威脅，它將導致單位人對單位的感情疏離、背叛和工作熱情的下降。單位人工作熱情不斷下降，單位功能結構的效率當然會下跌，單位的利益就不會增長反而必然要下滑。單位的利益下滑又會導致單位的動力資源進一步匱乏。這樣，單位的日常運轉便陷入惡性循環之中。這確實是一個十分危險的信號。名牌大學畢業的「小李白」寧肯賣鴨子也不願回單位工作，是一個例證；一向謹小慎微、企求通過為單位忠誠工作而改善自己家庭生活的小林在「小李白」的影響下身在曹營心在漢，悵歎「可惜今天是最後一天了。如果能長期這樣，我這個鴨子還真要長期賣下去」，更是一個例證。如何尋求單位利益的增長點，扭轉單位動力資源不足的局勢，確實是擺在單位面前的一項十分艱巨的任務。

另外，單位結構的功能性對單位人的功能化改寫，是對單位人精神豐富性的單面化和獨特性的平面化的過程。單位的功能性是對單位人的一種強制性選擇，它要求單位人自覺壓制精神的豐富要求，而習慣於單位機械重複的工作。這種日復一日的機械重複的工作是對人的精神的巨大磨損，將使單位人由精神追求豐富的人變成麻木、瑣碎的單面人，由獨特不群的人變成千人一面的平面人，如小林和老婆小李「兩人都是大學生，誰也不是沒有事業心，大家都奮鬥過，發憤過，挑燈夜戰過，有過一番宏偉的理想，單位的處長局長，社會上的大大小小的機關，都不放在眼裏，哪裡會想到幾年之後，他們也跟大家一樣，很快淹沒在黑壓壓的千篇一律千人一面的人群之中呢？」有論者在評論《一地雞毛》時，認為它揭示了「生活就是種種無聊小事的任意集合，它以無休無止的糾纏使每個現實中人都掙脫不得，並以巨大的銷蝕性磨損掉他們個性中的一切棱角，使他們在昏昏若睡的狀態中喪失了精神上的自覺。」[33]如果把這裏的「生活」理解成單位的生活會更恰當一些，正是單位的缺乏新意、重複不變的流水作業，使本有精神豐富性追求的小林、小李日漸麻木，終至於使一塊餿豆腐成為他們精神生活裏的重大事故並為之而大吵大嚷、相互指責。豆腐在小林生活中位置的攀升是小林精神追求偏枯的一種表徵，這是單位的功能性對單位人強力宰製的結果。單位的建構本是以更大更好滿足單位人的不斷增長的物質、文化需要為出發點的，也曾在一開始就給單位人許下了不斷改善物質、文化生活狀況的美麗承諾，但最終卻走到了事物的另一面，單位人的物質生活沒有極大滿足，而他們的文化生活反而受倒壓抑以致於精神追求被迫出現萎縮。這是劉震雲揭示出的單位所存在的另一種隱憂。如何排除它也是非常艱巨的一項任務。

總之，劉震雲的小說《單位》、《一地雞毛》是一種具有重大意義的倫理探求，它們將單位作為一個本體性存在加以多方面考慮，發現了單位所現存的結構性不良症候，洞開了問題思索的入口。時隔多年，這兩篇小說仍很值得重讀。

注釋：

1 劉震雲：《故鄉天下黃花》，中國青年出版社 1991 年版。

2 劉震雲：《塔鋪》，作家出版社 1989 年版。

3 劉震雲：《一地雞毛》，中國青年出版社 1992 年版。

4 劉震雲：《官場》，華藝出版社 1992 年版。

5 參見陳思和主編：《中國當代文學史教程》第 314～315 頁。

6 陳伯達：《全新的社會，全新的人》，見《紅旗》1958 年第 13 期。

7 參見《中共中央關於在農村建立人民公社問題的決議》1958 年 8 月 29 日，見《人民日報》1958 年 9 月 24 日。

8 劉康：《在全球化時代「再造紅色經典」》，見《中國比較文學》2003 第 1 期，轉見《中國現代、當代文學研究》2003 年第 4 期第 33 頁。

9 參見《中國新文學大系 1949-1976》第 7 卷第 300 頁，上海文藝出版社 1997 年版。

10 王蒙：《組織部來了個年輕人》，見《中國新文學大系 1949-1976》第 7 卷第 300 頁，上海文藝出版社 1997 年版。

11 王蒙：《組織部來了個年輕人》，見《中國新文學大系 1949-1976》第 7 卷第 300、301 頁，上海文藝出版社 1997 年版。

12 王蒙：《組織部來了個年輕人》，見《中國新文學大系 1949-1976》第 7 卷第 311 頁，上海文藝出版社 1997 年版。

13 王蒙：《組織部來了個年輕人》，見《中國新文學大系 1949-1976》第 7 卷第 325 頁，上海文藝出版社 1997 年版。

14 見該書 165 頁，陝西師範大學出版社 2002 年版。

15 參見《中共中央關於實行精兵簡政、增產節約、反對貪汙、反對浪費和反對官僚主義的決定》[1951 年 12 月 1 日]，《建國以來重要文獻選編》第二冊，中央文獻出版社 1992 年 5 月版。

16 參見《毛澤東選集》第 5 卷第 363-402 頁，人民出版社 1997 年 4 月版。

17 曹英主編《共和國風雲五十年》第 836 頁，內蒙古人民出版社 1999 年版。

18 曹英主編《共和國風雲五十年》第 862 頁，內蒙古人民出版社 1999 年版。

19 劉康：《在全球化時代「再造紅色經典」》，參見《中國比較文學》2003 年第

1 期，轉見《中國現代、當代文學研究》2003 年第 4 期第 34 頁。

[20] 馬克斯・韋伯：《新教倫理與資本主義精神》第 169 頁，陝西師範大學出版社 2002 年版。

[21] 王嶽川：《中國鏡像——90 年代文化研究》第 48-49 頁，中國編譯出版社 2001 年版。

[22] 劉康：《在全球化時代「再造紅色經典」》，參見《中國比較文學》2003 年第 1 期，轉見《中國現代、當代文學研究》2003 年第 4 期第 34 頁，長江文藝出版社 1992 年版。

[23] 參見《讀書》1993 年第 1 期。

[24] 劉震雲：《單位》，見《官人》小說集第 30 頁，長江文藝出版社 1992 年版。

[25] 劉震雲：《單位》，見《官人》小說集第 30 頁，長江文藝出版社 1992 年版。

[26] 劉震雲：《單位》，見《官人》小說集第 89 頁，長江文藝出版社 1992 年版。

[27] 劉震雲：《單位》，見《官人》小說集第 47 頁，長江文藝出版社 1992 年版。

[28] 劉震雲：《單位》，見《官人》小說集第 39 頁，長江文藝出版社 1992 年版。

[29] 王蒙：《組織部來了個年輕人》，見《中國新文學大系 1949-1976》第 7 卷第 325 頁，上海文藝出版社 1997 年版。

[30] 曹英主編：《共和國風雲五十年》第 494 頁，內蒙古人民出版社 1999 年版。

[31] 馬克斯・韋伯《新教倫理與資本主義精神》第 176 頁，陝西師範大學出版社 2002 年版。

[32] 愛爾維修：《論精神》II。6。

[33] 陳思和主編：《中國當代文學史教程》第 314 頁，復旦大學出版社 1999 年版。

第十章　城市的星光——邱華棟

作家邱華棟曾因創作時間長（已達 20 年之久）、創作成果豐碩而被徐坤戲稱為「老作家」，但實際上他今年只有 40 歲。邱華棟祖籍河南南陽，1969 年生於新疆昌吉市，1992 年畢業於武漢大學中文系，現為《人民文學》副主編。已出版長篇小說《正午的供詞》、《花兒花》、《戴安娜的獵戶星》等；小說集《黑暗河流上的閃光》、《哭泣遊戲》、《都市新人類》、《把我捆住》等；散文隨筆集《城市的面具》等，總計 30 餘部，300 餘萬字。部分作品被譯成英、法、日、韓等多種文字，並被拍攝成影視作品。曾獲得《上海文學》小說獎、《山花》小說獎等。

謝有順說邱華棟是當代中國自覺進行都市寫作最早的作家之一，而且認為「他遵循的依舊是人性追問的原則。他關注人物的內心世界，不願意像其他一些作家那樣，故意使用大量的都市符號（酒吧，商廈，網聊，吸毒，性開放，等等），來突出人物言行的乖張和另類。」[1] 謝有順的這種概括是比較準確的。邱華棟確實有比較自覺的城市寫作的意識，他在回答記者採訪時曾說：「從魯迅到莫言這不到一百年的現代漢語文學的發展，這些優秀的作家，寫作的背景都是農村和農業社會，而未來能夠成為漢語文學的增長點的，毫無疑問是以城市為背景的文學。下一個可以代表中國文學發展階段和水準的，必將是以城市為背景的，寫出了現代中國人的精神處境的作家，就像是美國作家索爾・貝婁或者約翰・厄普代克那樣的作家。

我，或者比我年輕的作家，有望成功。」[2]他的成名作《手上的星光》等大部分小說都是以城市為背景來書寫現代中國人精神處境，總體上看也確實達到了相當的精神高度。

邱華棟有一副敏銳的專門捕捉城市特徵細節的視神經，而且能夠迅速、準確地形之於自己的小說敘事。以至於有人驚歎：很難相信「這個出生於新疆的青年作家竟對都市有如此鮮活敏銳的把握。……他在這裏如魚得水，毫無阻礙地穿行於日新月異的大街小巷，出沒於九十年代的慾望現實，熟悉這座現代大城市的種種去處就像自己的掌紋」。[3]邱華棟視覺的敏感和書寫的快捷使他的小說成為當下城市生活的形象代表。當然他製造的這個形象代表，不僅僅傳遞著當下城市生活的正面圖景，更傳遞著當下生活的負面圖景。表達了作者對城市生活日新月異發展勢能的體驗與肯定，更表達了作者對城市生活難以克服的深層缺失的思考與批判。邱華棟這副敏銳神經的獲得，受惠於他的「外省人」身份和對外國現當代文學作品的閱讀。邱華棟並不像沈從文那樣以「外省人」為榮，一輩子自稱「鄉下人」，他更喜歡人們把他當作城市人。他對記者強調說：「我覺得我是北京人，無非是新北京人而已。」[4]兩位作家對自我身份迥然相反的認同取向應該是一個很有意思的話題，但在這裏我不想展開來談。以邱華棟出生於新疆且長於新疆的事實來說，他應該屬於外省人。外省的生活自幼培養了他帶有濃厚傳統文明色彩的感知世界的方式，使他更有可能發現完全異質的城市生活的特徵資訊。邱華棟的小說敘事與他的自我身份的關係已經被許多人注意到。「邱華棟的城市小說系列……描述的是巴爾札克式的『外省青年』眼中的北京，它們往往以一個『懷揣著夢想』、帶著征服城市的野心來到首都北京的外省青年的經歷、遭遇為線索，敘述人與城市的角逐。」[5] 另有其他一些評論家也有同感，認為他的小說「是一個外省青年的視角，是外省青年來到都市的一種精神狀態」。邱華棟自己也無法否認這一點，「因為畢竟屬於新北京人嘛，對今天北京的城市變化會更敏感一點。……我對今天尤其是 90 年代以來的中國城市的變化，……特別敏感，各種各樣的符號都進入了我的作品。」[6] 另一個磨銳他的文學視角的砥石是外國現當代文學作品的閱讀。邱華棟在讀中學時就開始了世界文學的閱讀，這個習慣一直堅持了下來，使他閱讀了大量世界文學作品。正因為這樣，當他說起世界文學來，從文藝復興時期的卜伽丘、拉伯雷、賽凡提斯，一直到 20 世紀 60 年代爆炸的拉美小說代表作家如博爾赫斯、馬爾克斯等，說起來如數家珍滔滔不絕。[7] 在大範圍的閱讀中，世界文學特別是當代美國文學對邱華棟產生了深刻影響。他曾經十分肯定地說過：「中國作家像巴金他們離我極其遙遠，沒有當代美國作家跟我近。像約翰・厄普代克的小說，他筆下的美國中產階級的生活跟我今天周圍朋友的生活是一樣的，搞性愛俱樂部、一夜情等等，這些巴金筆下是沒有的。……茅盾、老舍的技巧都已經過時了，離我也很遠。而約翰・厄普代克、歐茨和格拉斯的寫作就很有意思，你就得學習。」[8] 邱華棟外省人的身份使他不自覺地將外省的傳統生活與京城的現代生活相比較，進而在兩者的強烈反差中深刻把握城市生活的現代性特徵。對美國文學的閱讀則又為他提供了一種期待性預設視角，這使他能夠敏銳地發現美國城市已經經歷而中國城市剛剛發生的新變化。正是在這兩種合力的作用下，邱華棟才能夠始終保持敏銳的感應神經，從各方面感應當下城市所發生的脈動，並形之以文字寫下一部部批判慾望化城市生活的小說。

對當下城市日益慾望化的現實，邱華棟有清楚的認識，並明確表述在他的小說敘事中，如「燈光繽紛閃爍之處，那一座座大廈、購物中心、超級商場、大飯店，到處都有人們在交換夢想：買賣機會、實現慾望。這是一座慾望之都，尤其是當你幾乎每天都驚歎於這座城市崛起的樓廈的時候。這一刻我和楊哭都覺得自己的渺小而無助，真的就像是一粒微塵。」[9] 慾望化工程是由西方發動起來的。在經歷了中世紀長期的宗教壓抑而人的慾望更加氾濫的現實之後，西方的「人們不再相信能夠用道德教化式的哲學和宗教戒律來約束人類的破壞慾」。他們調轉思路，放棄對慾望一味的壓抑和束縛，代之以「馴化利用慾望」，目的是要「將破壞性的慾望轉化為建設性的慾望」。[10] 在一些先哲如孟德斯鳩、亞當・斯密等的宣導下，慾望代替了宗教、道德成為人們行為的新的衡量尺度，同時，慾望化工程也便啟動了。慾望化工程解除了西方人身上的沉重精神枷鎖，大大激發了他們的創造熱情，在短短的一個多世紀裏創造了巨大的物質財富，比有史以來人類創造的總額還要多，其標誌則是一座座現代城市拔地而起。慾望化工程夾攜著巨大的熱能席捲全球銳不可當。19 世紀初期這項工程也波及中國。當時的中國人尚沉浸於傳統農業文明的迷夢之中，拒不接受新的城市文明。在強大的城市文明面前，中國人顯然沒有說不的資格。最終我們在西方列強的刺刀下被迫啟動了慾望化工程。隨之而行的民族挫敗感和恥辱感被我們消化了一百多年，我們一直都無法坦然接受更無法直言訴說慾望化工程所帶來的巨大利益和方便。這種局面一直持續到上個世紀 90 年代才有改觀，中國人終於可以理直氣壯地追求物質財富，可以於大庭廣眾之下大呼一聲「我愛美元」。[11] 對於這一現實，邱華棟首先是接受的。作為新生代作家重要代表他曾經說過：「新生代作家是直接進入當下生活，……是『我』在裏頭，『我』是一種參與和膠合的那個狀態」。[12] 正因為這樣，他小說中才會出現對物質女孩的理解與寬容，「從某種程度上來講，這種選擇也的確無可厚非，一個物質長期貧乏的國度在攫取物質的時代裏所流露出的極度貪婪是正常的，因為道德在今天已不是首要的尺規，金錢正在成為一個新的槓桿，來確定與重組人與人之間的關係。」[13] 由於同樣的原因，他小說中的人物才會有逃不出城去的感歎，「我和何玲打算告別城市，我們進行了一次漂流。……我們上岸了，可我們發現我們仍舊走在城市之中。」[14] 他們並非真的走不出城市，而是他們潛意識裏根本離不開城市的豐富生活。這其實也反映了邱華棟對城市慾望化生活的基本態度。

當然，作為一個作家，邱華棟在肯定城市文明巨大的創造力的同時，也表達了對其與生俱來的破壞性的警戒與批判。他認為「作家在今天還是應該承擔一些責任，起碼對你今天這個時代作出一些價值判斷，有一些基本的感受和全面的把握，我覺得最基本的還應該具有知識份子的良知。」[15]

首先，慾望化城市日益豐富的消費品正在超出人的控制範圍而變成人的宰制者。西方學者早就注意到城市文明所包含的這一弊端。他們發現，隨著城市文明的發展，「技術體系」逐漸獲得了「意志」並演化為一種凌駕於人之上的獨立運轉的力量，並反過來對人的存在活動進行編碼，人性、人的需要與人的存在便被修改為物的意志。而整個社會歷史進程便排除了人的主導作用而呈現出一種「無主體」狀態。在這種狀態下，人實際上成為物的附屬，被物裹挾著前行，弗洛姆形象地將人的這一存在困境稱為「人的死亡」。這種現象同樣出現在後發的中國城市生活中。作為慾望城市的批判者，邱華棟在自己的小說中凸顯了城市文明的這一病象。如他在短篇小說《電話人》中，講述了一個電話安裝員與一個銀行職員的戀愛故事。電話安裝員一開始非常喜歡自己的工作，也非常喜歡給別人打電話，電話給他帶來新鮮的樂趣。但是後來他對電話的態度發生了變化，由喜歡變為恐懼，因為他發現，「實際上電話完全是一個祕密軍隊，有將軍、校官、尉官和司令部，還有多種兵種，正在漸漸地包圍著人類，進入了我們人類的家庭生活，進入了辦公室、客廳與臥室，日益控制著我們的生活。」他覺得，「我們人類的每一句話，只要是通過電話說出的，就會被電話監聽，也許電話有一個空間記憶體，所有人類的通話都通過電波傳到了太空，被儲存在一個大罐子裏。有一天，當電話決定摧毀整個人類的時候，它就會把每個人的隱私公佈於眾，使人類陷入種族仇殺、鄰居反目、內訌、背叛、報復、起義與倒戈之中。」邱華棟並沒有讓小說沿著這條線索發展下去，直到出現電話主導的戰爭將人類毀滅的恐怖場景，但其帶有喜劇色彩的結尾讀起來卻更容易引發人們恐怖聯想:「在電話之中無話不說的我們，到了熱切盼望的見面時刻，我們卻說不出話來，只是彼此用目光交流，舌頭在嘴裏打轉但它卻發不出一點聲音。……我們結婚了，……我們躺在了一張床上，這是激動人心的時刻，然而我們都說不出話來。我們躺在那裏許久，直到拉滅了燈，仍舊不知所措。後來，我拿起我這邊床頭櫃上的電話，撥了一個號碼。……我們的右手都拿著電話，我們一邊說著熱烈的情話，一邊做愛。我們用電話大聲告訴對方我愛你！我們像是兩條深海中的魚，用電話互相鼓勵，用電話加油，用電話快活地呻吟，用電話喘氣，用電話來愛對方。……」作為人的技術的產物電話在這裏明顯已經淩駕於人之上，成為宰製人的情感交往、幸福體驗的操盤者。而且人類的技術越發達，製造出來的電話就會越有操縱力，人類離自由就會越遠。慾望城市設計之初那些先哲所許諾的技術解放人類的神話破產了，人類再次被拋入無邊的黑夜之中。這真是一個恐怖的暗示。在這個富有暗示的結局設計中，邱華棟表達了他對建基於技術神話的懷疑和批判。表達了對醉心於慾望化城市生活的人類前途的深切憂慮。

其二，慾望化城市生活削平了人的精神深度，人類因意義的缺失而空虛、萎頓。慾望化城市創建之初，孟德斯鳩等人有兩個理論預設：一個是為慾望去污名化，將慾望作為人生活的動力，引導人們自由地去追求慾望的滿足，並借此促進城市的繁榮與發展。孟德斯鳩就曾極力要讓人們相信：「哪裡有善良的風俗，哪裡就有商業，哪裡有商業，哪裡就有善良的風俗。這幾乎是一條普遍的規律。」[16]詹森博士則更直截了當地大談自由追求慾望的好處：「幾乎沒有比使人忙於賺錢更無害的方法。」[17]正是在他們不厭其煩的宣講中，人們逐漸改變了蔑視慾望、蔑視商業的傳統看法，開始按照他們的思路來思考問題、安排生活，並逐漸把慾望的追求作為自己生活的目標。孟德斯鳩等人的另一個理論預設則是將精神價值視為沒落貴族的奢侈品，否定其在新的慾望化城市生活中的意義，並進而將其逐出新生的市民社會，以確保新市民能夠更加自由地去追求物質的豐富和慾望的滿足。霍布斯說過：「一切人都自然地為榮譽和顯赫的地位而爭鬥；但是他們主要是那些幾乎不被對生活必需品的擔憂所困擾者」和「其他生活安逸而無貧困之煩者」。[18]符合霍布斯所列條件的只有過去的貴族。而「凡夫俗子並未被視為如此複雜。他們主要關注的，是生存和物質方面的改善，這一改善就是目的本身，充其量是獲得尊敬和崇拜的代替品。」[19] 他們將傳統的精神價值統稱為英雄主義美德，「在賽凡提斯將英雄主義的激情貶為愚蠢之物（即使不是精神錯亂）之後，拉辛又將其描述為對人格的污辱。」[20] 精神價值本來並不獨屬於哪一個階層所專有，它為整個群體，甚至整個人類提供精神的標的，使人類有可能沿著精神價值所做出的標記走出具有時間性的肉身存在的拘限，達到超越時間的永恆王國。但是，慾望城市的設計者卻武斷地將精神價值全部推給了沒落的貴族，並連同貴族一起掃進了歷史的垃圾堆中。這種武斷的行為一方面為人的肉身存在鬆去了歷史捆綁，使人們可以毫無負擔地去追逐技術的進步、物質的豐富以及慾望的充分滿足；但同時另一方面也使人徹底拘限於物質世界之內，失去了超越時間、超越此在的可能。這使人們在經過了短暫的物質豐富、慾望放縱的新鮮刺激之後，便沉入無休無止的空虛、乏味之中。

慾望城市的這種病症同樣出現在後發的中國當下城市中。邱華棟在自己的小說敘事中給予這種病象以充分的描述和嚴肅批判。在《午夜狂歡》中，當下城市裏的青年根本不相信愛情，甚至除了慾望不相信一切。秦傑說：「我是沒有歷史的人！」正表明他割除了歷史所創造的一切精神價值，只作為一個慾望的載體而存在，「他是一個斷代的人，以新的角色、新的姿勢進入了當下。」也就是作為一個空心人遊走在城市中間。新的闖入者胡鈴鈴還不懂這一規則，她想不明白昨天把她由女孩變成婦人的秦傑為什麼「今天她又跟別的女人跳上了舞了」？但是不管胡鈴鈴懂與不懂，城市就是這樣，它只相信肉體，不相信愛情。沒有愛情、沒有精神價值的城市青年只能在一次又一次的新鮮刺激的活動中感受生命的存在。所以他們玩「你死還是我死」的遊戲，他們躺在鐵軌中間讓火車在身體上空飛速穿過，借助死神翅膀的擦劃來驅趕心靈的麻木，享受慾望的滿足。這個遊戲非常具有典型意義。一方面，它說明慾望時代內在的遊戲規則就是精神缺席，慾望代表一切也說明一切。人們只有在慾望的膨脹滿足中才能感受生命的存在、才能證明生活的意義。另一方面，它說明人們從放逐精神價值以追求自我解放的動機出發，最後卻陷入更森嚴、更窒息的囚籠。每一次短暫的慾望的滿足緊接著就帶來更大的空虛與無聊，久而久之，慾望的滿足越來越難，而空虛與無聊則越來越沉重地壓在心口上。空虛與無聊是如此之沉重，以至於他們不惜以生命為賭注用抵死的恐懼來加以驅趕。「這可真叫他恐懼，他想像自己處在火山爆發的一剎那，或者他是行走在剃刀的邊緣，一不留神就會被切掉身體。他聽見自己體內的鐘錶走得忽快忽慢，火車像條長長的多節草履蟲那樣爬著，從他的頭頂向前爬著，像是惡夢的永恆延伸。然後，火車過去了。左岩心頭一陣狂喜，『我沒有死……我沒有死……』他尖叫了一聲爬了起來，『我沒有死！』他衝著夜空嚎叫了一聲」。在邱華棟形象的描繪中，慾望城市的居住者的空虛無聊盡現紙面，同時，作者對這種存有很大缺憾的現代城市生活的不滿與批判也展露無遺。在邱華棟看來，人們被一大堆生活準則拘束得動輒得咎、無所是從固然可悲，而掃除一切準則，只在慾望的籬笆下尋求自由，也好不到哪裡去。人當然不能回到中世紀的歷史中去過那種絕對禁慾的生活，但也無法安心於當下這種「唯物、唯慾」的單向度生活。人必須尋求對當下生活的超越。邱華棟對當下城市生活的這種反省是非常可貴的。

邱華棟的小說還包含了對當下城市生活的正義追索。當代美國思想家約翰·羅爾斯說過：「正義是社會制度的首要價值，正像真理是思想體系的首要價值一樣。一種理論，無論它多麼精緻和簡潔，只要它不真實，就必須加以拒絕或修正；同樣，某些法律和制度，不管它們如何有效率和有條理，只要它們不正義，就必須加以改造或廢除。」[21] 所以，對當下城市生活作一個正義的考量是十分必要的。邱華棟在他的小說敘事中就進行了這樣一項工作。這可能和他外省人的身份有關。由於邱華棟是一個城市的闖入者，在他被城市接納直至獲得城市居住者的資格和自我感覺的過程中，他會對其他一些城市闖入者由於合法身份的缺失而付出的慘痛代價和遭受的從肉體到心靈的痛苦格外敏感，進而會對城市生活的正義性產生疑問甚至詰難。邱華棟曾寫過一篇隨筆，題目是《北京的顯性和隱性生活》。在這篇隨筆中，他指出北京有顯性與隱性兩種生活：顯性的是高級酒店和寫字樓的生活，「每天晚上，這裏都是一片燈紅酒綠和紙醉金迷的景象。有像普拉納啤酒坊的純正德國黑啤酒，還有順峰這樣大款和豪客請客可以一擲萬金的地方；有真正美女如雲的天上人間娛樂城，也有南美酒吧裏性感的南美舞蹈和歌曲；有「硬石」和「星期五」這樣的美式餐廳讓白領以及老外趨之若鶩。」隱性的則是「野雞」、乞丐等人過的另外一種生活。「在這個地區，『野雞』、乞丐、賣花女、販夫走卒成群地出沒著。比如，外地的站街女郎來了，一定會在這裏先落腳。這裏一度被稱為「停雞坪」，雖然警察經常掃蕩，但是她們仍舊在打游擊戰。」同一片藍天之下，存在著如此壤霄之別的兩種生活和兩種人，人們不禁要問：這合理嗎？邱華棟並沒有直接義正辭嚴地來譴責這種嚴重的兩極分化，但他帶有目的性、傾向性的敘述和特別的強調已經表露了他同情弱者的倫理立場。他的這種立場更明白地表露在他的小說敘事中，比如《手上的星光》。這部小說開頭就強調了兩個主要人物喬可和楊哭的城市闖入者的身份和充滿激情的未來想像：「當我們站在三元立交橋上眺望遙遠的北京城區時，我想我們想在這裏得到的不只是名利、地位，還有愛情和對意義的尋求。……隨後，我們便鑽進計程車，向城市進發了。在我們的視線中，那一幢幢大廈便迎面撞來。」儘管他們進入城市之前作好了吃苦頭的充分準備，但城市生活的嚴酷現實仍把他們打擊得暈頭轉向：「回想起我們剛剛來到這座城市的模樣，以及隨後就被迎面而來的生活淹沒的窘態，一切都是那樣的始料不及。」要想在城市立足並進入上流社會，闖入者就必須丟掉在大學校園裏培養起來的一切教養和浪漫，像狼一樣搜尋並抓住一切可能的機會豐滿自己的羽毛、增加自己的資本。喬可難以適應這種遊戲規則所以始終落魄潦倒、鬱悶失意。而楊哭稍事猶疑便順流而下，完全放任自己去博取一切慾望之需。最終楊哭擁有了鉅款、汽車、別墅以及一個又一個美女，但也永遠失去了本真的自我，陷入深深的痛苦之中無力自拔。這是一種過於沉重的代價。它指證著城市生活不義的一面。城市中的不義更突出地體現在女性闖入者的奮鬥經歷中。林薇是一個沒有學歷的闖入者。這使她在城市的經歷更加充滿血腥氣。她要為自己領取城市居住資格證付出更加巨大的代價。她要不顧病痛、不顧死活地去賣藝來掙吃喝、掙房租。更有甚者，她要用自己年輕的肉體向前進道路上一切的男人獻祭。喬可無意中在林薇的枕頭下面發現了「一個筆記本。我翻了一下，發現裏面記錄的都是時間、地點以及一長串的人名。那些人名有好多我是聽說過的，有一些在演藝圈還鼎鼎大名。」這個筆記本就是林薇獻祭的記錄。它也是闖入者對不義的城市生活的控訴。城市的繁華誘引著一個個城外的居民要闖入城市，而埋伏在城市各個角落的嗜血者在時時窺伺著各個路口，隨時要獵捕任何一個闖入者以填充自己貪婪的腸胃。林薇就是一次次被這些嗜血者獵捕吞噬，然後再將未消化的渣滓吐出，最後變成渾身散發著腐臭的垃圾孩，「有一個著名的第幾代導演曾經和她睡過，也發現了那個本子。那個導演是個著名的花心，也吃了一大驚，給她起了個外號叫『小髒孩』」。林薇在自以為事業做大而對嗜血者稍有不從表示時，她很快就被他們搞臭名聲而不得不離開北京。事實表明林薇自始至終都是城市叢林中的一個弱者。她作為一個懷抱個人夢想的女孩在闖蕩城市的過程中所遭受的肉體和心靈的磨難直至做人尊嚴的全部喪失，是一份道義的控詞，控告了慾望城市毀壞人性、毀壞美好的不義的一面。

邱華棟在小說敘事中還思考了城市暴力問題。現代城市的設計者們當初在指控前現代社會時所拋出的一個重要罪證即其嚴重的暴力問題。並鄭重許諾新生的現代城市將通過消解人們的榮譽感培植人們的商業意識來根除生活中的暴力事件，營造和平、富裕的現代生活。「貿易有助於使那些維持國家之間的差別和敵意的偏見逐漸消失。它使人們的生活方式變得文明、溫和。」[22] 但日後城市生活的現實並沒有兌現這一許諾，而且，暴力不但沒有根除反而規模更大、破壞更重。最明顯的是兩次世界大戰的爆發，它們對人們生活所造成的毀壞遠遠超過前現代任何一個時期的暴力事件。「二十世紀是戰爭的世紀，實際上可以說，大量嚴重的軍事衝突所奪去的生命，比過去的兩個世紀中的任何一個世紀都要多。……我們今天生活於其中的世界是一個可怕而危險的世界。」[23] 很多人把它歸為前現代的專制主義殘餘所造成的惡果。其實不然。「極權的可能性就包含在現代性的制度特性之中，而不是被取代了。」[24] 現代生活中的暴力問題確實應該在現代規則中去尋找原因。邱華棟的小說敘事正是這樣做的。他的小說有很多城市暴力的情節敘述，其中《天使的潔白》裏講到一對洋溢著幸福和詩意的夫婦突然被一個殺手雙雙殺死：「丈夫先出來，但那個男人立即用匕首刺中了他。那個男人隨後又衝入了臥室，與那個女的進行了短暫的對話之後，又把她殺了」。據鄰居說這是一場情殺。其實應該算是「慾殺」。那個女人因為肉體慾望或金錢慾望與第三個人私通，當第三個人被她淘空時又被無情地拋棄。被棄者仇恨塞胸無以發洩便導致了仇殺。更具典型性的是邱華棟在《平面人》所敘述的情節：萬鷗因為惡作劇導致他人死亡而被判死緩。幾年後他從監獄裏逃出來，卻發現「世道早變了，連小時候是二傻子的人都發財了」，而自己卻要到處躲藏。貧富差距的懸殊使他形成強烈的反社會、反人類傾向，「我恨你們，狗雜種」。在這種仇富心理的作用下，萬鷗製造了一起又一起兇殺案，有時候一天要作案幾次連續殺死數人。「『這是我們今天幹掉的第幾個人？』萬鷗問。『第二次，一共 3 個人。我們一共殺了 3 個人。』」在當下的城市裏，像「第三個人」、萬鷗這樣的人並不是個別的。他們的存在是現代城市無法隱瞞的病症。它表明現代城市生活顯然並沒有建成一個盡善盡美的倫理秩序，利益分配的極大不均衡致使一部分最少獲利者出現強烈的攻擊傾向，正是他們構成社會穩定的巨大威脅。這顯然不是個別人道德敗壞所能解釋得了的，也不能僅僅靠從肉體上消滅幾個殺手來解決問題。必須意識到這是現代城市的內在結構問題。正是基於這樣的理解，邱華棟才使他的小說敘事沒有停留在簡單譴責兇手罪惡的層面上，而是更進一步指向對現代城市這一文明方式的懷疑與詰問上，從而使他的小說敘事具有了相當的倫理深度。儘管由於我們所處時代的限制，邱華棟不可能找到一個解決方案，但是他把現代城市的病象用文學形象再現出來，引起人們的警戒性，以便使生活於城市中的人們不至於太專注於自我慾望的放縱而無視他人的不幸，以防止人們由於自私、短視，相互冷漠而無意中培植暴力的毒菌並自食難咽的惡果。

恐怖主義是邱華棟小說敘事中關注的另一個重要問題。他的小說《鼴鼠人》塑造了一個恐怖主義分子韓非人的形象。韓非人在城市中製造了一系列恐怖案件：首先他切割地鐵電源線致使全市地鐵癱瘓了一天一夜，造成 2 人死亡、17 人受傷。然後他又精心策劃並實施了幾起惡性謀殺案，先後有電腦專家何梁、電腦公司董事長歐陽貴、生物學家胡守常等被他以極其殘忍的方式殺死。如果不是警方利用一次學術研討會引誘韓非人出場並當場將他擊斃，這份死者名單可能會一直延長下去。從政治學上來說，韓非人漠視他人生命尊嚴、肆意踐踏社會法律，警方當場將其擊斃沒有什麼欠妥的地方。但是韓非人顯然不同於一般的刑事犯罪分子。他本是某大學電腦專業優秀畢業生，在一家電腦公司做軟體設計工作。一年後又考取了去美國杜克大學留學的資格。但是他並沒有赴美國留學，而是騙過所有認識的人後隱身到這座城市的下水道裏，過上了地下生活。游離社會之外的生活一方面使他變得越來越古怪、偏執，但另一方面，也使他看到了城市生活所存在的弊端。正如他所說的那樣，「今天的城市已經變得非常可怕了。空氣極度污染，人口眾多。

大家都陷入了一種集體麻木當中，無法傾聽到真正的聲音。」而且他也認識到這一切惡果都是由於人類慾望無限膨脹所造成的，「人類在一種盲目的生產與消費中變得瘋狂了，人們的慾望沒有止境，人們為滿足這種慾望所進行的努力正在毀滅我們自己。」應該說，韓非人以一種瘋狂、偏執的方式達到了對城市生活的真理性的認識。在這方面看，他確實比現實中某些自以為清醒的人更清醒。但是，他行為的殘忍也是令人髮指的。這是任何一個人都無法為他辯護的。不過，他的犯罪動機不是個人的非法慾望，而是一種偏激的思想認識。這個問題靠消滅他的肉體根本無以解決，而只有反省我們的城市化、慾望化工程所存在的弊端，並最終找出克服現存問題的方法才有可能祛除韓非人這類人內心的驚恐和由此造成的偏激想法。當然，做到這一點，城市的居住者還有太多的路要走。這確實是一個令人悲哀的現實，「我想我無法抹掉鼴鼠人之死在我心頭引起的悲哀，我也忘不了他死前注視著我的悲哀的眼神。」邱華棟在小說的結尾特意強調了失去鼴鼠人的悲哀，是在引起讀者的警醒：思考城市、思考自身，不要在放縱自我的慾望之路上走得太遠而再無回頭的機會。

謝有順說：「相比於年輕一代的激越和狂野，當代最早自覺成為都市文學寫作者之一的邱華棟，他的許多作品所傳達出來的資訊，反而顯得有點傳統和保守。」[25]其實正是這所謂的「傳統與保守」的立場恰保證了邱華棟有能力在小說敘事中與當下過度慾望化的城市生活拉開一定距離，並進而在一定距離外看到城市生活中人不易發現的問題，使他的小說敘事具有了時下難得的倫理價值含量。

當然，也不可否認，邱華棟的某些小說也存在一定的理念化傾向，給人造成用形象圖解某些抽象理念的感覺。這是應該引起作者注意的。

注釋：

1 謝有順:《愛情有一夜之間就消失的惡習》,《南方都市報》2002 年 10 月 30 日。

2 邱華棟:《「知道分子」邱華棟談文學、論創作》。

3 心遠:《在自己的都市里尋找自己——讀邱華棟短篇小說集〈都市新人類〉》。

4 郭素平:《不能卸裝——邱華棟訪談錄》，見《小說評論》2003 年第 4 期第 40 頁。

5 賀桂梅:《九十年代小說中的北京記憶》,《讀書》2004 年第 1 期第 43 頁。

6 郭素平:《不能卸裝——邱華棟訪談錄》，見《小說評論》2003 年第 4 期第 40 頁。

7 參見邱華棟:《在我們的時代裏》。

8 郭素平:《不能卸裝——邱華棟訪談錄》，見《小說評論》2003 年第 4 期第 44 頁。

9 邱華棟:《手上的星光》。

10 [美]亞伯特・奧・赫希曼:《欲望與利益——資本主義走向勝利前的政治爭論》第 11 頁。

11 朱文:《我愛美元》。

12 郭素平:《不能卸裝——邱華棟訪談錄》，見《小說評論》2003 年第 4 期第 37 頁。

13 邱華棟:《天使的潔白》。

14 邱華棟:《平面人》。

15 郭素平:《不能卸裝——邱華棟訪談錄》,《小說評論》2003 年第 4 期第 38 頁。

16 孟德斯鳩:《論法的精神》第 20 章第 1 節。

17 參見《鮑斯韋爾為其友詹森所寫的傳記》第 1 卷第 567 頁。詹森說這句話的日期是 1775 年 3 月 27 日。

18 霍布斯:《霍布斯英文著作文集》第 2 卷第 160 頁，引自基恩・湯瑪斯《霍布斯政治思想的社會起源》。

19 [美]亞伯特・奧・赫希曼:《欲望與利益——資本主義走向勝利前的政治爭論》第 105 頁。

20 [美]亞伯特・奧・赫希曼:《欲望與利益——資本主義走向勝利前的政治爭論》第 5 頁。

[21] 羅爾斯：《正義論》第 3 頁，中國社會科學出版社 2001 年版。
[22] 孟德斯鳩：《論法的精神》第 67 頁。
[23] [英]吉登斯：《現代性的後果》第 8-9 頁，譯林出版社 2000 年版。
[24] [英]吉登斯：《現代性的後果》第 7 頁，譯林出版社 2000 年版。
[25] 謝有順：《愛情有一夜之間就消失的惡習》，見《南方都市報》2002 年 10 月 30 日。

第十一章　肋骨的反叛——衛慧

衛慧是當下中國較有性反叛表達意識的女作家之一。她 1973 年出生於浙江餘姚，1995 年畢業於復旦大學中文系，做過記者，編輯，電臺主持，咖啡店女侍，蹩腳的鼓手，不成功的廣告文案等。出版有《蝴蝶的尖叫》、《水中的處女》、《像衛慧那樣瘋狂》等小說集，部分作品譯成英文、德文、日文、法文等。衛慧在接受記者採訪時明確表露出她對性反叛表達者身份的自我認同，她非常有意識地把自己設計成一個挑戰男權制的女小說家形象，要以「極致的」、「女性特有的敏感、性感和傷感」的方式進行寫作，要用自己的文字給自己所居住的城市塗上一層「能挑動情慾的粉紅色」。明確的性反叛表達意識使衛慧的小說形成自己獨特的敘事焦點，衝擊人的閱讀神經，甚至給人一種刺痛的感覺。

衛慧的女性反叛敘事受到「五四」開啟的女性書寫傳統的滋養。「五四」時期是性覺醒的時代，首張性啟蒙旗幟的是張競生。張競生被人稱為中國第一性學博士，1888 年出生於廣東饒平，1912 年 10 月，與宋子文、楊杏佛、任鴻雋等人以官費生留學法國，1919 獲里昂大學哲學博士學位。回國後 1921 年任北京大學哲學教授，組建了中國第一個性教育組織「性育社」，在報刊上公開討論性的問題，並把讀者寄來的文章結集以《性史》為名出版，引起巨大社會迴響。移居上海後又開設美德書店，編印性育叢書，其中張競生自己編撰的《第三種水》，以女性性高潮為討論主題。張競生的性啟蒙活動有著驚世駭俗的爆炸力，他為此招致猛烈的抨擊甚至終生的汙名，但無疑正是他不顧個人得失的義勇和凌絕世人的才華給黑暗的王國投入一絲光亮。而首開中國現代小說創作中性敘事傳統的則是郁達夫。幾乎與張競生的文化性啟蒙同時，郁達夫在小說創作中首先比較有意識地探索性苦悶，寫下名震一時的短篇《銀灰色的死》、《沉淪》等。儘管他關於性苦悶的探索是在民族主題下作為一個副主題而展開，但因其自敘的視角和赤裸的語調而強烈刺激了國民的神經，因而同時也招致一些保守人士的強烈貶斥。男性學者和作家的性寫作，激發了一些女性作家的性表達意識，同時也開啟了她們對男權制的反叛之旅。她們在小說創作中以女性立場解構了男作家筆下的性想像，其最早最突出的代表當推凌叔華。凌叔華在她的小說《酒後》[1]中十分詳細地描繪了一個大家少婦采苕對一位夜宿自家客廳的美男子子儀的傾慕之情。酒精使采苕掙脫了理性的控制，她任情地請求丈夫准許自己「聞一聞」子儀的臉。在丈夫百般反對最終勉強同意後，采苕一步步向心目中的王子子儀走去，她「臉上奇熱，心內奇跳，怔怔地看住子儀」。雖然最後一刻，理性又回到采苕的身上，她「三步並兩步走回永璋身前」，但采苕的行為已明顯地越出傳統所認可的限界，展露了女性的肉身存在和性衝動。這是凌叔華對女性內心深處性心理的大膽探索，表現出五四後中國知識女性在西方現代思潮影響下女性反叛意識的覺醒。這篇小說發表後引起文壇廣泛關注，喜劇家丁西林將它改編成同名獨幕劇上演，更擴大了它的影響。之後，丁玲於 1928 年 2 月在《小說月報》第十九卷第 2 期發表《莎菲女士的日記》。這篇小說對於性心理的探索深度並沒有超過凌叔華的《酒後》，但因其日記的書寫形式而增加了敘事的張力；

再加上茅盾的大力褒薦和日後丁玲創作的不斷發展，《莎菲女士的日記》對當代小說創作影響要遠遠大於凌叔華的《酒後》。凌叔華、丁玲等開創的富有反叛氣息的現代女性敘事傳統，表達了對前現代社會性禁忌、性愚昧的批判與否定，表達了對男權制性歧視、性偏見的挑戰，同時也表達了對自由、平等的兩性生活的追求。1949 年後的當代中國小說創作某種程度迷失了這一優秀傳統，出現嚴重的人性退化。而 1980 年代後的女性作家無疑在努力恢復並光大這一傳統。首先是兩位男性作家不自覺地做了女性寫作的引路人。其先行者為張弦，他發表在《上海文學》1980 年第 1 期的中篇小說《被愛情遺忘的角落》率先觸及塵封多年的性話語。繼起者張賢亮則將這一話語引向深入，其發表於《收穫》1985 年第 5 期的中篇小說《男人的一半是女人》打通了當代與五四性敘事傳統相隔日久的精神關聯，重新開啟中國作家書寫性想像的歷程，也再次喚醒女性的性表達意識。但張弦、張賢亮的性敘事表現出某種程度的男權色彩，這從相反的方向激發一些女性作家以明確的女性立場改寫他們的敘事，其中鐵凝、王安憶、陳染、林白、海男等在顛覆性敘事的過程中都取得令人矚目的成就。衛慧正是在繼承五四開啟的這一女性敘事傳統的基礎上展開自己的小說創作的。她的小說表達了對女性的性狀況的高度關注，表現出她作為五四精神後裔的文化特徵。

同時，衛慧的性反叛敘事也借鑒了國外女性寫作的文本經驗。杜拉斯影響了中國一代女性的生活，也影響了衛慧的寫作。杜拉斯的《情人》以少見的執拗表達了女性對兩性世界的感受，表達了女性對激情的渴望。它告示人們，女性和男性一樣也充滿性征服的原慾，內心深處也湧動著被無條件崇拜的熱望，「我已經老了，有一天，在一處公共場所的大廳裏，有一個男人向我走來。他主動介紹自己，他對我說：「我認識妳，永遠記得妳。那時候，妳還很年輕，人人都說妳美，現在，我是特為來告訴妳，對我來說，我覺得現在妳比年輕的時候更美，那時妳是年輕女人，與妳那時的面貌相比，我更愛妳現在備受摧殘的面容。」它是一個多世紀女權主義運動發展的結晶，讓男性不得不擦亮眼睛重新認真地打量對面的女人。衛慧在復旦中文系讀書時就很喜歡閱讀杜拉斯的作品，她曾在帶有濃烈自傳色彩的長篇小說《上海寶貝》中寫道：「我從圖書館出來，筆記本裏夾著幾頁從雜誌上撕下來的文章。那是對我所衷情的女作家瑪格麗特・杜拉（即杜拉斯——引者注）黃昏戀情的一次具體披露。……這個故事讓我心潮起伏，我想喊一聲『杜拉萬歲』」。衛慧的寫作從很多方面借鑿了杜拉斯。她對「瘋狂」一詞的獨特理解受惠於杜拉斯。杜拉斯提及自己對瘋子有著魔一般的幻象，她認為，瘋狂是廢除隔離我們和他人間的柵欄，而把我們關在自己的主觀裏。而衛慧就曾以「像衛慧那樣瘋狂」這樣偏執性的語言作為自己的小說標題，並在她開設的個人網頁上明確地表白：「關於『瘋狂』一詞，我承認它時時刻刻具備著對我的頭腦的挑逗能力，我總一廂情願地認為，在我所經營的任何文本中，這個詞一旦出現，它必將為我的寫作（不管平庸與否）增添天使般的富於幻覺的光環。我願視瘋狂為某種持久的現實，一種擺脫公眾陰影的簡單明快而又使人著魔的方法，也是保持自我，使人振奮、增添活力的東西。」衛慧對女性性心理、性幻想的大膽探索也得益於杜拉斯。杜拉斯有著令人咋舌的性坦白，她說過：「我愛男人，我只愛男人。我可以一次有 50 個男人」；「如果一個女人一輩子只同一個男人做愛，那是因為她不喜歡做愛。但發生一次愛情故事比上床四十五次更加重要、更有意義」。而其代表作《情人》則更是通篇顯示了杜拉斯的性坦白的廣度和深度。它因此成為中國性反叛女性的《聖經》，也成為衛慧性反叛敘事想像的靈感源泉。

衛慧的性反叛是對男權制傳統之肋骨命名的敏感反應，是對性平等身份的追求。女性本是與男性平等的一種理性動物，但是從文化產生的開端，握有文化權柄的男性就把女性定義為男性肋骨衍生物，是低自己一等的第二性，西方的《聖經》是這種性歧視命名的始作俑者，它曾以不容置疑的神的口吻宣佈：「『人單獨不好，我要給他造個與他相稱的助手。』……上主天主遂使人熟睡，當他睡著了，就取出了他的一根肋骨，再用肉補滿原處。然後上主天主用那由人取來的肋骨，形成了一個女人，引她到人前，遂說：『這才真是我的親骨肉，她應稱為「女人」，因為是由男人取出的。』為此人應離開自己的父母，依附自己的妻子，二人成為一體。」[2]肋骨的命名包含著權力壓抑的性素，是男權制宰製女性的文化邏各斯。有壓抑的地方就有反叛，肋骨命名的歷史同時也是女性反叛的歷史。西方希臘神話中的美杜莎和東方神話中的妲己作為兩個失敗的女性英雄被男性書寫留在歷史的視界裏，她們的形象必然因男性的偏見而妖邪化，但透過被歪曲的鏡像表面卻仍可以逼真地感受到被壓抑的女性拼死反叛的熱力。這種反叛一直就沒有停止過，但因為女性被分割在一個個男性集團內，缺乏有力的集團性紐結，因而其反叛註定軟弱無力、不堪一擊，只能以失敗而告終。這種境況到 19 世紀發生了根本的變化，她們在被壓制中學會了集體反叛的藝術，柳克麗霞•莫特和伊莉莎白•斯坦頓在男性操辦的 1840 年世界反奴大會上因自己的女性身份而被除名後，自覺地聯合起來，並於 1948 年在美國塞尼加福爾斯召開大會，創立了世界上第一個婦女組織——婦女反奴協會。[3]自此女性走上了群體反叛之路。而 20 世紀則可以說是女性群體反叛的世紀，越來越多的女性的性身份意識被喚醒，她們懷著平等的渴望向男權制發出越來越強的反叛之吼。正是在這樣的世界性女權主義高漲的氣候下，中國 1980、90 年代才出現了強勁的女性寫作潮流，而衛慧的小說則是其中較為極端的一種。

衛慧小說的極端性表現在對女性性權利的偏激強調。她的成名作《像衛慧那樣瘋狂》[4]的題目中「瘋狂」兩字就明白無誤地宣示出作者對女性享受性權利需求的強烈關注。其中一些細節更使她的這種敘事目的彰顯無遺。小說中的衛慧主動地向異性發起攻擊，「我把馬格留在了我那個小小的房間。……我倒在床上又喝了點酒，那是前天剩下的半瓶啤酒。我嘴裏的酒精味，以及全身每個毛孔裏的燃燒，那種燃燒而生的幽藍色的小花，使他戰慄。」她的攻擊取得預期的效果，馬格完全成了她的俘虜，不知所云地「喃喃自語，大汗淋漓，處在激動的幻覺中」。衛慧果斷地指揮失去方向的馬格繼續前進，告訴他「喜歡幹什麼現在就可以動手幹起來」。馬格則像一匹忠心的座騎帶著主人在慾海中乘風破浪、一往無前，「他一直處於興奮狀態中，就像一個永不言敗的魔鬼」。衛慧則盡情地享受著性的歡樂，「她被慾望的鞭子抽打著，死去活來，銷魂蕩魄」。在其他小說中也有很多類似的細節。比如，「第一次的經驗使她感覺自己迅速地成熟並強大起來。於是她說，再來一遍。那個過程中她一直在笑」。[5]「他的刺激漸漸地要使她發狂，有點窮途末路的味道。她一伸手關了燈，像只貓一樣靈活地翻了個身，跨坐在他上面。他乍一下似乎有些吃驚和局促，但馬上被更高地激挑起來。在放縱的呻吟和肉的撞擊中，張貓覺得他們就像一對真正的狗男女那樣體味著無恥而至高的歡樂」。[6] 衛慧小說中這種刺目的細節，是在張揚女性性權利的敘述動機的驅使下完成的，它解構了男性敘事傳統中的淑女神話，還原了肉身女性的慾望本相，具有極強的反叛色彩。

衛慧小說的極端性受到主流話語的質疑和扼制，她本人和她的作品則正如她自己公開宣佈的那樣淡出了中國文壇。但衛慧留給人們的問題並沒有因此終結。網上一些帶有強烈性別污辱色彩的網客議論[7]，恰恰證明男權制粗蠻傳統在當下生活中嚴重的覆蓋和女性至今仍是易被攻擊和易受傷害的群體的事實，也恰恰證明了衛慧小說在某些方面的必要性。或許我們需要的不是對衛慧小說的徹底否定，而是把它作為一種兩性倫理現實的偏執敘述進行冷靜的分析。如果這樣，我們會發現衛慧的小說包含有不少可資議論的倫理話題。

首先，女性對淑女神話的唾棄。在過去男性主筆的歷史書寫中，女性被作為兩種極端的類型加以敘述，即淑女和蕩婦。而淑女是男性書寫者極力肯定的，蕩婦則作為淑女的反面受到男性書寫者無情批判。由此形成存在已久的淑女神話。這種神話作為原型沉潛於已往的歷史書寫中。其實這種神話反映的不是女性存在的本相，而是男性書寫者作為權力執柄人對女性的統治要求。它包含著不平等的兩性關係結構。女性作為歷史書寫的缺席者一直都沒有機會表達她們真實的內心需求，因而僅從既有的歷史書寫看，似乎看不到淑女神話所包含的這種性不平等。這種反映男權主義者利益的神話長期以來沉重壓抑了女性肉身存在的本真需求。女權主義的高漲使越來越多的女性意識到淑女神話所包含的對女性的歧視，並斷然地給予唾棄。衛慧在小說《神彩飛揚》中通過對乖乖女方菲博士枯燥乏味的失敗生活的敘述表達了作者對女性這一性反叛思潮的支持。與之相對照，在小說中作者還塑造了相反的女性「我」，「而事實上，我是一個渾身上下沒有多少母性光輝的年輕女孩，迷戀於工業電子舞曲、黑色高幫靴以及偶爾的占卜靈感，不僅事事愛挑剔，還非常懶惰，尤其對擁擠的人群感到心煩意亂，更不要說對那些嗜好在週末速食店吃炸雞腿的現代小孩有什麼好感了。不，我討厭這些越來越不天真的小孩，也絲毫不想要個自己的孩子。」這是一個自我意識強烈、自覺遠離淑女神話的現代女性，她表達了衛慧對新的女性生活的想像。對於衛慧小說所包含的對女性自我權力的訴求首先應該給予理解與支持。把男權制當作天然的真理，把淑女神話當作女性存在本相的行為應該受到質疑，生活在今天的人應該重新認識女性存在和兩性關係的倫理。當然，也不可諱言衛慧小說包含了很多過激的乃至錯誤的敘事因素需要梳理與批判。不過這是要在對衛慧性表達有一個基本認定之後再做的事情。

其二，對女性肉體慾望的關注。衛慧將自己的小說稱為身體寫作，毫不隱瞞自己對慾望的關注。她認為上海文化中有兩個傳統，「上海的文化從30年代起一直有兩條線平行發展，一條是以魯迅為首的革命左翼，一條則是殖民文化帶來的尋歡作樂、香豔而又孤獨頹廢的作派。只不過經過文革，後者就斷了」，並以恢復其中的享樂傳統相自許。青年作家李大衛肯定了衛慧：「在妳筆下後者卻又恍然重現了。我猜想妳書中不斷出現的尋歡作樂中的孤獨感，包括妳對主流文化的排斥態度，正是妳的作品讓一些人不安的因素之一。」[8]衛慧的小說敘述表現出對肉體慾望的強烈關注。她的每一篇小說都帶有明顯的肉體性。如《愛人的房間》中，衛慧寫道：「屋子很大很舒適，那些裝飾和佈置甚至可以說是奢華的。床大而柔軟，人在上面的時候像置身於一個黑暗起伏的海。她有一種奇異的類似於暈船的感覺。潮水一陣陣地從神祕的腹地湧來，她能聽到自己瀕臨窒息的呼吸聲。……在高潮的強光下她看到了一個披長髮的彈著吉他的男人的臉，攫人魂魄的臉，她的愛人。她終於看到了他，摸到了他，感覺到了他的溫度、呼吸和潮濕的存在。」這段文字寫了一個女孩的單戀，女孩對心目中的男人的好感都是在對他的房間、床的打量中產生的。這表現了男性肉體在女性想像中的首要性。衛慧的這種敘述取向使她招致大量的批評甚至粗暴的咒罵。但冷靜地看，衛慧佔據了部分真理，因為對肉體慾望的關注應該給予一定的尊重。佛洛伊德說過：「自我首先是一個肉體的自我，它不僅在外表是一個實在物，而且它還是自身外表的設計者。」[9]伊格爾頓則充分肯定重新發現肉體重要性的重大意義，認為它是「新近的激進思想所取得的最可寶貴的成就之一。」[10] 人的一切都是以肉體為起點的，起點是應該也是必須超越的，同時卻也是不可取消的。但是中國有久遠的反肉體文化傳統，宋明理學的「存天理滅人欲」是其理論原型。這種反肉體文化傳統本質就是要取消作為人的起點的肉體之重要價值，它「助長了身體的陰暗品性的發展，卻抑制了身體中正常品質得以存在的空間。如果我說，中國許多時候在精神上是一個陰暗的民族，許多人一定都會同意，這很大程度上跟我們的身體在歷史傳統上得不到合法的地位有密切關係。」[11] 因此衛慧的身體寫作有一定的矯正反身體文化傳統、解放被壓抑肉體的意義。同時，作為一個女權意識很強的作家，衛慧的身體寫作挑戰男權制的文本意義。對於女性而言，中國歷史上「存天理滅人欲」的反身體文化傳統是男性壓抑女性肉體慾求、宰制女性日常生活的理論工具，衛慧的身體寫作從某種意義上解構了「存天理滅人欲」的反身體神話，為女性衝破男權制的壓抑，追求健全的肉體生活提供了有力的精神資源。

在對女性性權利的張揚中，衛慧也警覺到女性爭取權利過程中所遇到的困難，並在小說中給予形象地展示。首先是經濟的匱乏宰製著女性的性生活品質。現代都市的生活一刻也離不開金錢，失去收入就是失去生存的權利。《床上的月亮》中，張貓就遇到了這樣的問題，「從原先那家小報社勝利大逃亡後，這五個月裏她幾乎都在吃老本。柴米油鹽，坐車購物，哪一樣都省不了，加上這筆不菲的房租開支，眼見著銀行存摺上的數位像沙漏般消減，最根本的生存焦慮感便迅速地籠罩了她。」這使得她失去銳氣，心存不甘地接受一個有婦之夫馬兒的金錢饋贈，同時也感恩戴德地將自己的身體交付給馬兒，「他們在老楊騰出來的一個房間裏，重複操練著那種極富刺激的身體遊戲。欲仙欲死的迷亂，登峰造極的形式。他們默契地配合著，不停地變換體位，從床到地毯，從地毯到沙發，後來就側對著一面大大的穿衣鏡，……她的呻吟帶著一連串的小貓色貓要命的貓……」。儘管張貓也在這種不平等的性愛中獲得一些快樂，但是這種快樂是張貓努力麻木自己努力忘掉自己的屈辱身份才獲得的，當她在馬兒的身上發現另一個女人——馬兒合法的妻子印下的痕跡時，那種疼痛是無藥可救的，「倒真是有淤血印，還不止在肩上，胸腹肋上都有幾處」。張貓神經質地「咯咯笑起來」，這不是快樂的笑，而是比哭還難受的笑，她是在用尷尬的笑來極力掩飾內心的刺痛。女性的這種悲劇更明顯地表露在張貓的表妹小米身上。小米將自己的少女之身交給了馬兒，卻痛感到馬兒對自己的冷漠，她又找到股評家莫為，但莫為除了冷漠還是個性無能者。這時小米發現自己懷孕了，他希望馬兒認下腹中的胎兒。但馬兒以沉默表示了自己對小米的輕侮。這一切其實都緣自小米與馬兒在經濟上的不對等，馬兒是個白領，而小米卻是個吃上頓沒下頓的外來妹，「張貓一怔，顯然她對小米的近況也無從知曉，但是缺錢花明擺著是個不好的消息」。為了證明自己的誠實也為了掙回自己的尊嚴，小米選擇了死，她「頎長而年輕的身體以極其優美而決絕的姿勢橫空而起」。小米的死也曾讓馬兒一段時間心生愧疚，但這卻遠遠無法抵償小米對生命的放棄。在這種相差懸殊的不對等的兩性交往中，女性無疑因為經濟的匱乏而處於明顯的劣勢，受到嚴重的精神和肉體雙重傷害。它無疑再次印證了上個世紀初魯迅所講述的一個基本的兩性交往規則：愛必須有所附麗才可以存活。

其次，性愛對象的殘損或缺席困擾著女性。在《上海寶貝》中，女孩倪可飄泊在上海茫茫的人群中，倍嚐孤單之苦。好不容易遇到了一個讓自己沉迷的男孩天天，「儘管我們看上去是截然不同的兩種人，……但這種差異只能加深彼此的吸引，就像地球的北極和南極那樣不可分離。我們迅速墮入情網」，但是當她們要把愛的呢喃變成行動時，卻發現「他進入不了我的身體，他沉默不語地看著我，全身都是冰冷的汗。這是他二十多年來第一次接觸異性」。天天身體的殘損給他本人致命的一擊，「在男性的世界中，性的正常與否幾乎與他們的生命一樣重要，這方面的任何殘缺都是一種不能承受的痛苦。他哭了」。天天作為性愛對象的身體的殘損更沉重地打擊了女孩倪可，她根本無法從天天那裏體驗到她夢寐以求的性的幸福，所以她「也哭了」。後來倪可又遇到德國男人馬克，馬克在天天最匱乏的地方表現出自己的優秀，「他那彷佛是用橡膠做成的玩藝兒始終都在勃起的狀態，永不言敗，從無頹相，直到我的下面流出了血，我猜想我的子宮的某處細胞已經壞死脫落了。」但很顯然，馬克除了堅挺的生殖器外其他方面都是低劣的，因此從慾望中醒來的倪可感到的不是幸福而是恥辱，「我沮喪地看著自己穿上衣服的樣子，太醜陋，像被強姦過度的一具玩具，……心情糟到不能再糟了，下了地獄也不過如此吧。」性權利具有主體間性，不是女性個體單獨可以完成的，它必須在得到男性的承認時才有可能實現。但是，在倪可所遇到的兩個男性中，天天由於身體的殘損沒有能力承認倪可的性權利，馬克則由於靈魂的缺席甚至沒有意識到要承認倪可的性權利，這使得倪可自始至終都無法享受到自己的性權利。這無疑嚴重地折磨著倪可的神經。在天天貪食海洛因暴死，馬克離開上海後，倪可一時間甚至陷入垂死一般的迷茫，「『你是誰？』她低聲問，我怔怔地想了一會兒，一股溫柔而生澀的的暗流席捲了我全身，使我一瞬間不知道如何回答這個疲倦的老婦人。是啊，我是誰？我是誰？」在迫切的詢問中整部小說畫上了句號，它留給讀者巨大的沉重：女性性權利意識的覺醒首先帶給女性的是痛苦而非幸福。這一點在五四時期，魯迅就敏銳地察覺到並不無憂慮表達了自己的擔心。他曾在北京女師面對一群充滿幻想的女生以近乎冷酷的調子追問：娜拉出走後怎樣？然後悲觀地自問自答道：只能是墮落或回去。倪可的境遇顯然與五四時期的女性不同，站在女性的立場上也不能單純地以墮落與否來評判她的行為，但出路仍是如出一轍的絕望：她依然是找不到自己的幸福，而只能品嚼作為女性的悲哀與傷痛。

其三，游離社會的生存狀態使女性的精神極度緊張，瀕臨崩潰邊緣。衛慧的小說寫了很多充當有婦之夫情人的女性。比如《像衛慧那樣瘋狂》中的阿碧，她一次又一次投入男人的懷抱，最後都發現對方已是有妻有子的丈夫，自己只不過充當了情人的角色。「當然，情人們一個個在她的視線中消失了。現在是黑狗時代。而黑狗顯然也讓阿碧受不了。他甚至有一次還讓她看了他的全家福，妻子和女兒在他的懷裏笑得陽光燦爛。」阿碧不甘於扮演這種角色並企圖改寫自己的角色，她希望與自己有肉體之歡的男人放棄原先的婚姻，與自己共建家庭。她的企圖每次都以失敗而告終。衛慧小說中類似的人物還有很多，比如《床上的月亮》中的張貓和小米，《上海寶貝》中的倪可、馬當娜等等。情人的身份是一種不被社會接納的身份，它使這些女性陷入游離社會的狀態。處於這種狀態的女性會招致處身社會之中的人們充滿敵意的打量。「管電梯的是個老太，用老眼不時覷著張貓。她不知道自己哪兒不對勁，下意識地摸摸包，心裏被那老太過於殷勤的打探攪得發虛，隱隱地頗有出師不利的喪氣。」[12] 這種敵意的眼光還是次要的和表面的，更致命的是社會對她們的拒絕和傷害。而這種拒絕和傷害首先就來自與她們有著親密接觸的那些男性情人。他們是雙重身份擁有者，在與阿碧、倪可等的交往中他們是情人身份，回到家裏，他們又是妻子兒女的丈夫和父親。一方面他們以情人的身份佔有這些女性的肉體，同時另一方面，他們又可以毫無障礙地返回社會，以社會群體之一分子的身份來拒絕和傷害這些女性。《床上的月亮》中的小米就是由於受到情人馬兒的拒絕和傷害而墜樓亡命的。當然，這些充當情人的女性更多的沒有選擇死亡而是選擇了苟活。如阿碧受到一次又一次的傷害後，她越來越沒有信心，最後竟然嫁給自己的「乾爸」BOO。BOO的年齡可以做阿碧的爺爺，但他很有錢，可以讓阿碧任意揮霍，一輩子都花不完。阿碧與其說是嫁給BOO，不如說是嫁給了金錢。阿碧是要用揮霍金錢的刺激來緩解游離社會所造成的精神緊張。而《像衛慧那樣瘋狂》中的衛慧卻似乎還要作一點沒有希望的反抗。她盡量要把自己和馬格保持得更像樣一些，潛意識裏似乎要製造出一個地老天荒的結局。也因此她只能時時處於高度緊張的狀態。衛慧的精神緊張通過她整夜整夜的噩夢洩露出來。「夜夜都有夢。在黑暗裏，一種看不見火星的燃燒在房間的四壁投下怪異的影子，或許那是類似蠟燭一樣燃燒的微不足道的東西，那是我的過去，它用千萬條小觸角爬滿了我的眠床、我的頭腦、我的夢境。」「午夜低迴，夢過留痕。被各種夢境追擊，再無法入睡的時候，我就只能點上一根煙，披衣來到陽臺上，看遠處的霓虹閃爍，想像那一幢幢高樓大廈、洋房別墅，那些舒適幽暗的角落裏縱夜狂歡的人群」。儘管作者在小說中交代衛慧噩夢不斷的起因是幼年時對形跡可疑的繼父的恐懼，但很明顯成年後衛慧與男性交往中所受的一次次傷害更加劇了這種恐懼。衛慧的這種恐懼從根本上說，是她被交往中的男性推到與社會間離狀態的直接結果。這種恐懼使衛慧的精神時時處於極度緊張中，它嚴重地磨損著衛慧的身體健康。作者在其他小說中也都展露了女性對精神緊張的深刻記憶。而且，從作者已發表的小說來看，她所塑造的人物還沒有找到走出這種精神泥沼的路徑。她們還要長期忍受精神緊張的煎熬。

其四，懷孕的恐懼仍在折磨著她們。在兩性的生理差異分佈中，女性一直處於不利的位置，因為懷孕所帶來的嚴重後果只落在了女性的身上。儘管男性被法律和習俗要求對這一後果擔負一半的責任，但男性總可以以各種花招來逃避，而女性卻沒有這種可能。正因為如此，女性在性交往行為中總會被懷孕的恐懼所折磨。二戰結束後，避孕藥問世和流產術的發明使女性擺脫性恐懼成為可能。但是，並沒有任何理由隨意誇大避孕藥和流產術的功能，因為它只是某種程度上減弱了女性的性恐懼，而沒有使女性從根本上擺脫。相反，準確地說，它至今仍緊緊尾隨著女性。對此衛慧的小說也有形象的描述。「張貓低頭看看自己裸在一角裙裾外的雪白肚皮，那兒看起來光潔而平坦，但是，這次有可能真出意外了。指的是懷孕。」[13] 懷孕的可能讓張貓忐忑不安，她馬上打電話告訴了這一事故的責任人馬兒。儘管事後證明這只是一場虛驚，但張貓的過敏反應恰恰表明懷孕的恐懼至今仍嚴重困擾著女性。相比而言，男性則沒有什麼精神負擔。馬兒只是像處理一場工作意外一樣找一個婦科醫生要把想像中的胎兒消滅掉。他不需要忍受流產所帶來的肉體疼痛甚至生命危險，他只要拿出一點手術費就萬事大吉了。他沒有意識到張貓精神上受到的嚴重折磨，沒有給予張貓一些精神呵護，甚至還以冷漠的質疑刺痛了她：「小貓你或許可以再等幾天看看，可能只是場虛驚呢？她當下就覺得像被平日揭穿什麼似的不舒服，咬咬嘴唇，擱下話筒，把頭深深埋在碩大的白棉套枕裏。」他與張貓見面時也沒有表示什麼關愛與擔憂，而是急不可耐地扒光自己在張貓身上發洩自己的慾望。為了更暢快地享樂，他甚至連安全套都有意省略了。「待她發覺他沒有用套時，本能地提醒了一句。他輕輕地哼了一聲，停下來看著別處說，我放下你的電話就打了另外一個電話，托熟人找好醫生了。」馬兒當要承擔責任時本來是懷疑張貓是否真的懷孕了，可是當他要在張貓的身上享受性歡樂時卻又完全相信張貓懷孕了。馬兒前後矛盾的行為正表明男性在性交往中的自私動機和冷漠心理。在馬兒與張貓對懷孕迴乎不同的反應對照中，恰可以看出，醫學的發展只是更助長了男性的不負責任，而更加劇了女性在性交往中所受到的精神傷害。這種傷害更突凸地表現在小米與馬兒的性交往中。小米顯然比較單純，當然也更容易受傷。她在與馬兒發生性行為後懷孕了，但馬兒卻以此後小米又與莫為有過密切接觸而不肯承擔責任。小米受到嚴重的精神刺激，並因此而跳樓自殺。從這個層次上講，衛慧的小說敘事至少告訴讀者，女性的真正解放很難完全寄希望於科學的發展，還必須另尋其他出路。

通過以上分析可以看出，衛慧的小說敘事中包含了豐富的倫理思考。儘管如作者本人所說，她尚沒有充足的能力來「回答時代深處那些重大性的問題」，但無疑她合格地充當了一個「這群情緒化的年輕孩子的代言人」。從某種意義上說，衛慧的小說觸及到當代女性在現實中遭遇到的許多困難，並展現了她們在充滿危險的現實面前所表現出的反叛熱情和勇氣。也正因為如此，衛慧的小說才具有了一定的倫理學的思考價值。它讓讀者通過閱讀衛慧的這些作品瞭解正在發生的兩性交往的倫理實踐，並從中診斷兩性交往倫理的病態症候，進而尋找將兩性交往引向合理態勢的途徑，使女性真正擺脫性交往中受奴役的狀態，走上真正自由平等的性交往的坦途。

注釋：

[1] 淩叔華：《酒後》載 1925 年 1 月《現代評論》第一卷第 5 期。

[2] 參見《舊約》第二章《造女人立婚姻》。

[3] 參見[美]凱特・米利特：《性的政治》第 120 頁，社會科學文獻出版社 1999 年版。

[4] 衛慧：《像衛慧那樣瘋狂》，載《鐘山》1998 年第 2 期。

[5] 衛慧：《神采飛揚》。

[6] 衛慧：《床上的月亮》。

[7] 「成千上萬的帖子在那兒討論。不過你要做好準備，什麼髒話都有。」參見《衛慧說話了》。

[8] 參見衛慧、李大衛關於性、頹廢、死亡、道德對話《親愛的，讓我們來談談道德??》。

[9] 佛洛伊德：《自我與本能》)。

[10] 特裏・伊格爾頓：《美學意識形態》第 7 頁，王傑等譯，廣西師範大學出版社 1997 版。

[11] 謝有順：《文學身體學》，見《花城》2001 年第 6 期。

[12] 衛慧：《床上的月亮》。

[13] 衛慧：《床上的月亮》。

第十二章　拯救第三種貨幣
——三駕馬車

我把正義稱為繼實物貨幣、紙制貨幣之後的第三種貨幣，因為它具有明顯的交換性質。這個命名的最初靈感來自慈繼偉的一個比喻：「既然受害者意識到自己是在寬恕，他就不是在寬恕，而是在進行交易。……這一交易使用的不是商業貨幣，而是權力『貨幣』。」[1]他的這個比喻通過分析受害人的寬恕內質準確地揭示了正義的交換性，即受害者因為受到施害者的傷害而擁有了報復施害者的籌碼，進而受害者通過放棄報復施害者的機會而獲得了慷慨的心理滿足。慈繼偉運用修辭的精闢自然地引發了我給正義命名的想法。正義本是小說創作的題中應有之義，但是 1980 年代的中國小說創作卻曾經一度十分漠視它的價值意義，導致正義在小說敘事中的缺席。這種情況到 1990 年代中期開始發生轉變。而最早關注當下正義的不良狀況、警醒人們培厚正義底基的當舉河北的三駕馬車，「談歌、何申、關仁山等人的現實主義創作是近期文壇引人注目的一道風景。他們形而下的寫作之所以作為一種現象被文壇推舉而出，可以解釋為他們適時地填補了一項現實的空缺——中國文壇實力派的創作，在相當一個時期回避現實題材，一味地沉浸在歷史空間裏尋找靈感，造成了他們現實創作的啞語」。[2]

三駕馬車由關仁山、談歌、何申組成，他們的創作成果頗豐。關仁山，1963 年生於河北唐山市豐南縣，現為河北作家協會主席。

1984 年開始文學創作，主要作品有長篇小說《風暴潮》、《天高地厚》等 5 部，中篇小說集《大雪無鄉》，中短篇小說集《關仁山小說選》等，約四百餘萬字。其中小說集《關仁山小說選》獲第五屆全國少數民族文學獎，短篇小說《苦雪》、《醉鼓》獲《人民文學》優秀小說獎，中篇小說《九月還鄉》獲第六屆《十月》文學獎、《北京文學》優秀小說一等獎，短篇小說《船祭》獲香港《亞洲週刊》第二屆世界華文小說比賽冠軍獎。談歌，原名譚同占，祖籍河北順平縣，1954 年生於龍煙煤礦。1970 年參加工作，當過工人、機關幹部、報社記者等，現為河北省作家協會副主席。1977 年開始文學創作，迄今已發表中篇小說 70 餘部，短篇小說 300 餘部，長篇小說 2 部，其中代表作有《大廠》（1996 年獲《小說選刊》中篇小說獎，《人民文學》特等獎）、《年底》（《中國作家》1995 年第 3 期）、《絕唱》等。何申，原名何興身，1951 年生於天津市。1969 年到承德山區插隊，1976 年畢業於河北大學中文系。現為河北作家協會副主席。1980 年代初開始文學創作，出版有長篇小說《多彩的鄉村》等 3 部，發表中短篇小說 80 餘部，代表作品有《年前年後》、《信訪辦主任》等。作品多次獲獎，其中《年前年後》獲首屆「魯迅文學獎」。對於文壇給予的「三駕馬車」的集體命名，他們表示欣然接受。其中關仁山就說過：「自 1996 年文壇「現實主義衝擊波」之後，我與本省作家何申、談歌被稱為河北『三駕馬車』。這個稱號我是認可的，『馬車』質樸有韌力，到處都是汽車的時代，馬車是我們留戀的。」[3]

三駕馬車各有自己的生活場域，因此也各有自己的敘事內容，但不同的敘事內容卻無法遮掩住他們共同的敘事焦點，那就是正義。談歌在他的中篇小說集《大廠》的後記中寫道：「市場經濟代替計劃經濟不是像聽通俗歌曲那樣讓人心曠神怡。它所帶來的震盪，有時是驚世駭俗的。工人農民不比我們，他們現在幹得很累。我們應該把小說的聚焦對向他們。」這句話說得非常生活化，但它卻清楚地顯示出三駕馬車高度的正義敏感性。進入 1980 年代以來，中國經歷了計劃經濟向市場經濟的轉型。經濟的轉型確實解放了生產力，極大促進了中國現代化建設。但是，由於客觀條件的限制和歷史經驗的不足，在轉型的過程中個體利益分配的原有排序無形中遭到捐棄，而新的合理排序沒能及時建立起來，致使個體利益分配處於嚴重的無序狀態。而個體利益分配的失控使少數人一夜暴富的同時，也使大多數人利益受損，特別是處於最底層的工人、農民的利益甚至出現絕對下降，有些人連吃飯都成了問題。經濟體制的不完善造成制度倫理的不公正。正如談歌所說，這種嚴重偏離正義規範的不良制度倫理狀況確實夠驚世駭俗的。而且，制度倫理的不良運轉引發人們善觀念的混亂、責任意識的淡薄和正義感的迷失，導致倫理實踐的一系列劣態反應，比如掌權者肆意揮霍公款、侵吞公產，無權者則消極怠工、不事生產；人際關係冷漠，乘人之危、見死不救的事屢屢發生。倫理原則的種種疏漏和倫理關係的種種滯障滋生出一股巨大的社會破壞力，嚴重危及社會環境的安定和人民生活的安寧。正視社會危機和人民的困苦是作家的天職。三駕馬車出身並始終生活於底層的閱歷和樸素的正義感使他們較早地聆聽到社會肌體內部所發出的危險信號，在先鋒作家仍沉浸於形式的玄想而不見其他時，他們將社會的病象忠實地記錄下來。

　　談歌長期生活於工人中間，他的創作以工廠生活為基礎，其代表作《大廠》，重要作品《年底》、《車間》等寫的都是工廠。通過對轉型期工廠生活的具體記述，談歌在自己的小說中如實地反映了1990年代中國經濟轉型過程中正義原則失效、正義意識淡薄、正義實踐不良的倫理現實，表達了一位作家關注現實、關懷民生的道德熱情。在談歌所敘述的工廠生活中，非正義現象令人觸目驚心。按勞分配是社會主義經濟的基本原則，可是工人們努力生產，卻長期得不到工資，「廠裏越來越不景氣，日子長長短短地瞎過著，已經兩個月沒開支了」(《大廠》)；省管勞模章榮是對工廠做出過傑出貢獻的勞動者，工廠理應讓他獲得一份幸福的晚年生活，但是廠裏可以花錢請客戶嫖娼，卻拿不出錢為章榮治病，「廠辦公室主任老郭陪著河南大客戶鄭主任嫖妓，讓公安局抓了……呂建國叮囑老郭，姓鄭的要幹什麼，你就陪著他幹什麼，只要哄得王八蛋高興，訂了合同就行」，「章榮師傅病了，他兒子剛剛找來了，跟我吵了一通，說廠裏卸磨殺驢，他爸爸幹不動了，也沒人管了。……去年老漢有兩千多塊錢的藥條子沒報銷，不是廠裏沒錢嘛」(《大廠》)；工廠之間業務往來應該信守合同公買公賣，但是呂建國的廠子要不回錢來，「馮科長搖頭歎氣：也就是回來仨瓜倆棗，現在誰還錢啊？節前撒出去十幾個人，要回萬把塊錢來，還不夠旅差費呢」，呂建國自然也不給別的廠子錢，致使其他廠子前來催帳的「住在廠招待所裏不走，嚷著要在沙家浜紮下去了。這幫人吃飽了喝足了睡醒了打夠了麻將，就到廠裏亂喊亂叫各辦公室亂串著找呂建國要錢」。金錢是現代工業的血液，失血嚴重的工廠就瀕臨癱瘓。談歌小說中的工廠就處於這種境地。工廠萎靡不振，拿不出資金給工人發放工資。失去生活來源的工人無心生產。「工人們都沒心思幹活，這些日子廠裏打架的、偷東西的出了好幾起了。保衛科長老朱眼睛熬的像個猴屁股」。(《年底》）當他們的孩子身患絕症無法住院醫治時，更是對工廠充滿怨憤，衝動之下甚至把廠財務科給砸了，「財務科真是亂套了。幾個工人把馮科長推桑到牆角，馮科長挨了幾下子，頭碰到桌子角上，血都冒出來。工人開始亂砸，馮科長頭上淌著血，嚷著：別亂來，別亂來啊。沒人聽他的，一會兒工夫，財務科已經一片狼藉」。談歌通過對工廠生活的如實敘述，將 1990 年代中葉工業領域正義原則失效、倫理實踐十分混亂，嚴重影響到工業生產正常運行的高危現實揭破在世人面前，為這個表面浮華的時代拉響了正義的警鐘。

正義是一種十分古老的價值。古希臘哲學家亞里斯多德就曾經論述過它的本質：「正義就是在非自願交往中的所得與損失的中庸，交往以前和交往以後所得相等。」「正義就是比例，非正義就是違反了比例，出現了多或少。」[4] 正義也是一種十分重要的價值。約翰・羅爾斯說過：「正義是社會制度的首要價值，正像真理是思想體系的首要價值一樣。……某些法律和制度，不管它們如何有效率和有條理，只要它們不正義，就必須加以改造或廢除。」[5] 一個社會制度背離正義的價值，是可疑的，更是危險的。當今正義缺失的問題確實應該引起人們充分關注。三駕馬車在他們的小說敘事中對正義缺失的強烈關注，體現了這個作家群體可貴的道德良知和思想遠見。同時，從他們對正義秩序淪喪的現實的執著敘述中，可以看出他們對重建正義秩序的期盼。這在談歌幾部小說的結局設計表現得最為明顯。《大廠》的最後一段是：「呂建國站在廠門口，突然發現廠門口的樹一夜之間，已經綠綠的了，惱人的春寒大概就要過去了」。《大廠續篇》的最後一段是：「呂建國抬頭望天。天已經放晴了，一輪鮮紅的太陽擠出了濃重的雲層，高高地懸在空中。濃雲開始消散了，天際處，一角新新的湛藍越扯越大。呂建國看得很清楚，明天是個好天氣」。《車間》的最後一段是：「眾人抬著大楊走出醫院，只見陽光烈烈地泄下來，如雨似潑」。這三部小說都運用象徵的手法表達了對正義失序的混亂終將過去，正義重建的和諧與光明必將到來的美好期望。

何申出生於都市天津，但自 1969 年到承德農村插隊後就再沒有離開河北的鄉村。數十年的鄉村生活經歷，使何申十分熟悉鄉村，也十分關心農民。他的數百萬字的小說寫的都是鄉村生活和鄉村人的命運，其創作主題也沒有離開正義二字。在《村民組長》中，何申寫的都是鄉間一些瑣碎小事，但內中思考的卻是正義的問題。黃祿是村民組長，他們小組的公用電線被盜。黃祿為了理順小組內部人際關係，樹立自己的幹部威信，決心要查個水落石出。黃祿費盡心機明查暗訪，卻長時間苦於沒有線索，但無意中發現偷盜者竟是自己的哥哥黃福。在親情的干擾下，黃祿沒有讓黃福去派出所自首，而是讓他夜裏偷偷把電線掛回去，以逃避法律的制裁。但正如古語所說，要想人不知，除非己莫為，黃福所做的一切被驢老五兩口看得清清楚楚。直到有一次，「驢老五的老婆歎了口氣，終於說：『黃祿，實話告訴你，我們早知道電線是你哥剪走又掛回去的！』黃祿才知道自己護哥哥短的事早被驢老五兩口發現，也才明白驢老五的老婆之所以敢偷了自己家的蘋果樹苗栽到她家的地裏去，是因為他抓著自己這個把柄。當黃祿帶著富貴去鎖柱的小店裏抓賭時，鎖柱交過罰金卻在半路上截住黃祿說：「我不是找後帳，……我說一碗水要端平，我知道哪個編雙簷簍子……」黃祿頓時啞口無言，因為他知道鎖柱說的那個編雙簷簍子坑害國家和村民小組群體的人還是自己的哥哥黃福。黃祿當的這個村民組長根本算不上官，管轄的人口也不多，但卻接連不斷地遇到人際間是非矛盾，處理起來總是被村民大窩脖。問題的關鍵在哪裡呢？何申的敘述很明確地把矛盾的癥結歸到正義的缺失上：正是因為正義的原則得不到貫徹落實，才使得村民間衝突不斷，整個村民小組的日常生活陷入無序狀態：「這些日子村裏犯邪，啥玩藝都丟，瓜果梨桃這些地裏東西不說，雞狗羊驢這些活物也沒」。以小見大，何申在自己的小說中將鄉村中正義的缺失及其嚴重後果明白無誤地表現出來。

關仁山在三駕馬車作家群中年齡最小，卻是個最有歷史感的作家。沉厚的歷史感使他注意到同代人之間正義缺失現象的同時，還發現不同代際之間的正義問題。前面在分析談歌、何申小說時所涉及的正義問題，都屬於同代人之間的正義問題。但是，正義問題並不僅僅存在於同代的人與人之間，它還存在於代與代之間。美國當代倫理學家約翰・羅爾斯就曾經運用他的無知之幕理論證明了代際正義的存在，「不同時代的人和同時代的人一樣相互之間有種種義務和責任。現時代的人不能隨心所欲地行動，而是受制於原初狀態中選擇的用以確定不同時代的人們之間的正義的原則」。[6] 關仁山的小說形象地表達了同樣的思想。在小說《苦雪》中，關仁山塑造了一個海上獵手老扁的形象，他可以說是代際正義的化身。老扁的槍法極准，「老扁『嗖』地站起來，劈手奪過火槍，急眼一掃迷迷濛濛的天空，見一飛鷗，抬手『砰』一槍，鷗鳥撲楞楞墜地」，但他絕不用槍打海狗，因為他要恪守正義規則，「好獵手歷來講個公道。不下誘餌，不挖暗洞，不用火槍，就靠自個兒身上那把子力氣和腦瓜的機靈勁兒」。老扁所恪守的古傳正義規則表面上似乎是在捍衛獵手與獵物之間的公道，其深層卻是在堅守人類的代際正義，「打晚清就有了火槍，可打海狗從不用槍，祖上傳的規矩。先人力主細水長流過日月，不准人幹那種斷子絕孫的蠢事兒」。火槍無疑可以大大提高人們的獵取海狗的能力，大大改善人們的生活水準，但是先人們卻棄之不用，其目的就是不過多佔用自然資源有限的份額而使後代的子孫失去他們應得的利益。關仁山通過塑造老扁這個海上獵手的形象，張揚了代際正義的寶貴價值。同時還通過海子的形象寓示了代際正義正受到無情踐踏的惡劣現實。海子是年輕的獵手，他公然背棄老扁所尊崇的代際正義原則，購買火槍，恣意放縱自己捕殺的慾望，他還唆使其他年輕人和他一起用火槍圍獵海狗，「不多時，一排排驚驚乍乍的槍響，無所依附地在冰面上炸開了，傳出遠遠的……老扁打了個寒噤，四肢冰冷」，海子在慾望的唆使下，放肆地窮捕濫殺，大大超支自己應得的代際利益份額，嚴重悖離了代際的正義原則。違背代際正義原則的惡果也許在當今不會明顯地被看出來，但或許正因為這樣，人們可能會忽視代際正義缺失的危害，並因而造成更嚴重的惡果。關仁山把這個問題鄭重地揭示出來，具有十分重大的現實意義和長遠意義。

三駕馬車關於正義的敘事並不僅僅是一種道德熱情的簡單抒發，而表現出一定的理性反思深度。在表達重建正義秩序的期盼的時候，儘管三駕馬車的小說敘事除了明確的精神向度之外並沒有多少建設性的規劃，但是在對過去正義規則的批判中卻表現出他們反思的努力和成果。正義是歷史的產物，在三駕馬車小說敘事中倒塌的正義大廈是 1950 年代後建立起來的，它帶有明顯的機械的平均主義色彩。在小說《年底》中，工廠的幾位領導對工作都敷衍塞責，「周書記心裏挺彆扭的。這幾個副手都跟老劉鬧球不來，擰成一股勁跟老劉叫陣，老劉也不跟他們談談。老劉是想幹兩年就走的，可這樣下去也不是回事啊」。他們這樣混天度日，並不能簡單地歸因到道德品質低下，更深層的原因在於這個工廠的權益結構有明顯的平均主義傾向。工廠的工人與幹部雖然分工有所不同，但從根本權益上說沒有多大區別，都是一顆顆的螺絲釘，這種平均主義的權益結構很自然使人們放棄對工廠的責任感，滋生敷衍塞責的情緒。如果不從根本上改變這種權益結構，而只進行一些小修小補是無濟於事的，「廠裏今年的日子實在是不好過，各車間都重新承包過了，可也沒見承包出個模樣來」。（談歌《年底》）大概正是基於這樣的認識，他們的小說敘事中並沒有出現可以對工廠生產困頓、工人生活困苦負責的人。這種不糾纏於具體人事的問題敘述策略將人們的思路引向企業深層結構所存在的弊端的反思，其獲得的理性深度應該是相當可觀的。1950 年代建立起來的正義還殘存著不少因襲於傳統的與現代性不相適應的律條。在小說敘事中對此進行有力反思、批判的是關仁山，其短篇小說《船祭》集中展示了這一點。儘管《船祭》因為加入黃孟兩家三代恩仇的鋪陳而顯得十分情緒化，但實際上它所關涉的卻是一個十分理性的主題，即傳統正義原則的淪喪。這個主題通過黃大寶與黃老爺子之間的父子矛盾衝突表現出來。黃老爺子是造船的高手，但他不肯將自己造的船賣給出大價錢的孟金元，原因就是孟金元要燒船祭祖。黃老爺子堅守的是傳統的重德輕財的非功利主義的正義原則，因為看不慣孟金元燒船祭祖的作派而不肯和他有買賣的往來，即使孟金元出的條件再優厚也不妥協。黃老爺子的這種正義觀念是從父親黃大船師那裏繼承來的，黃大船師為了捍衛自己的正義信念獻出了自己的生命。但是在黃大船師的年代，非功利主義是村民的共同信念，因此黃大船師的獻身行為受到村民的尊敬。但是到了 1990 年代，隨著經濟轉型的深入推進，非功利主義受到普遍懷疑，功利主義成為大眾的共同信念，人們大膽地追求實際利益。在這種形勢下，堅守非功利主義正義的黃老爺子成了少數異類，為了自己的正義信念，他受盡大眾的譏嘲、冷漫，「黃老爺子發現散在四方，遠遠近近向他射來的那些輕視鄙夷的目光。他怎麼能容得村人像盯怪物一樣盯他呢？他是一代大船師啊！他在村人的嘲笑聲裏天旋地轉了」。黃老爺子因為無法忍受自己信守的正義大廈的坍塌而死去，但是「他的死並沒有像父母那樣甩下一道海脈，也沒有賺走村人多少淚水，唯一留下來的是一聲沉沉的無可奈何的歎息」。英雄的落寞印證著英雄的事業的衰微，非功利主義確乎已不再為當下的人們所賞識。關仁山儘管十分痛惜英雄臨去時的悲苦，但他卻非常清醒地意識到黃老爺子所奉行的非功利的傳統正義原則，並不適合當今現代性生活。現代化是大勢所趨，追求正當的幸福生活是現代人天經地義的權利，與之尖銳對立的帶有禁慾色彩的重利輕義的正義傳統，如果要避免被拋棄的命運，首先應該對自身進行改造。三駕馬車在小說敘事中所表現出的對正義多角度的反思批判，使他們的創作避免了情緒化書寫的淺薄，而具有了一定的理性深度。

三駕馬車的小說敘事，最初是三位作家對轉型過程中嚴重受損的工人利益和農民利益的一種直覺傳達，和先鋒文學相比，他們沒有理論家的命名、沒有響亮的創作旗幟，他們的出現「似乎是不經意的，因為沒有任何官方意向和文壇炒作的跡象。」但是他們的作品發表後卻引起越來越多的人的關注。「由於作品出現的突然性和集束性，給人們一種心靈的衝擊和審美的驚喜。」[7]首先是底層的讀者表現出對三駕馬車作品的喜愛。這是必然的。三駕馬車由於長期與生活在底層的工人農民零距離接觸，也就更深切地體會到 1990 年代經濟轉型中的失序給工人農民造成的生活、心理上的巨大壓力，他們帶著關切的心情將工人農民的生活狀況書寫到他們的小說中，體現了他們關注弱勢群體的正義情懷。關仁山曾說過：「我和何申、談歌老見面，但從來沒有商量怎麼寫，卻都不約而同的寫了這麼一批作品，什麼原因？我想是因為中國的工農業改革到了關口了，有許多工人開不出工資，有的農民很苦，我們要寫出他們的現狀、為他們說句話，在講述這種艱難時，還要給他們力量，讓他們挺過去。」[8]正因為這樣，最先對他們的作品發出叫好聲的當然也就是那些弱勢群體中的讀者。「在《人民文學》剛一發表，讀者的來信就像雪片一樣的飛到編輯部。這種情況是好幾年沒有過的。寫信均為文學圈子以外的人，是忙碌在各種戰線的普通幹部群眾。」[9]工人農民的困苦同時也表明著工、農業面臨著嚴重的危機。工、農業的危險狀況直接關涉整個社會的穩定與發展，主流社會自然十分關注這一態勢的動向。受此影響，一些主流批評家也非常關注三駕馬車的創作，並從主流的立場給予肯定。比如雷達就說過，「最近的文壇上，不約而同地出現了一批作品，它們面對正在運行的現實生活，毫不掩飾地、尖銳而真實地揭示以改革中的經濟問題為核心的社會矛盾，並力圖寫出艱難困境中的突圍。它們……全部注重當下的生存境況和擺脫困境的奮鬥，貫注著濃重的憂患意識，其時代感之強烈，題材之重要，問題之複雜，以及給人的衝擊力之大和觸發的聯想之廣，都為近年來所少見。」[10] 朱向前則稱讚「他們共同表現出來的強烈關注現實的當下品格，而且把目光和他們的筆觸直接切進了當前改革的兩大正面戰場，大中型企業和基層農村。這一點從某種程度上具有填補空白或斷層的意義」。[11]

三駕馬車創作中所張揚的正義熱情甚至也感動了 1980 年代高擎文學性大旗的一些文學批評家。周介人就在自己主編的《上海文學》刊發、推薦了不少三駕馬車的作品，並發表文章稱讚其作品「給讀者留下強烈印象……它留給我們的是分享一分艱難的氣度和力量。」[12] 陳思和也認為三駕馬車的創作表現出「一種對於人類發展前景的真誠關懷，一種作為知識份子對自身所能承擔的社會責任與專業崗位如何結合的整體思考。」[13] 一向以後現代文學批評家面目出現在人們面前的張頤武也有保留地肯定了三駕馬車創作的價值，他將三駕馬車的作品稱為「社群文學」，認為們「顯示了全體人民分享艱難，試圖在公平的『和而不同』的環境之中共同奮鬥的願望」。[14] 可以說三駕馬車獲得了文學界內外廣泛的不同程度的關注和肯定。一方面它顯示了正義在人們心中的重要性，另一方面它也說明了文學關注現實中正義問題的必要性，「社會轉型期，必然帶來各式各樣問題，過去『左』的路線下，文學走偏了，文學承擔的東西過多，可文學一點責任不擔，做春天裏的『閒雲野鶴』，也是不行的。」[15]

在獲得不同程度的廣泛肯定的同時，三駕馬車也受到不少質疑，比如丁帆、王彬彬等都對三駕馬車的創作提出一定的批評，比較有代表性的是童慶炳、陶東風的觀點。他們認為：「這些小說的嚴重不足之處是對現實生活中醜陋現象採取認同的態度，缺少向善向美之心，人文關懷在他們的心中沒有地位。他們雖然熟悉現實生活的某些現象，但他們對現實缺少清醒的認識，尚不足支撐起真正的理性，所以其對於轉型時期的社會評價也大有問題，這就導致他們的作品出現人文關懷與歷史理性的雙重缺失。」無可否認，從更高的層次講，三駕馬車對工廠生產停滯、工人生活困窘，農村秩序混亂、農民生活貧苦這些轉型過程中惡劣歷史現象的深層歷史原因揭示得還不夠深刻、不夠準確，使人覺得他們的小說「基本停留在表像層，停留在形而下的展示，超越的部分薄弱，對人的境況和人的發展也缺乏形而上的深思」。[16] 但是如果說他們缺少人文關懷，甚至「缺乏最起碼的道德義憤」則顯然有些言過其實。三駕馬車創作最根本的價值，就在於他們明確表達了自己對正義的真誠熱情，對弱勢群體的生活苦難的深切悲憫。挽救正義是他們自覺的文學追求。談歌就說過：「工人農民不比我們，他們現在幹得很累。我們應該把小說的聚焦對向他們。寫這些勞動者的生存狀況，調動我多年的生活積累，我覺得這應該是我的使命。」[17]

否定三駕馬車創作人文關懷的價值追求的觀點主要是由一些學院派知識份子提出的，這可能是因為他們相對高蹈的學院環境使他們對工人、農民的生活狀況比較隔膜，另外，他們對後革命時期歷史狀況缺乏應有的認識，可能也是一個原因。首先，人文關懷決不是淩越現實之上的，對某種臆想中的人的關懷；而應該是對冒著熱氣的生活現狀的細緻體察，對在泥濘中正掙扎著的人們的現場關懷。工人、農民，特別是 1990 年代中期的工人、農民正面臨著基本需要嚴重匱乏的困境。作為一個有正義感的作家，當他親臨到工人、農民的危困現場後勢必會將這一嚴重現實表現於自己的文學作品中。三駕馬車就是這樣做的。而學院派的知識份子距離社會最底層的工人、農民相對來說，比較遙遠，所以對他們的危困現狀缺乏直覺的感受和敏銳地體察。這是他們很難理解三駕馬車創作價值的根本原因。其二，他們對正義的想像期待更多地還帶有革命時代話語的慣性印痕。後革命時期的到來是由美國杜克大學中國問題專家阿裏夫・德里克最早宣佈的。他認為：「在新形勢下，革命再也站不住腳。」[18] 儘管他的全部觀點難以接受，但他對革命時代已經結束的世界形勢分析大致還是客觀的。包括中國在內，世界上所有國家大致都放棄了以革命的方式推進國家發展的思維，而改轍以民族各階層團結協作的方式尋求國家發展的出路。在這樣的時代轉換中，革命時代的浪漫為後革命時代的平凡所替更，人們不再夢想一覺醒來自己就翻身做了主人，而是踏踏實實地在平凡甚至瑣俗形式裏一點一點實現自己的生活目標。這也是中國的一部分現實。在這種現實中，階級對立的思維與敘事已經完全失效，儘管現實中的人仍然不乏困憂與痛苦，這種困憂與痛苦甚至也會激起人際間的爭吵與衝突，但這種爭吵與衝突的最終訴求是對某一具體問題，比如工資問題的解決，而不指向人際關係，比如工人與廠長關係的根本性顛倒。這是一種凡俗但不可否認的現實。對此周介人曾有比較真切的感受，正因為擁有這種清醒的現實意識，他才能夠比較敏銳地體察到三駕馬車創作所包含的豐澹的人文關懷價值，「他們對於當下轉型社會現實關係獨特的揭示……他們大膽直率地描繪出人民群眾在根本利益一致的前提下，具體利益的多元化，以及今天發生在人群中的或隱或顯的利益衝突。在他們的筆下，政治關係有了與以往作品中常見的『鬥爭』形態與『同一』形態都不同的『磨合』形態。從作品中，我們甚至『聽到』了人與人之間的摩擦，『聽到』一些美好的東西被磨損時違心的痛苦與呻吟，同時看到人性、黨性在『入世』而非『出世』的多種磨合中閃閃發光」。[19] 應該說，周介人對三駕馬車創作的肯定是比較公允的。三駕馬車創作中所包含的倫理取向體現的確實是一種避開暴力而企圖通過妥協在弱勢群體與強勢群體之間達成一致意見的後革命正義理念。這種正義理念或許顯得有些灰色，但卻可能使雙方都減少一些流血的痛苦而更多地獲得一些和平的幸福。所以，對於三駕馬車創作中所包含的不同於以往的正義訴求，要給予充分的肯定。

當然在充分肯定三駕馬車創作所取得的成績的同時，也不可回避他們尚存的不足。三駕馬車在創作中對正義的關注是真誠的、強烈的，但他們傳達出的正義理念也表現出樸素的特點。正義本是自古就存在的一種恒久的人文價值，它包含了人們對平等、幸福等的執著追求。幾千年來，中西方的先哲經過不懈的努力已經積累了豐富的正義資源。充分地吸收他們的思想營養無疑是一個關注正義實踐狀況的作家所應該具備的基本條件。從這個角度說，三駕馬車做得還不夠。它們更多地是從個人對現實中不良的正義狀況的直覺獲得自己的倫理判斷，如果能夠以正義知識理性來梳理自己的現實直覺，繼而更進一步做出反映歷史發展趨勢的有深度的正義方案，那就更好了。比如，談歌在他的工廠小說系列中寫到工廠有錢大吃大喝卻沒錢給工人發工資，有錢請客戶嫖娼卻沒錢給工人治病等等驚人的怪現狀，其批判現實的鋒芒是非常銳利的，但是他卻沒有進一步探究它深層的體制原因，因而也無法得出終結這種怪現狀的合乎歷史理性的正義想像。他只能寄希望於工廠決策層某一幹部的道德境界，如《大廠》中的廠長呂建國，或者某一公關女性的獻身，如

《年底》中的小李。同樣的問題也存在於何申、關仁山的創作中。何申在小說中反復寫到農村幹群之間緊張的矛盾關係，觸及到了當下農村正義不舉、人心不穩的危險征信，比如《信訪辦主任》中的大楊樹溝村就是其中最具典型性的個案，村支書楊光復一手遮天，欺上瞞下，搞得全村民怨沸騰。由於楊光復是青遠縣發家致富的先進典型，多年來在青遠縣羅織了很多個人關係，所以，市政府信訪辦接到群眾多次舉報後組成專案組前去調查時竟受到百般阻撓，使調查工作無法正常開展。應該說何申對農村矛盾的揭露是相當尖銳的，但是，當涉及到如何解決矛盾時，他的敘事表現出茫然。他的小說中塑造的信訪辦主任孫明正有著較強的正義感，但是孫明正維護正義的方式只不過是亂搗糨糊，並沒有一套使受害者心悅誠服的補償理論和方案。整體上孫明正是一個有正義感而缺乏正義理性和實踐正義能力的形象，這從側面反映了作者正義想像力某種程度上的匱乏。關仁山的小說對傳統正義理念的淪喪深表痛惜，並表現出重建正義理念的熱情。但在塑造代表正義的人物形象時，表現出一種認同的困境。在獲獎作品《九月還鄉》中，作者塑造了一個致富還鄉的妓女九月的形象，九月沒有絲毫妓女的惡習，相反，她致富不忘家鄉，竟然拿出自己的血汗錢來幫助全村人開荒脫貧。從妓女到無私奉獻的民間正義英雄，這之間的心理路程，卻沒有得到作者很好的詮釋，使九月這個人物形象留下缺憾。

還有另一個問題也許是三駕馬車更應該引起注意的，那就是如何保持自己的現實批判力。三駕馬車於 1990 年代中期衝向文壇，受人矚目，其根本原因在於他們小說中所散發的批判現實的強大熱力。這熱力擊中了轉型過程中利益倍受損失的底層人痛苦而脆弱的神經，因而贏得了他們的喜愛；同時也感染了某些擁有關注底層人疾苦情懷的人文知識份子，獲得了他們某種程度的贊同。但是三駕馬車在引起人們廣泛關注之後，如何很好地保持住自己的現實批判力。這是一個必須引起注意的問題，它關係到三駕馬車可否突破自己的過去取得更大成績。

注釋：

[1] 慈繼偉：《正義的兩面》第 223 頁，三聯書店 2001 年版。

[2] 何申：《何申的雄心》，見《人民文學》1995 年第 6 期卷首語。

[3] 舒晉瑜：《關仁山：在時代變革中抒寫鄉村情感》，見《中華讀書報》2003 年 1 月 31 日。

[4] 亞裏斯多德：《亞裏斯多德全集》第八卷第 103、101 頁，中國人民大學出版社版。

[5] [美]約翰・羅爾斯：《正義論》第 3 頁，中國社會科學出版社 1988 年版 2000 年第 3 次印刷。

[6] [美]約翰・羅爾斯：《正義論》第 293 頁，中國社會科學出版社 1988 年版 2000 年第 3 次印刷。

[7] 楊立元：《新現實主義小說論》第 2 頁，中國文聯出版社 2002 年版。

[8] 參見《作家報》1996 年 7 月 20 日。

[9] 鄭伯農：《說說河北「三駕馬車」》，見《文藝報》1999 年 3 月 18 日。

[10] 雷達：《現實主義衝擊波及其局限》，見《文學報》1996 年 6 月 27 日。

[11] 朱向前：《'96 收穫與'97 展望》，見《文藝報》1997 年 3 月 4 日。

[12] 周介人：《現實主義：再掀衝擊波》，見《現實主義衝擊波小說——〈破產〉代跋》，華藝出版社 1998 年版。

[13] 陳思和：《就 95 人文精神論爭致日本學者》，見《以筆為旗——世紀末文化批判》，湖南文藝出版社 1997 年版。

[14] 張頤武：《「社群意識」與新的「公共性」的創生》，見《上海文學》1997 年 2 期。

[15] 關仁山：《現實人生與文學品格》，見《小說家》1998 年第 6 期。

[16] 雷達：《現實主義衝擊波及其局限》，見《文學報》1996 年 6 月 27 日。

[17] 談歌：《大廠》後記，百花文藝出版社 1997 年版。

[18] [美]阿里夫・德里克：《後革命氛圍》第 100 頁，中國社會科學出版社 1999 年版。

[19] 周介人：《現實主義：再掀衝擊波》，見《現實主義衝擊波小說——〈破產〉代跋》，華藝出版社 1998 年版。

第十三章　誰能帶小豬回家——北村

80 年代北村曾是極端的先鋒小說家，他的《諧振》、《聒噪者說》等小說，懸置生存現實而執著於文本實驗、語言探險，企圖以此窺破世界的祕藏玄機，開拓文學的嶄新空間。比如他的《聒噪者說》就以充滿隱喻象徵的細節，來拷問作為存在之意表的語言。聾啞學校有人被殺，聾啞人語言的缺失使兇殺案的原委模糊不清。小說中反復提到的《啞語手冊》似乎可能促成問題的解決，但是《啞語手冊》卻充滿印刷錯誤，人們以此為線索進行案情分析，只能導致一個接一個錯誤。小說文本的敘述超越了形下的具體場景而傳達出某種形上意蘊：「也許最初的命名就存在謬誤，而隨後的命名不過在謬誤的迷津裏試圖突圍的持續行為而已，事實的真相一開始就被語言（命名）所掩蓋。」北村小說的這種較富哲學意味的語言探險應該說對於 1980 年代中期仍多保守僵化的文壇有很強的衝擊力。但是這種文本實驗由於從開始就拒絕生存現實的參與，一直進行下去必然會出現敘述的疲憊與無聊。1980 年代末，正如其他先鋒作家一樣，北村也出現了創作的危機。1990 年他發表小說《孔成的生活》，其中已失去敘述的鋒利，語言探險的衝動明顯難以為繼。隨之他沉默下來。兩年後，也就是 1992 年，北村皈依了基督。宗教的信仰使他走出敘述的迷津，重新燃旺文學的篝火，先後創作發表了《張生的婚姻》、《瑪卓的愛情》、《最後的藝術家》、《強暴》、《公民凱恩》等。這些小說重新把神性緯度引入人間，試圖在神性光芒的照耀下，尋回生存的意義與靈魂的安寧。

北村的中篇小說《強暴》、《瑪卓的愛情》、《最後的藝術家》等盡寫人的不完滿性，表達了作者對人的精神狀況的洞察與憂慮。進入 20 世紀 90 年代以後，現代技術的神話曾給中國人允諾下物質發展的無限可能性，似乎人的一切問題都已找到了答案，人們所需要的只不過是在時間裏耐心等待而已。而北村卻在自己的敘述中昭顯出技術發展的局限性：人或許可以生產出越來越多的商品滿足自己的物質慾望需要，但卻不可能根本改變自己脆弱的本質。人無力抵抗各種誘惑，不可避免地會犯罪，傷害自己也傷害他人；人無法給出自己生存的意義，會在無意義感中惶恐、絕望，會在惶恐、絕望中走向墮落直至死亡。其中，在《強暴》這篇小說中，北村將對強姦犯的批判擱置一邊，而集中筆墨刻畫案件發生後受害者劉敦煌夫妻二人的精神變化，以驚人的敘述照亮了人的心靈深處的一種與生俱來、靠自己的力量無以擺脫的性犯罪本能，從一個側面揭示了人的脆弱本質。劉敦煌與美嫻本是一對令人豔羨的恩愛夫妻，強姦案的發生卻使他們的生活偏離軌道，兩人由怨生恨，相互背叛，相互傷害，直至一方橫死車輪之下，而另一方雖生猶死。在這個過程中，劉敦煌與美嫻都曾做過努力的掙扎，但最終誰也無法抗拒內心犯罪的本能衝動，做出一些令人不齒的事情。劉敦煌曾試圖忘記妻子被強姦的事實，可是妻子赤裸身體被另一個男人壓在下面性交的場景卻總是出現在他的眼前。他一方面仇恨那個姦污了自己妻子的壞蛋，一方面又羨慕那個壞蛋佔有了自己妻子的身體，一方面心疼自己受傷的妻子，一方面又嫉妒自己的妻子與另外的男人發生了性關係。他想用對壞蛋的仇恨和對妻子的疼愛來撫平心靈的創傷，重新回到二人恩愛的幸福之中去，但他失敗了，最終對壞蛋的羨慕和對妻子的嫉妒卻占了上風，劉敦煌開始背叛妻子而與其他女人一次又一次約會，在無愛的肉慾放縱中尋求刺激，直至墮落成一個無恥的嫖客。美嫻也曾試圖翻過這人生恥辱的一頁，繼續她與劉敦煌的甜蜜生活，但劉敦煌的無休止的冷淡、折磨、羞辱、背叛，使她心靈麻木扭曲，竟和曾經強姦過她的青年鬼混在一起，並於受虐式的性愛中尋求肉體的片刻迷狂，直至墮落成一個從嫖客身上獵取性滿足的醜陋的妓女。在對劉敦煌和美嫻幸福生活毀滅經歷的敘述中，北村十分冷峻地揭示出人性的缺陷，即對性犯罪的本能渴望。在劉敦煌和美嫻的內心深處實際上都蟄伏著對佔有其他異性肉體的犯罪慾望。強姦案的發生只是一個誘因，這誘因使他們內心的犯罪慾望迅速地膨脹起來，上演出一幕幕醜劇。北村從一種罕見的敘述視角將人類最隱祕的性犯罪慾望毫不留情地揭露出來，讓人清楚地看到自己難抵誘惑的脆弱的本質。

人的脆弱本質，讓人很容易誤入歧途並沉湎於罪惡，更讓人倍嘗片刻迷歡後更大空虛與無聊侵襲的痛苦。「劉敦煌找到一個理由之後，接下去就一發而不可收拾。他連續一個星期和馬玉泡在一起，……像上了癮似的，整天和馬玉做那事。」[1] 沒有愛情的性在短時間內也會讓一個人獲得興奮與滿足，但這些很快就會成為過去，隨之而來的是悔恨、自責，絕望與空虛。他第一次與馬玉在床上狂歡後，出了馬玉的門就冷靜下來，「他在風中直打哆嗦，雙手在車把上發抖，脊樑僵硬。劉敦煌心裏非常清楚：有一件事已經無可挽回了」。[2] 第一次佔有別的女人的身體，讓他獲得短暫的精神鬆馳，更讓他痛感愛情的消逝。當他多次在馬玉的身上發洩慾望後，他開始感受到丟失愛情後的沉重壓力，這時悔恨便噬咬起他的心靈。當美嫻發現他的不忠並離家而去後，「劉敦煌被絕望的風暴淹沒了，他覺得一切都毀了，所有人都拋棄了他。現在的劉敦煌比任何時候都可憐。」[3]當他在其他女人的床上逐漸失去快感後，他麻木的大腦卻越來越清醒，「他感到生活已經像個打碎了的瓶子，滿地都是碎渣，而人對它無可奈何。劉敦煌這才意識到，昔日那種清晰、溫暖和穩定的生活已經徹底失去，而且是一去不復返了。躺在被窩裏的劉敦煌一想到這一點，就湧上一股被遺棄後深刻的孤獨，甚至眼睛冒了些淚花。他真的不知道，這生活應該怎麼繼續下去。」[4]人的脆弱使人經不起誘惑而走向犯罪，走向沉淪。而沉入深淵的人卻並沒有喪失大腦的思維，這就使他在深淵中倍感失去良善、和諧後生活破碎、愛情消失的絕望與空虛。

在絕望與空虛中掙扎的人最渴望的就是獲救的機會。誰可以使人獲救，便是一個非常重要而迫切需要回答的問題。北村對此也十分關注，首先在《瑪卓的愛情》、《公民凱恩》、《最後的藝術家》中，他用敘事的形式探討了時下人們最容易想到的三種獲救的途徑並最終都給予了否定。在《瑪卓的愛情》中，劉仁十分寵愛自己的妻子瑪卓，然而瑪卓卻總是憂鬱不安，他們的愛情之火一直奄奄一息。劉仁把愛情的困境理解成物質貧乏的結果，「我獨自吃飯，那餐飯我是硬咽下去的，我發現了生活如此沉重甚至淒厲的一面。……現在我們的確難以像過去那樣談愛情了，只能面對具體的生活。」[5]為了拯救他們的愛情，劉仁最終選擇了洋插隊的方式到日本去淘金。但是他去日本淘金，不但沒有讓瑪卓感受到愛情的溫暖，反而更覺出愛情的迷茫，「瑪卓彷佛陷入深深的迷惘。她說，他為什麼要走呢，……他為什麼要活得那麼累呢？難道我們真的沒法活了嗎？

不，讓我們沒法活的不是錢」。[6]劉仁一去幾年，在日本什麼苦都吃，企圖通過物質生活的改善可以讓瑪卓的臉上重現他們初戀時的幸福笑容。而在這幾年裏，瑪卓卻越來越對她與劉仁的愛情失去信心，情緒越來越壞，最終在她就要見到劉仁在日本為她買的小別墅時，再也無法承受精神痛苦的折磨而陷入瘋癲並喪身車輪下。瑪卓的死，讓人看到物質的豐裕對於解除人的終極痛苦的無效性。正如瑪卓所說，她和劉仁沒法活的根本原因不是缺少金錢，而是她在貧困的生活裏看到愛情的軟弱無力。這讓她對自己、對人、對世界感到絕望，這種絕望的確不是物質生活的改善所能驅除的。

《公民凱恩》則對一部分人企圖複製古代文人所崇尚的隱居生活進行敘事探討。凱恩是一個普通得不能再普通的小市民，在某涉外公司任部門經理。他以自己的謹小慎微來對付生活，在老闆面前不惜卑躬屈膝，只求能夠得到更多的薪水和更高的職位。凱恩也羨慕大款傍小祕的浮華生活，但他沒有什麼錢，所以就退而求其次，找了個不花錢的半老徐娘作情人，尋求某種心理上的滿足。總的來說，凱恩的生活還說得過去，但是好景不長，麻煩一個接一個找到他頭上。先是他的情人小君的丈夫倪偉把他和小君雙雙堵在床上，向他索要五萬元的名譽損失費。凱恩拿不出錢，倪偉雇用打手將他暴打一頓，後又以嫖娼罪將他送入拘留所。（凱恩曾嫖過一次娼）雖然他被關押一夜後就放出來了，但因此背上了兩萬元的債務。接著公司總經理和副總經理剽竊了他的業務策劃方案，並一腳把他踢出公司大門，他立時成了一個無業的遊民。後來他的妻子紅梅發現了他的外遇，當天就帶著孩子搬回娘家並送來了離婚協議書。一系列突發事件使凱恩的生活全亂了套，情急之中，他精神一片混亂，向小君身上連刺數十刀。儘管最後一切都化險為夷——小君因懷抱一個冬瓜而基本未傷及身體，紅梅也原諒了他的一切而替他還上債務並買回了他夢寐以求的轎車，東南網路公司盛邀他做企劃部的經理，凱恩的生活又回到正常的軌道上來——但很快凱恩發現自己內心深處的慾望又升騰起來，在慾望面前，他再次感到力不從心。而正如小說中醫生所說，無力控制慾望而被慾望引導是凱恩生活出現危機的精神根源。凱恩感到恐懼，他驅車外出去尋求能戰勝慾望的精神力量。他想到了自己的一個同學，他覺得那位同學「當年選擇氣象站的驚人之舉以及十幾年的隱居生活，一定能為陳凱恩提供一個答案」。[7] 但是他見到昔日同學後，從他的眼裏看到的不是超越慾望之後的清澈與寧靜，而是對一切都無動於衷的麻木，特別是留在牆上的日久發臭的精液更暴露了這位同學在慾望面前的失敗，換句話說，同學隱居深山十幾年並沒有獲得靈魂的安寧，甚至被慾望打擊得更加困窘不堪，慘不忍睹。對同學生存狀態的失望，讓他明白在當今這個時代，無論浮華的都市還是偏僻的荒山，都同樣滋生著逼人的慾望，離群索居非但不是祛除慾望魔障的良方，反而可能使慾望更加倡狂，人的精神更加委瑣。在《公民凱恩》中，北村否定了隱居生活使人獲救的可能性。

藝術曾被人們當作拯救自己苦難靈魂的一個途徑。其結果究竟如何呢？在《最後的藝術家》中，北村對此也作了深入的探討。小說中，杜林有著驚人的音樂天賦，在畫家柴進的推薦下，他由一個小刀廠工人變成一個音樂系的大學生。經歷了單戀女教師林嵐失敗的慘痛之後，杜林卻幸運地獲得了中文系女生張麗的愛情。涉入愛河的杜林激情高漲，當天晚上一夜未眠，創作出旋律優美的音樂作品《親人》。但是杜林很快發現了他與張麗之間難以消除的隔閡。迷茫中他來到漂泊藝術家聚居的崎下村。「崎下」取其諧音「臍下」，隱喻著他們的藝術活動追求的是對生存的崇奉和對意義的放逐。在這裏，畫家柴進讓塗滿色料的大豬在畫布上踐踏、翻滾來創作自己的繪畫作品，詩人謝安則用任意在字典中找到的字來拼組自己的詩歌作品。從這批藝術家標榜的藝術信條來看，他們是以後現代形式來追求著藝術的真諦。但北村卻從終極意義的角度燭照出這批藝術家的墮落與委瑣。經紀人王明是一個藝術投機商，他把柴進、謝安等人當作賺錢工具大撈了一票。王明的老婆冬梅則是個色情狂，她在王明的眼皮底下與其他男人調情。柴進、謝安則只不過是兩個賣乖弄巧的藝術混混而已。他們很快走到窮途末路：王明身患絕症，整天處於死亡逼臨的焦躁、恐懼之中；柴進被他最喜愛的大豬踏碎了所有臟器而一命嗚呼；謝安再也玩不出什麼新花樣而灰溜溜離開崎下村。這個噪動一時的藝術家村落頃刻間便煙消雲散了。到崎下村尋求精神解脫的杜林，剛開始時也從柴進等自由、放任的藝術創作中獲得一陣眩暈。他把這種眩暈當作救命稻草抓在手裏不放，企圖借此走出心靈的迷茫。但不知不覺中，杜林卻滑向邪惡的深淵。他先是在冬梅的挑逗下跳起貼面舞並在冬梅的懷裏慾望翻騰一瀉如注，後來便無法自製地一次又一次背著妻子張麗去與冬梅幽會。慾望被鼓蕩起來後，杜林很快便不滿足於和冬梅一個女人廝混，他開始四處獵豔，以藝術為幌子把一個又一個女孩騙到自己的床上。他還無恥地把女孩約到現場用她們的照片搞過一場行為藝術。放蕩的性生活持續一段時間以後，給他帶來的刺激越來越淡薄終至為零，杜林終於看清自己陷身其中的空虛與無聊。他絕望至極而無法清醒地承受，便逃到瘋狂裏去了。藝術是對美的一種探尋，正如北村的一首詩中所說，「美如果沒有神聖作依託，／它是非常脆弱的，／毫無超越現實的能力，／它只是一種猜想」[8]，作為人與藝術家杜林註定要毀滅，因為沒有神的參與，當今的藝術根本無力把他帶出迷沼。

在探討並否定了以上三種使人獲救的可能途徑後，北村於小說《張生的婚姻》中探討並肯定了第四種途徑，即皈依宗教並向神禱告。張生是個哲學家，又是精通文藝理論的人，可是在他與戀人小柳去街道辦事處領取結婚證的路上，小柳突然說：「我改變主意了。就是說，我不打算跟你結婚了」。[9] 結婚是愛的結果也是愛的繼續，小柳不想與張生結婚，說明他們的愛出現了問題繼續不下去了。小柳不是一個淺薄的姑娘，並沒有見異思遷，但她內心對張生的愛確實變得模糊不清，這使她無法下定決心與張生完婚。小柳的猶疑讓張生感到驚駭，繼而感到苦悶，但他也找不出什麼理由來說服小柳回心轉意跟自己結婚。他打電話約小柳出來，想去他們初次相遇的沙灘，企圖在那裏找回他們遺失的愛，但見了面兩人卻又無話可說，張生竟然還大吵大鬧起來，最後不歡而散。小說中暗示張生的婚姻遲遲不能兌現，是和他信奉的尼采哲學有關。他在大學的禮堂裏大講：「尼采告訴我們，上帝已經死了，他把這種變化稱為我們這個時代中一件大事，信仰上帝已經不可能了，就像太陽之沒落」。尼采的哲學固然讓張生掙脫形上的羈絆而獲得一絲精神的輕鬆，但也讓他因為失去確定意義的基點而無所適從。意義的迷失使張生的愛變得非常表面、非常飄搖，使張生對婚姻的態度顯得十分輕率。小柳之所以在就要和張生邁入婚姻殿堂的一剎那而恐懼止步，就是因為直覺到張生的內心的虛無和愛的脆弱，「一想到要和他在那張婚紙上簽字，心裏就發虛，好像他後面是空的，我一過去他就會倒。」[10] 婚姻的無法兌現讓他感受到生活的沉重和個人的軟弱，這使張生的精神遭受沉重的打擊。當他企圖尋找力量來戰勝這種打擊時，他發現自己一無所有，連他信奉的尼采哲學也無濟於事，緊繃的神經越來越疼痛，他最後竟然只能靠自慰來釋放內心可怕的本能瘀積，鬆馳自己瀕臨崩潰的神經。這讓他飽嘗失敗的痛苦滋味。就在他對人世的一切感到絕望的時候，「好像有一個力量推動他的手，去拿這本書」——《聖經》。他翻開《聖經》進行閱讀，開初毫無觸動，但那個力量卻推動他一段又一段讀下去，漸漸他若有所悟，最終他「被一道更強的光射中，這道光刺入更黑暗的隧道，使他徹底暴露在光中。他意識到那就是神——他從高天而來，在時間裏突然臨到他，把他征服」。[11] 張生不由自主地開始禱告。在禱告中他的身體和靈魂受到自己懺悔的眼淚和來自上帝的光的清洗，「一身的纏累突然間消失了，周圍鴉雀無聲，張生被一隻溫暖的手托住，光芒中的安息籠罩了他」。[12] 在上帝的眷愛下，張生的靈魂終於獲得拯救，停止了墜向深淵的恐懼，心靈充滿一片安寧。張生試圖讓讀者相信，因瀆神而遭神遺棄是當今人們沉入絕望深淵而心靈不得片刻安寧的根本原因，人們依靠自己的力量所作的各種努力都只能使自己更趨墮落，更加絕望，只有皈依宗教，向上帝禱告、懺悔，才有可能獲得上帝的原宥，重受上帝眷愛而恢復心靈的安寧馨和。

有些論者高度評價了北村這種充滿宗教意味的寫作。朱大可說：「在當代中國文學史上，北村是一個十分罕見的作家，他的心靈史印證了一個時代的精神嬗變。從一個深陷迷津的聒噪者，經過基督福音的傳道者，直到終極關懷的內在隱祕的言說者，顯示出戲劇性的編年史歷程。……在『身體大解放』和道德崩潰的時代，北村的個人信仰為世人探求精神出路提供了有力的樣板。」謝有順說：「先鋒是指在精神上站在時代前列的人，他對人類生存境遇的洞見就是深刻的，且具有某種超前性。北村就是這樣一位作家。」雖然我並不能完全認同他們對北村小說如此高的評價，但我卻是比較欣賞北村的，原因在於他的小說創作中表現出對當今許多中國人所遭受的意義隱遁後的精神痛苦的深切關注和悲憫。文革結束後，極左思潮強加在大眾身上的精神桎梏被解除，中國人感受到思想解放的巨大興奮；同時極左政治所建立的理想神話隨之坍塌，中國人因此而備嚐信仰崩潰的沉重惶惑。1980 年春天，22 歲的女青年潘曉投書《中國青年月刊》悲歎「人生的路為何越走越窄」並因此引發一場波及全國的人生與信仰大討論，就是中國人迷失信仰精神空虛的一個表徵。此後有識之士做出種種努力試圖重設意義座標重建信仰大廈，這種努力貫穿 1980、90 年代並一直持續到今天，相信還會繼續下去，或許在未來的某一天能夠找到一個能重新讓人們獲得靈魂安寧的精神方案。從某種意義上說，北村的充滿宗教意味的小說創作是這種努力的一部分。北村是在以虛構的形式來進行精神思索與倫理探險。或許他的努力充滿缺陷甚至收效甚微，但無法否認，北村是在做著一種可貴努力。

儘管我們可以找出北村小說存在的許多弊病，但卻無法否認他的寫作的精神意義。首先，北村依據自己受洗的宗教經驗，在敘述中重建起神——人倫理關係，擴大了當代小說的倫理空間。儘管有人說中國缺少宗教氣息，但先秦時期就有了儒教，東漢末自印度傳入佛教，唐代又自羅馬（時稱大秦）傳入基督教（時稱景教），宗教自古流布於中國實是不爭的事實。而中國的小說從一開始就受惠於宗教，比如作為中國小說重要起源的變文和寶卷，其主要內容就是佛教故事，傳達出人對終極意義的追尋和對神——人關係的倫理訴求。20 世紀初尼采一聲「上帝死了」，開啟了西方現代史上瀆神、弒神的風氣。風氣所及，中國自五四時期以來，也多以詆神為榮。比如郭沫若在小說《雙簧》、《一隻手》中著力嘲諷基督教義的不適時宜，批判基督教徒的愛富嫌貧；老舍在《正紅旗下》、《二馬》、《老張的哲學》中竭力譏刺外國傳教士的狡黠虛偽，抨擊吃洋教者的仗勢欺人；蕭乾在《皈依》、《曇》中全力揭露傳教士的虛偽險毒，揭示他們對中國人靈魂的毒害。尤其到中華人民共和國建立後，「破四舊」大行其道，一些封建迷信陋習被革除的同時，宗教文化也陷厄運於一旦。受其影響，神——人倫理關係完全退出小說敘述，小說的倫理空間無形中大大縮減。進入 1980 年代隨著思想解放的深入發展，宗教文化的價值漸漸為人們重新認識，不少人開始閱讀佛教、基督教等宗教典籍，體會宗教精神，其中有些人還皈依了宗教。北村就是在這種思潮的影響下接近基督教並於 1992 年接受教洗而皈依上帝的。他十分虔誠地說：「人必須像神，有聖光義愛住在他裏面。如果人要自動下降到動物的水準，他的良心就會因受責備而黑暗。所以只要是人，他就需要信仰，人無法沒有信仰而活下去。」[13] 隨著宗教影響的不斷擴大，有的學者提出文學應該對這種現象給予熱情關注。朱維之就呼籲作家應該重視基督教精神的傳播，他說：「現在我們成了新世界的一環，極需新的精神、新的品格、新的作風，來做新的文學貢獻。新文學中單有基督教的現實是不夠的，我們更需要基督教的精神原素。」[14] 北村可以說是朱維之的積極回應者，他 1992 年後的小說創作基本上是圍繞著神——人倫理關係這個軸心展開的，表現出北村鮮明的宗教情懷。他的這種努力，結束了中國當代小說史上拘囿於人——人倫理關係的逼仄局面，擴大了小說的倫理空間。

其次，他的小說以神——人倫理關係為敘述視角，凸顯出當今人們精神無著的苦悶與絕望。北村小說中的人物，不管是活得體面一些，還是活得拮据一些，他們無一例外都存在著精神的危機。小說《瑪卓的愛情》的瑪卓大概是北村塑造的生活最拮据的人物，她內褲上的破洞清楚地表明了她生活困窘的程度。丈夫劉仁甚至以為瑪卓整天鬱鬱不樂的原因就出在他們物質生活的匱乏上，但瑪卓很清楚地知道讓她「沒法活的不是錢」，而是缺乏信任感和安全感。她無法相信丈夫劉仁對自己的忠誠而總疑心他要背叛自己，這導致她時時都處於失去愛情的恐慌之中。瑪卓這種信任感、安全感的喪失，並不是由於她發現了劉仁品性上明顯的汙朽，而是由於信任感、安全感意義的確定者的隱遁導致她失去判斷的依准。這使瑪卓的信任、安全危機感失去得到克服的可能，因此她陷於絕望而無力超拔。小說《最後的藝術家》中的王明則可以說是腰纏萬貫的體面人，但他也陷於絕望而無力超拔，原因卻同樣與物質無關。王明對緊張的意識開始於得知自己身患絕症之後。本來活著是他唯一的目標，當死亡逼近時目標消失，他突然被絕望鎖住咽喉，「你知道死有多可怕嗎？啊！有多黑你知道嗎？……他絕望的眼神讓杜林魂飛魄散：救救我！快，誰能救我」。[15] 瑪卓與王明的絕望表面上迥然不同，本質上卻如出一轍，他們都是因為遭受生活無意義感的折磨而苦悶、絕望。通過再現瑪卓、王明等人的意義缺失而深度恐慌的精神現實，北村讓我們清楚地看到當今物質資料較快發展的同時精神生活的相對滯塞，讓我們深刻地意識到尋找意義、重建意義的必要性和緊迫性。

在小說中，北村還揭示出當今的人類雖然非常墮落，但並沒有完全喪失走出絕望，獲得救贖的精神基礎，因為人類還會哭泣。在《最後的藝術家》中，畫家柴進與大豬如影隨形，他對杜林說：「總有一天你會明白，人跟豬差不了多少，否則我們的音樂家怎麼會見了女人就上呢？」冬梅是杜林走向墮落的信媒，她對杜林說：「人跟動物差不多」。[16] 柴進的話裏似乎還有些反諷在裏面，而冬梅則明白地是把人等同於豬了。「人就是豬」，這是墮落的人對自己墮落行為的一種寬慰。客觀地說，人和豬有著相同的肉身，這是人與豬無法否認的共同之處。從這個意義上說人是豬，也沒什麼不對。也正因為如此，人難免會有自甘為豬墮落沉淪的時候。在北村的小說中，劉敦煌一次又一次爬上其他女人的床笫，杜林一個又一個地引誘單純的女孩。在那過程中他們都把自己等同於豬了，當時他們也一定是自感歡樂的，但那是一種豬的歡樂。然而人畢竟有不同於豬的一面，這就是人需要追尋豬所無法理解的肉身之外的意義。與豬同具的肉身只能讓人獲得暫時的歡樂，沉湎其中的人終有一天會清醒過來，發現肉身的殘缺。這時他如果找不到形上的歸宿便會陷入大恐懼之中。杜林有一天再也無法獲得性愛的幸福了，「汗如雨下的杜林的面目立即變得醜陋，他沉重地喘著氣，仍然說，我只能從後面來，要不我不行了，真的」；[17] 劉敦煌嫖妓卻嫖到了自己的妻子，「燈亮了，兩個人就僵硬在那裏，女人是美嫻。劉敦煌連酒都醒了，美嫻一絲不掛地縮在床角，一切都跟電影上發生的一模一樣。」[18] 墮落行為走到盡頭，墮落的人便會陷入迷沼而無力自拔，四周漆黑一片，等待他們的只有痛苦與絕望：「風把幸福吹散了／將來就像過去一樣」。還有什麼比這樣的處境更可怕呢？它像一個無底的黑洞讓人毛骨悚然。一個人身陷絕境如果不知，或者自甘沉淪的話，他就沒有獲救的可能。但北村在小說中告訴我們，當今的人類大多數並非這樣。在絕望的圍困中他們一般都意識到自己犯了錯誤，並開始哭泣，「劉敦煌的哭聲突然大起來，他好像被一隻叫做哭泣的鬼抓住，傷心的眼淚滂沱而來。事情怎麼會弄成這樣……他哽咽道。美嫻也淚流滿面了：是你拋棄了我，還是我拋棄了你？還是我們一起被拋棄了？」[19]；「杜林的哀鳴在屋裏回蕩，在張麗聽來卻像雷霆：『……饒了我吧，天哪」。[20] 通過對墮落者哭泣行為的描述，北村在小說揭示了當今墮落者靈魂深處向善之心並沒有完全泯滅，這是他們擺脫沉淪境況的精神基礎。以此為前提，他們就有可能通過懺悔洗淨靈魂中的污垢，重新獲得神的眷顧，重新獲得靈魂的安寧。我們或者難以苟同於他的有神論，但卻無法不贊佩他關注人的精神完善的人文情懷。

當然在肯定北村宗教意味小說創作的價值同時，也應該看到他的小說創作的明顯不足。首先，北村的小說表現出明顯的理念化傾向。一個盡人皆知的道理是，小說畢竟是小說，它必須用形象的力量去折服讀者，使讀者在形象的感性發展軌跡中領悟人生的真諦。作家們一般都注意恪守這個創作原則，莫言最近在自己的新作《四十一炮》的創作談裏對此還念念不忘：「在寫小說時，還是要從人物從形象出發，不要在小說中說教，也不要把自己的思想強加到小說中的人物身上。」[21] 而北村在小說創作中並沒有很好地遵循這個藝術規律。他大概是太急於把自己從《聖經》中讀到的思想傳遞給自己的小說讀者，所以他在小說創作中常常拋開人物性格發展的邏輯而直白地表述他對神的認識，這自然嚴重影響了他所塑造的人物形象的完滿性，也無怪乎李建軍對他的小說大加針砭：「我考察北村先生的小說後得出的結論是否定性的。……他的相當一部分小說中的人物的心理和行為，都顯得怪異、令人費解，屬於面目模糊的那種人物形象」。[22] 因為人物形象的空癟，北村小說便缺少了說服人心的道德感染力，所以我們雖然可以理解北村小說表達的倫理企圖，但卻難以心悅誠服地接受北村的精神導引。

其次，北村在小說中過於渲染慾念滿足的重要性，削弱了其宗教倫理探尋的力度。對於慾念的過分渲染在北村可能是不自覺的，它實受影響於今天人們對慾望的極度看重。在當今這個慾望化時代，人們最引以為榮的是個人慾望的充分滿足，最引以為恥的是個人慾望的難以實現。這種普遍流行的人生理念無疑潛在地影響了北村的小說情節的建構，使小說中人物的性慾的高漲與回落成為考量他們人生幸福的第一甚至唯一指標。在北村的小說《瑪卓的愛情》、《最後的藝術家》、《強暴》、《公民凱恩》中，無一例外都貫穿了性慾起落這一中心線索。這種聚焦於慾望的敘述，從一開始就偏離了作者所企圖達到的對基督教倫理的探尋。因為基督教倫理和其他任何宗教倫理一樣，是一種愛的倫理，它原初本是明文規定禁慾的，後來經過馬丁路德宗教改革的洗禮禁慾戒條有所鬆動，發展到今天基督教基本上對慾望採取一種寬容的態度，但它的宗旨並不關涉慾望。北村在小說中對慾望的渲染實際上干擾了讀者對宗教倫理的注意力，影響了讀者對北村所張揚的宗教倫理意義的體驗。

但是無論如何，在慾望化思潮甚囂塵上的今天，北村能夠逆時而動，反思慾望化思潮所遮蔽的人類精神困頓不舉的惡劣現狀，並竭力張揚形上意義的重要性以為今天的人類尋求精神的出路，僅此一點，就應該給予充分的肯定。

注釋：

1 北村：《強暴》，見《周漁的火車》第 241 頁，作家出版社 2002 年版。
2 北村：《強暴》，見《周漁的火車》第 240 頁，作家出版社 2002 年版。
3 北村：《強暴》，見《周漁的火車》第 250 頁，作家出版社 2002 年版。
4 北村：《強暴》，見《周漁的火車》第 255 頁，作家出版社 2002 年版。
5 北村：《瑪卓的愛情》，見《周漁的火車》第 347 頁，作家出版社 2002 年版。
6 北村：《瑪卓的愛情》，見《周漁的火車》第 364 頁，作家出版社 2002 年版。
7 北村：《公民凱恩》，見《周漁的火車》第 201 頁，作家出版社 2002 年版。
8 北村：《活著與寫作》，見《大家》1995 第 1 期。
9 北村：《張生的婚姻》，見《長征》第 231 頁，時代文藝出版社 2001 年版。
10 北村：《張生的婚姻》，見《長征》第 261 頁，時代文藝出版社 2001 年版。
11 北村：《張生的婚姻》，見《長征》第 286-287 頁，時代文藝出版社 2001 年版。
12 北村：《張生的婚姻》，見《長征》第 287 頁，時代文藝出版社 2001 年版。
13 北村：《信仰問答》，見《天涯》1996 年第 3 期。
14 朱維之：《基督教與文學・導言》，上海書店 1992 年 6 月版。
15 北村：《最後的藝術家》，見《周漁的火車》第 99 頁，作家出版社 2002 年版。
16 北村：《最後的藝術家》，見《周漁的火車》第 83 頁，作家出版社 2002 年版。
17 北村：《最後的藝術家》，見《周漁的火車》第 105 頁，作家出版社 2002 年版。
18 北村：《強暴》，見《周漁的火車》第 261 頁，作家出版社 2002 年版。
19 北村：《強暴》，見《周漁的火車》第 262 頁，作家出版社 2002 年版。
20 北村：《最後的藝術家》，見《周漁的火車》第 106 頁，作家出版社 2002 年版。
21 莫言、楊揚：《以低調寫作貼近生活——關於〈四十一炮〉的對話》，見《文學報》2003 年 7 月 31 日。
22 李建軍：《小說病象觀察之九：意義的豐饒與貧困》，見《小說評論》2003 年第 3 期 13 頁）。

後　記

這部書稿，首先是寫給我自己的。

對於中國大陸而言，20 世紀晚期，是一個社會急速轉型期。政治、經濟、社會、文化諸方面都發生了巨大轉變。這種轉變廣泛而深刻，差不多影響到每個人的生活。舊的現實與新的現實、舊的理念與新的理念相互糾纏，把人拖向崩潰的漩渦。曾經震驚知識界的詩人海子自殺事件，其實正是這種精神末路的標誌。我的精神也曾經出現過類似的危急狀態，只是沒有海子向死的勇敢。苟活者生命的本能，讓我在書籍中尋找自我拯救的出路。我是學文學的，文學中，能夠有大的容量來承載這種思索的是小說。我便從小說讀起。讀了許久之後發現，小說呈示的更多是問題，而能夠理出一條線索，讓人掙出苦悶泥淖的幾乎沒有。我又走向政治、經濟、哲學、倫理、歷史、文化諸種書籍。讀得有些亂，但也還是有不少收穫。思想不知不覺中發生著轉變。之後，雖然，現實仍然不能為我接受，因為它裸現著冷漠、絕望，不但沒有減少，反而似乎增多了；但是，我懂得了命運。很多東西靠邏輯無法講通，命運之說似乎可以減少現實與邏輯之間的對立。我仍然滯留在現實邊緣，但好像知道現實自有它的慣性。它本身就是一頭動物，而人也是現實的一部分。先接受然後才能再想辦法作一些改變。獲得這樣的理解之後，我的精神緊張得到緩解，感到似乎有一絲微光綻開在眼前。進一步，也知道了作為一個現實中的人，自己的位置應該擺放在哪裡，如何對現實作韌性的反抗。我把我的理解，又放回到對文學的觀照中，這樣便有了這部書稿。

書稿完成後，我知道，它還有許多可以改進、完善的餘地。但是，惰性讓我遲遲沒有再動它。倉促付梓，這是讓人遺憾的地方。

我把這部書，獻給我的父母。父親 1960 年考上中專離開農村，卻在 1962 年因學校關閉被迫返鄉。父親始終耿耿於懷在茲，這導致他一生鬱鬱寡歡。當我考上大學、考上研究生，父親的喜悅似乎比我還要多。可是，作為一名文學研究者，收入菲薄，多年來我並沒有能在生活上幫助父親多少。父親已經年邁，願他看到我的書出版，能夠露出難得一笑。母親是世上最疼愛我的人，為家庭操勞一生。她不識字，可我知道，看到我的書，她會非常開心。

這部書能夠在臺灣出版，是我當初沒有料到的。感謝好友朱航滿的推薦，感謝秀威科技資訊出版公司總編蔡登山先生的厚愛，感謝責編藍志成先生不辭辛勞，使此書得以面世。

願看到這部書的讀者能夠喜歡，有所獲益。

2009 年 4 月於石家莊槐北路

國家圖書館出版品預行編目

二十世紀晚期中國小說倫理 / 司敬雪著.
-- 一版. -- 臺北市 ： 秀威資訊科技, 2009.07
面 ； 公分. -- (語言文學類 ; PG0270)
BOD 版
ISBN 978-986-221-264-6 (平裝)
1.中國小說 2.現代小說 3.文學評論

820.9108 98011970

語言文學類 PG0270

二十世紀晚期中國小說倫理

作 者 / 司敬雪
主 編 / 蔡登山
發 行 人 / 宋政坤
執行編輯 / 藍志成
圖文排版 / 陳湘陵
封面設計 / 陳佩蓉
數位轉譯 / 徐真玉 沈裕閔
圖書銷售 / 林怡君
法律顧問 / 毛國樑 律師
出版印製 / 秀威資訊科技股份有限公司
台北市內湖區瑞光路 583 巷 25 號 1 樓
電話：02-2657-9211 傳真：02-2657-9106
E-mail：service@showwe.com.tw
經 銷 商 / 紅螞蟻圖書有限公司
台北市內湖區舊宗路二段 121 巷 28、32 號 4 樓
電話：02-2795-3656 傳真：02-2795-4100
http://www.e-redant.com

2009 年 7 月 BOD 一版
定價：330 元

讀　者　回　函　卡

感謝您購買本書，為提升服務品質，煩請填寫以下問卷，收到您的寶貴意見後，我們會仔細收藏記錄並回贈紀念品，謝謝！

1.您購買的書名：______________________________

2.您從何得知本書的消息？

□網路書店　□部落格　□資料庫搜尋　□書訊　□電子報　□書店

□平面媒體　□ 朋友推薦　□網站推薦　□其他__________

3.您對本書的評價：(請填代號　1.非常滿意 2.滿意 3.尚可 4.再改進)

封面設計____　版面編排____　內容____　文/譯筆____　價格____

4.讀完書後您覺得：

□很有收獲　□有收獲　□收獲不多　□沒收獲

5.您會推薦本書給朋友嗎？

□會　□不會，為什麼？____

6.其他寶貴的意見：____

____

____

____

讀者基本資料

姓名：____________________　年齡：______　性別：□女 □男

聯絡電話：________________　E-mail：____________________

地址：____

學歷：□高中(含)以下　□高中　□專科學校　□大學

□研究所(含)以上　□其他_______________

職業：□製造業 □金融業 □資訊業 □軍警 □傳播業 □自由業

□服務業 □公務員 □教職　□學生 □其他__________

請貼
郵票

To：114

台北市內湖區瑞光路 583 巷 25 號 1 樓

秀威資訊科技股份有限公司　　收

寄件人姓名：

寄件人地址：□□□

(請沿線對摺寄回,謝謝!)

秀威與 BOD

BOD（Books On Demand）是數位出版的大趨勢，秀威資訊率先運用 POD 數位印刷設備來生產書籍，並提供作者全程數位出版服務，致使書籍產銷零庫存，知識傳承不絕版，目前已開闢以下書系：

一、BOD 學術著作—專業論述的閱讀延伸
二、BOD 個人著作—分享生命的心路歷程
三、BOD 旅遊著作—個人深度旅遊文學創作
四、BOD 大陸學者—大陸專業學者學術出版
五、POD 獨家經銷—數位產製的代發行書籍

BOD 秀威網路書店：www.showwe.com.tw
政府出版品網路書店：www.*gov*books.com.tw

永不絕版的故事・自己寫・永不休止的音符・自己唱